묵향 16
묵향의 귀환
오! 북극성

묵향 16
묵향의 귀환

초판 1쇄 발행일 · 2007년 06월 22일
초판 4쇄 발행일 · 2020년 12월 30일

지은이 · 전동조
펴낸이 · 유용열
기 획 · 김병준
편 집 · 김민태. 김은희. 유지원
펴낸곳 · 도서출판 스카이미디어

주소 · 서울시 동대문구 용두동 234-35번지 대명빌딩 201호
전화 · (02)922-7466
팩스 · (02)924-4633
E-mail · skymedia62@hanmail.net
출판등록 · 제6-711호

Copyright ⓒ 전동조 2020

값 9,000원

ISBN · 978-89-92133-21-0 04810
ISBN · 978-89-92133-00-5 (세트)

※ 온라인상의 불법 복제물의 유포나 공유는 저작자의 재산권을 침해하는
   중대한 범죄 행위로 관련법에 의거해 처벌 대상이 됩니다.
※ 작가와의 협의에 의하여 인지는 생략합니다.
※ 잘못된 책은 본사나 구입하신 서점에서 교환해 드립니다.

DARK STORY SERIES Ⅱ

묵향
묵향의 귀환

전동조 장편 판타지 소설

16
오! 북극성

차례
오! 북극성

털이 숭숭 난 다리 …………………………7
신을 사칭한 사기 행각 ………………………17
오! 북극성 ……………………………………29
계속되는 사기 행각 …………………………49
연기파 배우 아르티어스 ……………………57
둥루젠의 수도 ………………………………67
고기를 굽는 데는 혈수마공이 최고 …………82
번개의 신 당케 탱게르 ………………………94
짜식들이 꼭 패야 믿나 ………………………116
서서 오줌 누는 여신 …………………………129
초죽음이 된 묵향 ……………………………140
잔인한 해적들 ………………………………151

차례
오! 북극성

혹시 여행 오셨나 보죠? ·············172
문도 못 여는 바보 드래곤 ·············195
젠장, 이제 겨우 4천 살인데 ·············213
화염의 술을 쓰는 닌자 ·············229
잔대가리의 대결 ·············238
묵향, 청혼을 받다 ·············260
이따만큼 큰 사케 ·············275
싸움 구경이 최고 ·············286
한밤중의 침입자 ·············302

[작가 후기] 묵향 3부를 시작하며 ·············324
[부록] 묵향 교주의 마교 세력 편제 ·············327

털이 숭숭 난 다리

　푸석푸석한 흙먼지만 날리는 황량한 땅이 끝없이 이어지는 벌판에도 봄은 찾아오는지 여기저기서 푸르른 새싹들이 조금씩 피어나고 있었다. 사위는 점차 어둠에 잠겨들며 붉은 노을에 물들고 있었다.
　둥루젠의 한 작은 촌락민들은 마을 옆 공터에 피워 놓은 화톳불 주변에 둘러앉아 저녁 식사를 준비하고 있었다. 혹독한 겨울을 무사히 보내고, 만물이 소생하는 봄을 맞이해서인지 먹을 것은 별로 없었지만 촌락민들의 안색은 밝고 넉넉해 보였다.
　화톳불에 걸려 있는 거대한 솥에는 그동안 비축해 두었던 얼마간의 고기와 나물을 아낌없이 넣고, 모든 촌락민들이 먹을 수 있을 정도로 많은 국을 끓이고 있었다. 부글부글 소리를 내며 끓는 국에서 퍼져 나오는 구수한 냄새는 촌락민들의 코를 사정없이 사로잡

앉다. 화기애애한 분위기에서 촌락민들이 저녁 식사를 맛있게 하던 어느 순간이었다.

번쩍!

지상에서 약 3미터쯤 되는 공간에서 갑자기 눈을 뜨기도 힘들 정도로 밝은 빛이 뿜어져 나오기 시작했다. 촌락민들은 너무 놀라 넋을 잃고 그 빛을 바라봤다. 시간이 조금 흐르자 빛 무리 가운데에서 뭔가가 튀어나와 더욱 촌락민들의 눈을 휘둥그레지게 하였다. 빛 무리의 중심 부위가 시커멓게 변하기 시작하더니 둥그런 물체 두 개가 불쑥 튀어나오며 땅바닥으로 떨어진 것이다. 갑작스럽게 나타난 두 사람은 순식간에 균형을 잡으며 우아하게 착지했다. 일단 착지에 성공한 그들은 주변을 두리번거리며 살펴보았다.

"으아아악!"

"헉!"

촌락민들은 허공에서 사람이 튀어나오자 기겁을 하며 놀라 비명을 내질렀다. 하지만 놀라기는 빛 속에서 튀어나온 두 사람도 마찬가지였다. 그들은 차원 이동을 끝내자마자 자신들의 눈앞에 웬 털이 숭숭 난 시커먼 것들이 괴성을 지르며 와글거리는 것을 보자 순간적으로 깜짝 놀랐던 것이다.

"이, 이건 뭐라고 하는 몬스터냐?"

아르티어스가 어이가 없다는 표정으로 중얼거리자, 이미 냉정을 되찾은 묵향은 한숨을 내쉬며 투덜거렸다.

"에이씨, 또 잘못 왔잖아요."

묵향의 투덜거림에 아르티어스는 천천히 자신들을 놀란 눈으로 바라보고 있는 시커먼 것들을 둘러봤다. 처음 봤을 때는 너무 지저분하여 몬스터라고 착각할 정도였지만 자세히 살펴보니 호비트였다. 그 호비트들은 모두들 화톳불 주변에 둘러앉아 자신들을 경악한 듯한 표정으로 쳐다보고 있었다. 저녁 식사를 하고 있었는지 아직 덜 익어 피가 뚝뚝 떨어지는 고깃덩이를 한 손에 움켜쥐고 있는 호비트도 있었고, 볼이 불룩 튀어나오도록 입 안 가득 음식물을 머금고 있는 호비트도 있었다. 하지만 그들은 너무 놀라서인지 아예 음식물을 삼킬 생각도 못하고, 멍하니 자신들을 바라보고만 있었다.

수없이 많이 여행을 다녀 본 아르티어스였지만, 이렇게 지저분하고 멍청하게 생긴 호비트는 난생 처음 보는 것 같았다.

"어째 생긴 것은 호비트 같은데, 하고 있는 꼬라지는 오크냐?"

아르티어스가 몬스터라고 착각할 정도로 그 촌락민들의 차림새는 초라하기 그지없었다. 그들 모두 털가죽으로 몸을 두르고는 있었지만, 이들이 입고 있는 것은 옷이라고 부르기도 민망할 정도로 너무 단순했다. 그저 큼직한 털가죽을 대충 잘라서 이어 붙여 몸에 둘러놓은 형태였던 것이다. 그리고 또 다른 가죽을 가늘고 길게 잘라서 허리를 질끈 동여매어 상체에 두르고 있는 털가죽을 고정했다. 그 털가죽 밑으로 또 다른 가죽이 삐쭉 내려와 있는 것을 보면 아마 하의도 가죽으로 만들어서 입고 있는 모양이었다.

무엇보다 아르티어스가 어이가 없었던 부분은 그들의 머리 모양이었다. 수컷들은 앞머리를 빡빡 밀었고, 뒷머리는 한 가닥으로 길게 땋고 있었다. 그에 반해 암컷들은 머리를 밀지는 않았지만 머리카락을 여러 가닥으로 땋아서 그 끝에 갖가지 색깔의 수실을 주렁주렁 매달아 놓고 있었다. 좀 늙은 몇몇 암컷들은 그 끝에 작은 방울을 달고 있기도 했다. 나름대로 모양를 낸다고 수실이나 방울을 달고는 있었지만 머리카락을 얼마나 감지 않았는지 온통 기름기로 번질거리고 있었다.

그런 괴상한 머리 모양에다가 햇볕에 그을린 까무잡잡한 피부, 그리고 그 위에 털가죽으로 잔뜩 몸을 감싼 것들이 우글우글 모여 있으니 아르티어스로서는 몬스터들이 떼거리로 모여 있는 줄 착각했던 것이다.

아르티어스가 그들의 모습을 주의 깊게 살펴보고 있을 때, 촌락민들도 얼이 빠진 듯 두 눈을 둥그렇게 뜨고 갑자기 하늘에서 떨어진 괴상한 복장의 이방인들을 바라보고 있었다. 그저 짐승 가죽을 걸치고 있는 자신들에 비해 이방인들의 옷은 너무나도 아름다워 보였다. 무엇으로 만들었는지 알 수는 없었지만, 바람만 불어도 살짝 날릴 것 같은 하늘하늘한 천으로 된 옷이었다. 그리고 이방인들 중의 한 명은 정말이지 특이한 용모를 하고 있었다. 불타는 듯한 붉은 머리카락은 허리까지 오도록 길게 늘어뜨리고 있었고, 피부색은 창백하리만큼 희었다.

한참 동안 주위를 두리번거리던 아르티어스는 이해할 수 없다는 듯 고개를 갸우뚱하며 중얼거렸다.

"젠장, 이번엔 뭐가 잘못된 거지? 그만큼 좌표가 정확한지 몇 번씩이나 확인했는데 말이야."

이리저리 손가락을 꼽아보며 아르티어스가 고개를 갸웃거리자 묵향의 얼굴은 확 찌그러졌다.

"아빠! 또 좌표를 잘못 계산한 거예요?"

"글쎄다, 난 분명히 제대로 한다고 했는데, 그나저나 내 살다 살다 이런 미개한 호비트들은 처음 보는군."

아르티어스의 눈에 비친 미개한 호비트들은 지금 난리가 아니었다. 멍하니 자신들을 바라보던 호비트들은 갑자기 정신을 차린 듯, 암컷들은 비명을 지르며 새끼들을 데리고 부리나케 뒤로 달아났고, 수컷들은 허겁지겁 자신의 주위에 놓여 있는 창이나 활을 주워 든다고 법석을 떨고 있었다. 그리고 그들 중의 몇 명은 허리에 찬 반월형으로 생긴 길쭉한 칼을 뽑아 들고 있었다. 일단 대충이나마 무장이 갖춰진 수컷 몇몇이 자신들 딴에는 잔뜩 위협적인 표정을 지어 보이며 아르티어스 쪽으로 다가왔다. 하지만 두려움 때문인지 그들이 쥐고 있는 창끝은 가늘게 떨리고 있었다. 심드렁한 눈빛으로 하는 꼴을 바라보던 아르티어스는 그들이 서서히 거리를 좁혀 오자 갑자기 인상을 팍 찡그리며 소리쳤다.

"에이씨, 이것들은 목욕도 안 하나! 내 코가 썩는다, 썩어!"

아르티어스의 말대로 그들이 다가오자 코가 마비될 정도로 강한 악취가 풍겨 나왔다. 때가 꼬질꼬질한 털가죽 옷이나 꾀죄죄한 용모로 미루어 봤을 때 아주 비위생적인 생활을 하고 있음이 분명했다. 화톳불 저 뒤편으로 여러 채의 이동식 천막들이 보이는 것으로 보아 이들은 한곳에 정착해서 살아가는 민족은 아닌 듯했다.

건장한 수컷들 몇몇이 무기를 들이밀며 위협적인 어조로 외쳐대고 있었지만, 무슨 소리를 하는 것인지 묵향과 아르티어스는 도대체 알아들을 수가 없었다. 그들의 위협적인 몸짓과 괴성에도 불구하고 아르티어스는 심드렁한 표정으로 묵향에게 질문을 던졌다.

"거참, 술에 취했을 때 봤으면 완전히 오크로 보이겠군. 그나저나 저놈들이 뭐라고 하는 거냐?"

"위대한 드래곤이신 아빠가 모르시는데, 미천한 호비트 따위인 제가 어찌 알겠어요?"

왠지 비비꼬인 묵향의 대답에 아르티어스는 피식 웃으며 가볍게 맞받아쳤다.

"같은 미천한 호비트니까, 혹시 알까해서 물어본 거지."

안 그래도 또다시 차원 이동이 잘못된 것 같아 기분이 좋지 않았던 묵향은 아르티어스의 빈정거림에 화가 나는지 버럭 소리를 질렀다.

"에잇, 젠장. 무슨 말을 그렇게 해요! 차원 이동 따위도 제대로 못 하는 주제에……."

아르티어스는 묵향의 반응에 말도 안 된다는 듯 손사래를 치며 말했다.

"차원 이동 따위? 감히 차원 이동에 '따위' 라는 수식어를 붙이는 놈은 네놈밖에 없을 거다. 드래곤이 비록 신과 맞먹을 정도의 힘을 가졌다고는 하지만, 아마 전 드래곤 일족 중에서 차원 이동을 경험해 본 드래곤은 나밖에 없을걸?"

거드름을 피우며 아르티어스가 목에 힘을 주어 말하자 묵향은 웃기지 말라는 듯 빈정거렸다.

"오호! 그래요? 그럼 다른 드래곤들은 능력이 없어서 차원 이동을 못한다는 말씀이네요? 혹시 차원 이동이 어려워서 못하는 게 아니라, 할 수는 있지만 귀찮아서 안 하고 있는 게 아닐까요? 그리고 아빠가 지금 돌아가신 할아버지보다 마법 실력이 강하다고 착각을 하고 계신 것은 아니겠죠? 할아버지도 차원 이동을 안 하셨던 것으로 알고 있는데……."

묵향의 말에 한껏 거드름을 피우던 아르티어스의 얼굴이 확 일그러졌다. 차원 이동을 하느라 얼마나 힘들었는데, 간만에 기분 좀 내려했더니 이런 식으로 빈정거리다니……. 물론 그 말이 사실이기는 했지만 아르티어스의 기분은 순식간에 싸늘하게 식어 버렸다.

"그, 그게 자식으로서 애비에게 할 말이냐? 너를 위해서 이렇게 별 같잖은 차원을 떠돌아다니는 나에게 말이다."

아르티어스의 분노에 찬 표정을 본 묵향은 약간 찔끔했는지 부드러운 목소리로 기분을 맞춰주기 시작했다.

"에이, 그냥 농담한 것 가지고 뭘 그렇게 화를 내고 그래요? 그나저나 이렇게 아빠와 함께 여행을 다니니 정말 좋네요. 아빠도 여행 좋아하시잖아요. 기분 푸시라구요."

묵향의 너스레에 아르티어스는 무슨 소리를 하느냐는 듯 퉁명스럽게 말했다.

"여행? 여행이라고? 이게 뭐가 내가 좋아하는 여행이라는 말이냐? 내가 원하는 여행은 이런 게 아니다. 나는 아들내미하고 오붓하게 여행하고 싶었단 말이다."

아르티어스의 말에 묵향은 이해할 수 없다는 듯 물었다.

"지금 하고 있잖아요?"

그 말에 아르티어스의 인상은 확 찌그러졌다. 아르티어스는 묵향의 다리를 손가락으로 가리키며 버럭 소리쳤다.

"뭐시라? 사랑스러운 내 아들은 너처럼 다리에 털이 숭숭 나지는 않았어!"

이렇게 서로의 대화가 겉도는 것은 아르티어스의 묵향에 대한

욕심 때문이었다. 그는 자신이 사랑했던 아들인 다크와 함께 여행을 하고 싶었던 것이다. 자신이 살던 차원에서 벗어나자 저주는 풀려 버렸고, 그리고 아르티어스가 그토록 사랑했던 아들 다크의 모습도 사라져 버렸다. 물론 묵향이 다크와 동일 인물임을 알고는 있지만, 아무래도 현재의 모습에는 도무지 정이 가지 않았던 것이다.

아르티어스가 성난 표정으로 자신의 다리를 가리키자, 묵향의 시선도 그의 손가락을 따라 자신의 다리 쪽으로 향했다. 그리고 곧이어 예쁜 꽃무늬가 수놓아져 있는 스커트 자락 밑으로 시커먼 털이 숭숭 난 자신의 다리통이 보였다.

'허걱!'

그제서야 묵향의 뇌리에 떠오르는 것이 있었다. 원래가 차원 이동을 하면 몸만 이동할 수 있을 뿐, 신체를 제외한 그 어떤 물건도 함께 이동하지 못한다. 검 같은 무기는 물론이고, 옷가지 하나 조차도……. 전번 차원 이동을 할 때 벌거벗은 몸으로 떨어져 얼마나 놀랐던가. 차원 이동이 끝나는 그 짧은 순간에 혹시나 중원일까 주위를 두리번거리느라 묵향은 그것을 잠시 잊어먹고 있었던 것이다. 현재 묵향이 입고 있는 것은 아르티어스가 차원 이동이 끝나는 시점에 마법으로 만들어 준 옷이었다. 하지만 만들어 준 옷이 이게 뭐란 말인가?

"이, 이게 뭐야?"

묵향이 어이가 없어 중얼거리자 아르티어스는 화가 난 어조로 투덜거렸다.

"이런 젠장, 싫으면 벗어!"

아르티어스의 통렬한 일격에 묵향은 잠시 할 말을 잊었다. 한참을 자신의 다리를 쳐다보던 묵향의 인상이 서서히 험악하게 굳어져 갔다.

"정말 이렇게 유치하게 나올 거예요?"

"뭐가?"

"왜 이따위 옷을 입히느냐 말이에요? 나는 여자가 아니라구요. 남자란 말입니다. 자, 봐요!"

묵향은 털이 숭숭 난 자신의 다리가 잘 보이도록 스커트 자락을 번쩍 위로 치켜 올리며 외쳤다.

"도대체가 이런 다리에 스커트가 어울린다고 생각하시는 겁니까?"

묵향의 표정이 점점 더 사나워지자, 아르티어스는 찔끔거리며 눈치를 보기 시작했다. 아무래도 조금 더 성질을 건드렸다가는 저 더러운 성격에 뒷감당을 하기가 버거울 것만 같았기 때문이다.

"흐흠, 그럼 옷에 어울리게 여자로 변하면 될 거 아니냐? 그 방법은 아주 오래전에 너한테 가르쳐 준 것으로 아는데 말이다."

"오호! 아빠의 속셈이 그거였군요. 정말 정신이 있는 거예요, 없는 거예요? 제기랄! 그딴 생각에 정신이 팔려 있으니 차원 이동을 제대로 할 리가 없지!"

말을 하던 묵향은 치밀어 오르는 화를 참기가 힘들었던지, 입고 있던 스커트와 블라우스를 벗어 발기발기 찢어 버렸다.

"저하고 여행을 다니는 것이 그렇게 싫으시다면 차라리 여기서 헤어지도록 하죠."

차가운 묵향의 말에 아르티어스의 얼굴은 순식간에 창백해졌다. 살살 구슬렸어야 하는데, 저 지랄 같은 성격을 잘 알면서도 자신의 감정을 제대로 제어하지 못해 너무 다그친 것이 오히려 화근이 되었다고 내심 후회하는 아르티어스였다. 급히 마법으로 묵향의 옷을 만들어 주며 아르티어스는 아양을 떨기 시작했다.

번쩍!

빛과 함께 묵향의 벌거벗은 몸 위에 뭔가 아른거리는 듯하더니 어느 순간인가 단정한 여행복이 입혀져 있었다.

"에이~, 뭐 이런 사소한 걸 가지고 그렇게 화를 내고 그러냐? 내가 비록 좀 심한 장난을 쳤다고 아빠에게 그렇게 화를 내면 못쓰지. 자, 옷도 이렇게 새로 만들어 줬잖니? 이제 그만 화를 풀 거라. 마음에 안 들면 말해. 마음에 드는 걸로 한 벌 쫘악 뽑아 줄 테니까 말이다."

처음부터 이렇게 해 주면 될 것을, 계속 사소한 것을 가지고 자신의 신경을 건드리는 아르티어스에게 묵향은 더욱 화가 치밀었다.

하지만 더 이상 뭐라고 할 수가 없었다. 자신만을 의지하여 이 먼 곳까지 따라와 준 아르티어스가 아닌가? 그렇다고 치밀어 오르는 화를 참기 힘들었기에 내심으로만 아르티어스에 대한 욕설을 퍼붓고 있는 묵향이었다.

신을 사칭한 사기 행각

묵향의 눈치를 보던 아르티어스는 화제를 돌릴 겸해서 호비트들을 가리키며 입을 열었다.
"그건 그렇고, 저놈들은 어떻게 할 거냐?"
묵향이 야만인들을 바라보니, 그들은 아까보다 더욱 부들부들 떨면서 뒤로 주춤주춤 물러서고 있었다. 아무래도 그들은 방금 전에 자신의 옷이 마법으로 만들어지는 것을 보고 대단히 놀란 듯했다.
"글쎄요. 아무래도 공격할 의사는 없는 듯한데, 어디 딴 데로 가 보죠. 설마 이 근처가 모두 다 이런 야만족들만 살고 있겠어요?"
아르티어스는 무슨 꿍꿍이속이 있는지 음흉스레 미소를 지으며, 묵향의 말에 고개를 가로저었다.
"아니다. 오랜만에 너에게 이 애비의 실력을 보여 주지. 저런 야만인들은 어떻게 요리하는지 말이다, 흐흐흐."
 말을 마친 아르티어스는 슬그머니 주문을 외워 휘황찬란한 빛으로 몸을 감싸며 공중으로 떠올랐다. 그리고는 근엄한 표정으로, 목에 힘을 주어 소리쳤다.
 "듣거라! 이 미개한 놈들아! 아직도 내가 어떤 존재인 줄 모르겠느냐!"
 마을 구석구석에까지 닿는 장중한 아르티어스의 말이 채 끝나기도 전에, 깡마른 노인 하나가 다급한 표정으로 무기를 들고 서 있는 장정들을 헤치고 앞으로 나오며 큰 소리로 떠들어 댔다. 그 노인의 복장은 다른 야만인들과는 사뭇 달랐다. 털가죽으로 옷을 해 입고 있는 것은 마찬가지였지만, 그의 옷 위에는 갖가지 작은 동물들의 가죽들이 덕지덕지 붙어 있었고, 또 머리 위에는 기다란 새의 깃털이 꼽혀 있었다.
 "오오, 탱게르! 탱게르!"
 노인의 외침에 다른 야만인들도 약속이라도 한 듯 땅바닥에 코를 처박고 엎드리며 탱게르를 목이 터져라 외쳐 대기 시작했다. 노인은 아르티어스가 떠 있는 공중을 바라보며 뭐라고 계속 외치면서 천천히 다가왔다. 한참을 외치며 다가서던 그 노인은 어느 순간 입을 다물었다. 그 대신 그는 하늘과 땅을 손짓으로 가리키며 그 어떤 주문을 노래를 부르듯 박자를 맞춰 가며 큰 소리로 외쳐 대기 시작했다. 그러면서 그는 발을 쿵쿵거리며 요란하게 춤을 췄다. 노인은 춤을 추는 와중에도 천천히 아르티어스와의 거리를 좁혀 왔다. 이윽고 노인이 허공에 떠 있는 아르티어스의 앞쪽에 다다르자, 머리를 땅바닥에 납작 붙이며 절을 했다.

"이것들이 지금 뭐 하는 거예요?"

묵향의 말에 아르티어스는 씨익 웃으며 의기양양한 표정으로 말했다.

"보면 모르냐! 이게 다 호비트들이 가지고 있는 공통적인 습성이지. 뭔가 불가사의한 일이 눈앞에서 일어나면 그것을 신(神)과 결부시켜서 생각하니까 말이다. 이것도 호비트가 매우 이성적인 동물이기 때문에 가지게 된 습성일 수도 있지."

노인은 한참 절을 한 뒤 살그머니 일어서서 조심스러운 손짓으로 어떤 방향을 가리켰다. 하지만 묵향이 고개를 갸웃거리자, 겁에 질린 표정으로 더욱 정중하고도 끈기 있게 그쪽 방향을 가리켰다.

"저쪽으로 가자는 말인 것 같은데요."

묵향이 노인이 손짓하는 방향을 바라보며 아르티어스에게 말하자, 아르티어스는 내 실력이 어떠냐는 듯 으스댔다.

"하하하, 이것들이 이제야 신을 모시는 접대를 하려나 보군. 가보자. 뭐, 정신을 못 차리고 까불면 한 방에 날려 버리면 되지."

"그것도 그러네요."

노인을 선두로 해서 야만인들은 묵향과 아르티어스를 마을에서 가장 큰 천막으로 조심스럽게 안내했다. 가죽으로 된 문을 젖히고 들어선 천막 안은 노린내 같은 괴상한 냄새가 진동을 하고 있었다. 아르티어스가 그 냄새에 인상을 찡그리고 있는데, 노인은 그들을 천막 한쪽에 놓여 있는 비교적 깨끗한 털가죽 위에 앉도록 안내했다. 묵향이 그 위에 앉을 때, 밑에서 풀잎이 바스락거리는 듯한 소리가 들리는 것으로 보아 천막 제일 밑바닥에는 건초 같은 것을 깔아서 밑에서부터 올라오는 습기를 막는 모양이었다.

일단 그들이 자리에 앉자, 노인과 몇몇 나이가 지긋해 보이는 늙은이 세 명이 들어와 꿇어앉아서는 한 번씩 고개를 깊숙이 조아리며 신성심 가득한 어조로 뭐라고 쉴 새 없이 떠들어 댔다. 한참을 그렇게 알아들을 수 없는 말을 떠들어 대던 그들의 입이 다물어진 것은 음식들을 가득 담은 바구니를 든 여인들이 천막 안으로 들어왔을 때였다. 그 노인들은 여인들이 벌벌 떨며 조심스럽게 음식을 아르티어스와 묵향 앞에 차려 놓기 시작하자 코가 바닥에 닿도록 절을 한 후 밖으로 나갔다.

뭔지 모를 액체가 담겨 있는 사발들, 그리고 잘 구운 고깃덩이, 처음 보는 새까맣고 자그마한 열매들이 가득 담긴 바구니가 묵향과 아르티어스의 앞에 가지런히 놓여졌다.

"오, 안 그래도 시장하던 참이었는데 잘됐군."

아르티어스는 넉살좋게 웃으며 먼저 사발에 담겨 있는 허연 액체의 냄새를 맡아본 후 곧바로 몇 모금 들이켰다.

"제법 먹을 만하네. 그런데 맛이 비릿한 게 양젖 같은데?"

"그런가요?"

묵향은 아르티어스가 들고 있던 사발을 받아들고 쭉 들이켰다. 아르티어스는 사발에 담긴 커다란 고깃덩이를 집어 먹기 시작했다. 겉은 노릇노릇 잘 구워진 듯했지만, 속은 하나도 안 익었는지 한 입 베어 물자 선홍빛 핏물이 배어나오는데도 아주 맛있게 먹었다.

"이거 고기가 신선해서인지 맛이 기가 막히군. 너도 어서 먹어라."

드래곤이야 오크건 와이번이건 통째로 잡아먹는 경우도 많이 있었을 것이다. 그렇기 때문에 아르티어스는 오히려 신선하다고 좋아할지 모르겠지만, 묵향은 그렇지 못했다. 핏물이 뚝뚝 떨어지는 고기를 바라보던 묵향은 비위가 상한다는 듯 미간을 찡그리며 고개를 돌려 새까맣고 작은 열매를 집어서 먹었다. 보기에는 조금 이상했지만, 달콤한 것이 제법 맛이 괜찮았다. 묵향이 말린 열매를 한참 먹고 있을 때, 아르티어스는 커다란 고깃덩이를 먹다가 텁텁한 냄새가 나는 뿌연 액체를 쭈욱 들이키더니 떨떠름한 표정으로 투덜거렸다.

"크! 이딴 것도 술이라고 마셔야만 하다니……."

술이라는 말에 묵향은 고개를 번쩍 들었다.

"술이라구요?"

묵향이 반색을 하며 묻자 아르티어스는 고개를 설레설레 저으며 대답했다.

"그래, 뭔지는 모르겠지만 양젖 같은 걸로 만든 술 같구나. 젠장! 이런 걸 술이라고 만들고 있다니, 이건 술에 대한 모욕이야."

"그런 말씀하실 거면 제가 마실 테니 주세요."

아르티어스에게 빼앗듯 사발을 받아든 묵향은 단숨에 쭈욱 들이켰다. 목젖을 타고 넘어가는 텁텁하면서도 비릿한 술 맛은 옛날 몽고전 때 자주 마셨던 마유주를 떠올리게 했다. 중원에 대한 그리움이 되살아났는지 묵향의 얼굴이 일순 침울해졌다. 묵향의 표정을 살피던 아르티어스는 그것 보라는 듯 빙그레 웃으며 말했다.

"거봐! 내가 뭐랬어. 젠장, 어쩔 수 있냐! 딴 게 없으니 이거라도 마셔야지."

그들이 식사를 마치고 나자 이번에는 머리카락을 10여 가닥으로 땋은 소녀 둘이 들어왔다. 방금 전에 음식을 천막 안으로 날랐던 나이가 조금 들어 보이는 여자들이 머리카락을 네 가닥으로 땋은 것에 비해서는 꽤나 비교가 되는 모습이었다.

"저것들은 또 뭐 하려고 들어온 거지?"

"글쎄요……?"

그녀들은 천막 바닥에 깔려 있는 두툼한 가죽을 정성을 다하여 깔끔하게 정리했다. 그리고는 그 위에 또 다른 깨끗한 가죽을 한 장 깔았다. 아래에 깔려 있는 것보다는 얇고 보드라운 것이었다.

"아하! 잠자리를 정리하는 모양인데요."

"그런 모양이군."

그녀들은 어느 정도 잠자리 정리가 되자 묵향과 아르티어스에게 경건한 어조로 뭐라고 말한 다음 그 옆에 조용히 무릎을 꿇고 앉았다.

"이것들이 뭐 하는 거죠?"

약간 당황한 듯한 묵향과는 달리 아르티어스는 충분히 이해가 간다는 듯 음흉스런 미소를 지으며 말했다.

"충분히 이해가 가는 상황이야. 호비트라는 것들은 불가사의한 존재에게 여자를 바치는 습성이 있거든. 옛날에도 나한테 여자를 갖다 바친 정신 나간 놈들이 몇몇 있었지."

"그건 아빠가 드래곤일 때 얘기잖아요."

워낙 습관이 돼서 그런지 아무 생각 없이 묵향의 입에서 '아빠' 라는 말이 그냥 튀어나왔다. 하지만 '아빠' 라는 말에 아르티어스는 소름이 끼친다는 듯 부르르 몸을 떨며 투덜거렸다.

"참 나, 다 큰 사내자식이 '아빠' 라니!"

"아, 아버지……. 이거 오랫동안 버릇이 돼서인지 잘 안 고쳐지네요. 그건 그렇고, 그때와 지금을 비교하는 것은 좀 문제가 있는 것 아닙니까?"

묵향이 왠지 못마땅하다는 표정으로 질문을 했지만, 아르티어스는 신경도 쓰지 않았다. 오히려 무슨 소리를 하느냐는 듯 의기양양하게 입을 열었다.

"전혀 문제가 안 되지. 저것들 표정을 보면 쉽게 알 수 있거든. 봐, 얼굴에 존경심이 가득하잖아. 하늘에서 떨어진 우리들을 아마 전지전능한 신쯤으로 생각하고 있을 거야. 왜? 호비트가 나에게 굽실거리는 것을 보니 기분이 좀 그런가 보지?"

너무나도 당연한 것을 왜 묻느냐는 듯한 아르티어스의 표정에 묵향도 더 이상 말을 할 수가 없었다.

"그, 그럴까요?"

"당연하지. 내 말이 틀림없다. 흐흐흐, 어디 오랜만에 회포나 풀어 볼까."

아르티어스는 묵향에게 보란 듯이 과장된 몸짓으로 무릎을 꿇고 앉아 있는 소녀들 중 한 명을 가볍게 껴안았다. 하지만 그 소녀는 가만히 떨고만 있을 뿐, 반항조차 하지 않았다. 아르티어스는 장난스러운 표정으로 소녀의 얼굴로 입술을 대려다가 갑자기 인상을 확 일그러뜨렸다.

소녀의 목덜미 쪽으로 얼굴을 접근시키자 뭔가 표현하기 힘든 기괴한 냄새가 그의 코를 자극했기 때문이다. 또한 자세히 보자 옷 밖으로 드러난 살갗에는 얼마나 씻지 않았던지 꼬질꼬질한 때가 잔뜩 끼어 있었다.

"우엑! 제, 젠장. 이것들이 엄청 불결하다는 것을 깜빡 잊고 있었군."

"히히힛!"

낄낄거리고 웃고 있는 묵향을 얄밉다는 듯 잠시 노려본 아르티어스는 마법의 힘을 끌어올려 거칠게 외쳤다.

"슬립(Sleep)!"

그와 동시에 겁에 질려 벌벌 떨고 있던 두 소녀는 기절하듯 픽 쓰러졌다. 소녀들이 잠이 들자 아르티어스는 헛기침을 하며 나지막하게 말했다.

"험험, 저런 단순한 놈들의 경우 이쪽에서 호의를 거절하면 곧장 우리가 자신들에게 적의를 가지고 있다고 오해하거든. 이런 경우에는 계집들을 천막 밖으로 내쫓아서는 절대로 안 되지."

묵향이 꼴좋다는 듯 빈정거렸다.

"그럼 잠을 재우는 것은 상관없고요?"

아르티어스는 짜증이 나는지 두 소녀를 천막의 한쪽 구석에다가 획 집어던지면서 퉁명스럽게 말했다.

"저 계집들이 우리와 함께 자는지 구석에 찌그러져 자는지 그놈들이 알게 뭐냐! 그건 그렇고 이만 자자. 아무리 나라도 차원 이동을 하고 나니 조금 피곤하구나."

묵향은 한쪽 구석에 찌그러져 있는 두 소녀를 바라보며 나직한 목소리로 중얼거렸다.

"에구, 성질 더러운 드래곤을 만나 너희들도 참 고생이다. 팔자러니 생각해야지, 뭐."

묵향은 자려고 했지만 왠지 모를 불안감에 쉽사리 잠을 이룰 수 없었다. 어쩌면 이곳이 자신이 찾고 있던 중원이 아닐지도 모른다는 생각이 들었기 때문이다.

다음 날 아침이 되자, 거창한(?) 식사가 주어졌고, 묵향은 또다시 말린 열매로 배를 채워야 했다. 식사가 끝나자 머리에 기다란 깃털을 꼽은 노인이 들어와 한참 동안 절을 하며 뭐라고 중얼거리다가 아르티어스와 묵향을 마을 외진 곳에 위치한 천막으로 안내했다. 그들이 천막 안으로 들어서자 지독한 악취가 확 풍겨져 나왔다.
"읍, 이게 뭐야?"
아르티어스는 질겁을 하며 코를 막고 뒤로 물러섰지만, 묵향은 천천히 천막 안을 둘러보았다. 그리고는 가만히 고개를 끄덕이며 입을 열었다.
"저기 누워 있는 사람들에게서 나는 냄새 같은데요. 이마에 땀이 흥건하게 고여 있는 것을 보면 아무래도 고열에 시달리는 것 같은데……. 그렇다면 자연히 정신이 오락가락할 테고, 아무렇게나 용변을 싸댈 수밖에 없는 노릇이겠죠."
"그 정도는 나도 알아. 그런데 왜 이리로 우리를 데려온 거지?"
말을 하던 아르티어스는 순간 뭘 생각해 냈는지 손가락을 탁 튕기며 의기양양하게 말했다.
"오호라, 그러니까 이놈들을 치료해 달라는 말이로군. 하늘에서 떨어진 신의 사도인 우리들에게 말이야."
"그럴 수도 있겠죠."
아르티어스는 못마땅하다는 듯 인상을 찡그리며 말했다.
"젠장, 밥값 한번 비싸군. 그나저나 별로 내키지는 않지만 해 줘야겠지. 또다시 차원 이동 하기 전까지 편안하게 지내려면 저놈들이 나를 신으로 떠받들게 하는 것이 편할 테니까 말이야."

아르티어스의 말에 묵향은 두 눈을 동그랗게 뜨고 놀랍다는 투로 물었다.

"정말 치료하실 수 있겠어요?"

"이 녀석이 나를 뭐로 보고……. 이래 봬도 위대한 골드일족의 후예란 말이다. 이 정도 허접한 증상 정도야 식후 디저트지."

툴툴거리던 아르티어스는 슬며시 손을 들어 나직한 음성으로 중얼거렸다. 그와 동시에 그의 손에서는 휘황찬란한 빛 무리가 뿜어져 나오기 시작했다. 그런 아르티어스의 모습을 보자 안내를 해 온 노인뿐만 아니라 창백한 안색으로 누워 있던 병자들까지도 허겁지겁 무릎을 꿇고 엎드려서는 뭐라고 외쳐 대기 시작했다.

"그건 무슨 마법이에요?"

저쪽 세상에서 치료 마법을 몇 번 보기는 했지만, 이렇듯 화려한 마법은 본 적이 없었기에 묵향이 물어본 것이다. 그러자 아르티어스는 미소를 지으며 대꾸했다.

"뭐긴 뭐야. 이런 미개한 호비트들을 속이기 위해서는 화려한 연출 효과라는 게 필요한 것 아니겠냐?"

아르티어스는 무지개색 빛 무리를 뿜어내고 있는 손으로 자신을 향해 무릎 꿇고 있는 환자들 머리에 가볍게 댔다. 그러자 그들은 뭔가에 홀린 듯 자리에서 벌떡 일어섰다. 아직까지는 힘이 없는 듯 비틀거렸지만 이미 완쾌된 것이 분명했다. 그들은 병이 낫자마자 존경심이 가득한 눈으로 아르티어스를 향해 머리가 땅에 닿을 정도로 연신 절을 하며 뭐라고 중얼거렸다.

"어떠냐? 효과 만점이지?"

자신만만하게 말하는 아르티어스에게 묵향은 마지못해 대답했다.

"그런 것 같네요."

"이제부터는 이놈들이 다 내 노예라고 봐도 과언이 아니지. 히히힛!"

잠시 혼자서 낄낄거리던 아르티어스는 뭔가에 생각이 미친 듯 중얼거렸다.

"그런데 노예라는 것들을 부리고 싶어도, 말이 통해야 부려먹지. 어떻게 하는 것이 좋을까?"

그 말에 묵향은 대수롭지 않은 듯 대답했다. 말을 배우는 것은 시간이 해결해 주는 것이 아니겠는가?

"뭐, 자연히 이놈들과 함께 지내다 보면 말을 배울 수 있겠죠. 시간이야 좀 걸리겠지만……. 하기야 아버지 같은 경우 머리가 좋으시니까 몇 달이면 충분하겠네요."

"몇 달! 그동안 답답해서 어떻게 살겠냐. 가만있자……."

잠시 궁리를 하던 아르티어스는 곧 좋은 생각이 떠올랐다는 듯 입을 열었다.

"옳지, 좋은 방법이 생각났다."

"뭘 하시려구요?"

"가만히 보고만 있거라. 흐흐흐, 곧 이 애비의 능력에 감탄하게 만들어 줄 테니까……."

아르티어스는 자신의 앞에서 연신 절을 하고 있는 환자의 머리에다가 살짝 손을 올려놓았다. 그런 다음 마법을 사용해서 상대의 기억을 읽어 들이기 시작했다. 그 환자가 어렸을 때부터 사용했던 말들은 물론이고, 그의 삶 전체를 관통하는 기억을 모두 말이다. 물론 상대의 기억 안에 있는 모든 것을 읽어 낸다고 해도 머릿속의 기억은 야만족 언어로 저장된 것이었기에 그다지 큰 도움이 도지는 않는다. 하지만 머릿속에 저장된 것이 어디 언어뿐이겠는가? 수많은 영상도 함께 보관되어 있는 것이다. 그리고 아르티어스의 완벽한 기억력과 우수한 두뇌는 그 영상과 언어를 차근차근 합쳐 하나의 단어를 만들어 나가기 시작했다.

아르티어스는 30분 정도 시간이 흐른 다음 손을 뗐다. 그런 다음 빙그레 미소를 지으며 말했다.
"별로 어려운 것도 아니었군. 으하하핫! 과연 나의 한계는 어디까지란 말인가? 아무리 생각해도 나는 너무 위대해."
호탕하게 웃으며 자화자찬을 하고 있는 아르티어스를 향해 뭔가 한마디 비꼬아 주려다가 묵향은 참기로 했다. 일단 아쉬운 쪽은 묵향이었기에 아르티어스의 신경을 되도록 건드리고 싶지는 않았기 때문이다.
"일단 여기가 어디인지부터 알아 보는 것이 좋지 않을까요? 그리고 나서야 어떻게 행동할지 결정짓는 것이 좋겠네요."
아르티어스는 묵향의 반응이 자신의 생각보다 시큰둥하자 김이 샌다는 듯 힘없는 목소리로 허탈하게 대꾸했다.
"그러자꾸나."

오! 북극성

 아르티어스가 촌락의 장년층이나 노년층들을 모아놓고 야만족 언어로 뭔가 심각한 대화를 주고받는 동안 묵향은 할 일 없이 빈둥 거릴 수밖에 없었다. 거의 반나절에 걸친 대화를 끝낸 후 아르티어스는 묵향에게 돌아왔다.
 "뭐라고 하던가요?"
 "뭐 그렇게 대단한 정보는 없더구나. 예전에 네가 살던 나라 이름이 송이라고 했었냐?"
 "예."
 "저놈들의 말에 따르면 여기는 대족장 '타르티'가 이끄는 '둥루젠' 부족에 속해 있는 '아라오' 촌락이라 하던데."
 아르티어스의 말에 묵향은 고개를 갸웃거리며 되물었다. 둥루젠이라니? 단 한 번도 들어 본 적 없는 이름이었다.

"둥루젠이요?"

"응. 둥루젠은 63개의 크고 작은 부족들로 구성되어 있고, 그들을 지배하는 대족장이 타르티라는 녀석이라는 거지. 둥루젠 부족의 영토는 대단히 넓은데, 남쪽으로는 신령스러운 '바이투' 산에까지 이르고, 북쪽으로는 '다이슈에' 평원까지 연결되어 있다는구나. 또 서쪽으로는 '헤슈이' 부족의 대족장 '아구다'라는 자가 세운 '진'이라는 나라와 접해 있고, 동쪽은 바다와 접해 있는 모양이더라."

이야기를 듣던 묵향은 답답하다는 표정으로 물었다.

"젠장, 그 정도로는 아무것도 판단할 수 없잖아요. 하다못해 지도라도 있다면 모르겠지만……. 여기서 바다까지가 얼마나 먼지, 그리고 진이라는 나라와의 거리는 얼마나 되는지 그런 거 말이에요."

아르티어스는 묵향의 마음을 이해하겠다는 듯 빙그레 웃으며 계속 말을 이었다.

"그거야 가 보면 알겠지. 저 녀석들 말로는 여기서 바다까지는 건장하고 빠른 말로 5일만 가면 된다고 하더구나. 그리고 대족장 타르티가 사는 곳까지 가려면 말을 타고 가더라도 거의 20일은 족히 서남쪽으로 내려가야 된다고 하더라."

묵향은 아르티어스의 말을 차분히 분석해 보았다.

"말을 타고도 20일이라……. 그렇다면 여기는 길이 제대로 정비되지 않은 곳이니까 대충 1천 킬로미터 정도 떨어져 있다는 말이 되겠군요. 둥루젠이라는 부족이 아버지 말씀대로 크기는 아주 큰 모양이에요."

"그건 모르지. 땅덩어리 크기와 호비트의 수는 비례하는 것이 아니니까 말이다."

묵향이 고개를 숙이고 생각에 잠겨 있을 때, 무료한 듯 잠시 이리저리 주위를 둘러보던 아르티어스는 퉁명스러운 어조로 물었다.

"그나저나 계속 여기에 머물러 있을 생각이냐?"

묵향은 단호한 표정으로 아르티어스의 말에 대답했다.

"그럼 어떻게 합니까? 물론, 여기저기 여행하는 건 좋죠. 하지만 그게 단순히 여행으로 끝나지가 않잖습니까. 아버지가 언제나 쓸데없이 여기저기 시비를 걸어가지고, 복잡한 사건에 휘말리게 된 것이 한두 번이에요?"

묵향이 더 이상 말도 하지 말라는 듯 단호하게 대답하자 아르티어스는 전에 자신이 저지른 잘못이 있었기에 대충 얼버무리는 투로 중얼거렸다.

"뭐, 호비트들 사는 세상에 사건이 없으면 그게 이상한거지. 그리고 사실 말이 나왔으니까 말인데 나중에 보면 결국 제일 신나 하는 건 언제나 너였잖냐?"

묵향은 아르티어스의 말에 벌컥 화를 내며 소리를 질렀다.

"아버지가 보시기에는 어떠했는지 모르겠지만 난 그런 쓸데없는 일에 휘말려 뒤치다꺼리를 하는 것이 정말 귀찮단 말이에요."

"미, 미안하구나. 난 그저 즐거운 여행이 되었으면 하는 생각에……."

아르티어스가 당황해하며 사과를 하자 두 사람 사이에는 잠시 어색한 침묵이 흘렀다. 그런 침묵이 싫었던 아르티어스는 묵향에게 뭔가 말을 걸려고 하다 그만 두었다. 그 대신 뭔가 좋은 생각이 떠올랐는지 미소를 지으며 손가락으로 허공에 작게 원을 그리듯 돌리기 시작했다.

묵향은 아르티어스의 손가락 끝을 기준으로 대기의 마나가 살그머니 모여들어 파동치기 시작한다는 것을 곧바로 느낄 수 있었다. 아르티어스는 묵향이 자신의 손가락 끝을 보고 있다는 것을 확인하고는 나직한 목소리로 입을 열었다.

"이거 보고 뭔가 느껴지는 것이 없냐?"

"글쎄요……? 지금 뭐 하고 계시는 겁니까? 마법을 일으키는 것도 아니고, 그렇다고 그 연세에 저하고 장난치자는 것도 아닌 것 같고……."

묵향의 대답에 아르티어스는 그럴 줄 알았다는 듯 살짝 인상을 찌푸리며 계속 말을 이었다.

"이런 둔하기 그지없는 녀석, 마나의 양이 다르잖아. 이렇게 대기에 마나가 희박해서는 마법을 사용하기가 아주 힘들지. 여기 와서 몇 번인가 마법을 써 봤는데, 강력한 마법을 쓰기는 힘들겠어."

묵향은 또 아르티어스가 무슨 사건을 일으킬 생각을 하는 것 같아 불안한 표정으로 물었다.

"왜요? 아버지가 야만족들 때려잡을 것도 아닌데, 웬 강력한 마법 타령이죠?"

묵향의 질문에 아르티어스는 한심스럽다는 얼굴로 혀를 차며 설명해 주었다.

"쯧쯧, 이런……. 만약 이곳이 중원이 아니라면 다시 차원 이동 마법을 써야 하는데 그 마법은 그럼 파이어 볼 같은 하위급 마법인 줄 아느냐? 웬만한 공격 마법보다도 더 강력한 마법이란 말이다."

그제서야 묵향은 걱정스럽다는 안색으로 얼른 되물었다.

"그렇다면 그전처럼 마나를 끌어 모으기 힘드니까, 용언 마법으로 차원 이동을 해야만 한다는 거예요?"

아르티어스는 고개를 설레설레 흔들며 묵향의 질문에 자세히 설명해 주었다.

"차원 이동을 한 지 얼마 되지도 않은 현재 내 몸 상태로 용언 마법이 가당키나 하다고 너는 생각하는 거냐? 원래 용언 마법이라는 것은 아주 빠른 기습 공격에 유효한 것이지, 초강력 마법을 사용할 수는 없어. 물론 드래곤으로 현신한다면 그것도 가능하지만 공간 이동이나 차원 이동에는 얻는 게 있는 만큼 잃는 것도 생기게 되어 있지. 호비트의 몸체보다도 수백 배나 큰 드래곤의 몸집을 이동시키려면 그만큼 더 많은 마나가 필요하거든. 나 정도 되니까 트랜스포메이션한 몸으로도 본신의 힘을 끌어낼 수 있는 거라구."

"그러니까 그거 한 번 더 하시라니까요. 위대한 골드 드래곤의 후예이신 아버지께 불가능이란 단어가 있겠어요? 차원 이동 몇 번 하는 것쯤이야 식은 죽 먹기라고 전에 말씀하시지 않았습니까?"

아르티어스는 당황한 표정으로 헛기침을 하며, 묵향이 더 이상 생각할 수 없게끔 자신이 생각한 꿍꿍이를 재빨리 얘기했다.

"험험, 그러니까 내 말은 지금 현재 내 몸에 남아 있는 마나는 그놈의 차원 이동으로 인해서 거의 바닥난 상태라는 말이다. 오랜 시간 몸을 사리면서 용언 마법을 쓰지 않고 마나를 저장해 나간다면 네 말대로 충분히 차원 이동을 할 수가 있겠지."

"흠, 어쨌건 가능은 한 거군요. 그런데 오랜 시간이라면 어느 정도를 말씀하시는 거죠?"

묵향의 질문에 아르티어스는 환히 웃으며 얼른 대답해 주었다.

"현재 대기에 떠도는 마나의 상태로 보아 최소한 5년, 길어 봐야 10년 정도? 사실 그 정도 시간은 눈 깜짝하면 지나가는 찰나의 시간이라고 봐도 무방하지. 으하하핫!"

아르티어스의 말에 묵향은 발끈하며 말도 안 되는 소리 하지도 말라는 듯 소리쳤다.

"그걸 지금 농담이라고 하시는 거예요?"

아르티어스는 묵향의 반응이 재미있다는 듯 빙글빙글 웃으며 대답했다.

"어찌 나같이 위대한 드래곤 일족이 농담 따위를 할 수 있겠냐."

묵향은 답답하다는 표정으로 아르티어스에게 추궁하듯 말했다.

"10년이라는 시간이 드래곤에게는 찰나일지 몰라도 호비트에게는 생사가 갈릴 정도로 긴 시간이라구요."

묵향의 말에 당혹스럽다는 말투로 아르티어스는 대답했지만, 눈은 여전히 즐겁다는 듯 웃고 있었다.

"그, 그런가? 가끔 네가 호비트라는 것을 잊어버린단 말씀이야. 그건 그렇고 네가 호비트라는 생각이 들도록 행동을 해야 내가 잊어버리지 않을 거 아니냐? 거의 40년을 함께 지내 왔지만 뭐 변한 게 있어야지? 늙지도 않는 게 무슨 호비트야? 세월이 흘렀는데도 늙지도 않는 것은 뱀파이어 이후로 네가 처음이다."

아르티어스의 말에 묵향은 발끈해서 말했다.

"뭐요! 나를 흡혈귀 따위와 비교를 하시다니······."

"아, 아니다. 그냥 그렇다는 말이지. 뭐 그건 그렇고, 이제부터 어떻게 할 것인지 궁리해 보기로 하자꾸나."

아르티어스는 잠시 자신의 생각을 정리한 후 말을 이었다.

"다른 차원으로 이동을 하기에 앞서서, 우선 우리가 제대로 왔는지, 아니면 또다시 잘못 왔는지, 그것부터 제대로 짚고 넘어갈 필요가 있겠다. 현재 우리의 위치도 잘 모르는 상황에서 또다시 무턱대고 차원 이동을 한다고 하는 것은 네가 생각하기에도 좀 무리가 있지 않겠냐? 사실 수많은 차원이 존재하고, 우리가 그 모든 차원에 일일이 다 가 볼 수도 없는 노릇이 아니겠냐?"

"그럼 어떻게 해요? 아버지만 믿고 이리로 온 건데요."

묵향이 약간 풀이 죽은 음성으로 말하자 아르티어스는 묵향의 어깨를 가볍게 두드리며 호탕하게 웃었다.

"하하핫, 너무 걱정하지 말거라. 위대한 골드일족의 나니까 그 쥐꼬리만 한 단서만으로 여기까지 올 수 있었던 거야. 차원 이동이 기록된 마법책을 역으로 되짚어서 좌표를 잡아내다니, 아무리 생각해도 나는 너무 위대하단 말씀이야. 그나저나 드래곤 일족 역사상 차원 이동까지 하면서 부지런을 떨어 댄 드래곤은 아마 나뿐일걸? 으하하핫."

묵향은 빈정거리고 싶은 마음이 목까지 차올랐지만 괜히 아르티어스의 성질을 건드릴 필요는 없다고 느꼈기에 시큰둥한 어조로 맞장구를 쳐줬다.

"그…, 그렇군요."

한참 웃음을 터뜨린 아르티어스가 갑자기 정색을 한 다음 말을 이었다.

"이제 다시 아까 하던 말로 돌아가서, 네가 살던 세상에는 그 중원이라는 곳만 있었냐? 그러니까 그 세계에 살고 있는 종족은 너처럼 노리끼리한 피부색에, 까만 눈에, 까만 머리카락뿐이었냐는 말이다."
 잠시 기억을 더듬어보던 묵향은 어색한 말투로 대답했다.
 "그, 그건 아니죠. 색목인(色目人)이라는 눈 색깔이 다른 종족도 있다고 들었고, 또 남쪽으로 한참 내려가면 묘족이라고 해서 특이한 습성을 지닌 종족도 있다고 들었어요. 그러고 보니 제가 예전에 한 번 가 봤던 몽고에도 저 야만족들 못지않게 미개한 습성을 지닌 놈들이 살고 있었죠. 제가 알고 있기로는 아마 가장 문명이 발달한 곳이 중원일 거예요."
 아르티어스는 그럴 줄 알았다는 듯 으스대며 말했다.
 "물론 내가 실수를 했을 수도 있겠지만, 위대한 이 몸이 두 번씩이나 실수를 할 리가 없잖냐? 그래서 그런지 난 아무래도 이곳이 좀 미심쩍단 말씀이야. 네가 생각해도 그렇지?"
 아르티어스는 잠시 말을 멈추고 묵향을 바라본 후 물었다. 아무래도 묵향이 자신을 같잖다는 듯 바라보는 것 같다는 생각이 불현듯 들었기 때문이다.
 "그런데 네 표정이 왜 그러냐?"
 아르티어스의 질문에 묵향은 억지로 미소 지으며 대답했다.
 "아, 아니에요. 계속 말씀하시죠."
 "좋아, 만약 내가 실수를 하지 않았다고 가정해 보자. 그리고 우리들은 네가 중원이라고 부르는 곳의 외곽 지역에 떨어질 수도 있는 것 아니겠냐? 그렇다면, 너는 어떻게 우리가 떨어진 이곳이 네가 예전에 살던 곳이 아니라는 것을 자신할 수 있겠냐?"
 "그, 그야……."

잠시 생각해 보던 묵향은 그 말도 그럴듯하게 느껴졌기에 고개를 끄덕이며 대답했다. 하지만 전번 차원 이동을 한 뒤 워낙 고생을 한 탓인지 대답이 영 시원스럽지는 않았다. 묵향은 한숨을 푹 내쉬며 말했다.

"휴우~, 그럼 역시 이번에도 돌아다녀 봐야 하겠군요."

묵향의 대답은 간신히 알아들을 수 있을 정도로 작은 목소리였지만, 그 말이 끝나자마자 아르티어스는 호쾌하게 웃음을 터뜨리며 말했다.

"하하핫! 바로 그거야. 돌아다녀 봐야 진실을 알 수 있는 것 아니겠냐? 물론 어쩌다 보면 복잡한 사건에 휘말릴 수도 있겠지만, 그건 최대한 자신을 숨긴다면 피해갈 수도 있는 문제 아니겠어? 또 위대하신 내가 함께 있는데 무서울 것이 뭐가 있겠냐?"

아르티어스의 말에 묵향의 눈꼬리가 살짝 올라갔다. 말이나 못하면 밉지나 않지. 최대한 자신을 숨긴다고? 그럼 언제나 먼저 시비 걸고, 사고 친 게 누구였느냐 말이다. 하지만 묵향은 대놓고 반박할 수는 없었기에 일단 참기로 했다. 하지만 그래서인지 그의 말투는 퉁명스럽기 그지없었다.

"젠장, 어쩔 수 없죠. 어디로 가고 싶으세요? 뭐, 사방이 탁 트인 벌판이니까 아무 곳이나 골라잡아 보시죠."

"호호호, 어디로 갈까?"

음충스런 미소를 지으며 사방을 두리번거리던 아르티어스는 이윽고 마음을 정했는지 쾌활한 어조로 말했다.

"먼저 둥루젠의 수도에 가자. 이런 야만족들이 모여 사는 곳이라도 수도라면 뭔가 달라도 다른 것이 조금 있겠지. 그리고 정보를 얻으려면 수도에 가서 수소문을 해 보는 것이 가장 빠른 방법이 아니겠냐?"

"좋을 대로 하세요. 남는 게 시간이니까. 그건 그렇고 언제 떠나실 거예요?"

"뭐, 준비할 것도 없으니 당장 떠나야지. 때는 봄, 유희를 떠나기에는 최적의 계절이 아니겠냐? 그리고 준비는 족장에게 말해 놓으면 알아서 해 줄 거고 말이다."

묵향은 유희라는 말에 잠시 어리둥절한 표정을 지었다. 유희라면 중원식으로 생각하면 계집을 옆에 끼고 노닥거리는 행위를 말하는 것이요, 아르티어스가 살던 시대의 유희(Amusement)라면 오락을 말하는 것이 아닌가. 도대체 이번 여행을 아르티어스는 뭐로 생각하고 있다는 말인가?

"유희라구요? 그럼 아버지는 내가 살던 세계를 찾아서 헤매는 것을 장난쯤으로 생각하시고 계신 겁니까?"

생각하지도 못했던 묵향의 반응에 아르티어스는 순간 당황했지만 탁월한 순발력으로 자신의 말을 얼버무렸다.

"아, 아니. 내가 말을 잘못했군. 여행 말이다, 여행. 우리 드래곤은 그걸 유희라고 말하거든. 여행이라는 단어는 호비트들과 어울린 후에나 배웠지. 하지만 유희라는 말이 입에 익어서인지 나도 모르게 튀어나왔나 보구나."

묵향은 아르티어스의 변명에 미심쩍은 듯한 시선을 던지면서도 더 이상 추궁하지는 않았다. 종족상의 차이라는데, 그걸 따지고 들어 봐야 어쩌겠는가.

"그래요? 내가 알고 있는 유희하고는 뜻이 조금 다르네. 그건 그렇고, 누가 촌장인데요?"

묵향이 더 이상 따지고 들지 않자 아르티어스는 재빨리 분위기를 바꾸기 위해 화제를 돌렸다.

"응, 바로 저기에 후줄근한 가죽쪼가리를 걸치고 앉아 있는 주술사 노인 말이다. 여기서는 '차간부우'라고 하는데, 대충 뜻을 해석해 봤을 때 주술사가 가장 그것과 비슷한 뜻을 지닌 단어일 거다. 아무튼 그 주술사 오른편에 앉아 있는 녀석이 촌장이지."

"아, 바로 저 노인이 주술사였어요?"

"그래, 촌락민들 중 몇 명이 갑자기 병에 걸려서 의식을 잃어 가자 며칠 전부터 신들에게 기도를 올리고 있었다고 하더군. 그런데 갑자기 우리들이 나타나자 자신의 기도를 듣고 천신(天神)이 현신한 것으로 알고 있더군. 그러니까 이 몸을 신으로 알고 있는 거지."

아르티어스의 말에 묵향은 무슨 말을 하느냐는 듯 물었다.

"그건 무슨 뜻이에요? 아버지를 천신으로 알다니……?"

"말 그대로다. 나는 저 녀석들하고 좀 색다르게 생겼잖니. 그러니까 난 하늘에서 내려온 신이고, 너는……."

잠시 말을 멈췄던 아르티어스는 히죽 웃으며 입을 열었다.

"너는 신을 수행하고 온 시종이지."

점심 식사를 마치고 묵향과 아르티어스는 촌락민들의 환송을 받으며 둥루젠의 수도를 향해서 출발했다. 환송이라고 해 봐야 촌락민들이 모두 다 나와서 땅바닥에 엎드려 절을 해 댄 것이 전부였지만, 그것만으로도 황송해하는 듯한 표정을 보면 그들이 아르티어스를 얼마나 존경하고 있는지를 능히 짐작할 수 있었다.

촌장은 아르티어스와 묵향을 위해 말 세 필을 내줬다. 그리고 신이라 생각한 아르티어스에게는 존경의 표시로 사금(砂金)과 담비와 수달, 여우 가죽, 그리고 커다란 반달곰의 가죽에다가 투박한 솜씨이기는 하지만 부드러운 어린 양의 가죽으로 만든 조끼도 챙겨 주었다.

족장이 아르티어스에게 붙여 준 '다쿠다' 라는 원주민은 이 근처의 지리를 손금 보듯 잘 알고 있어 둥루젠의 수도까지 안내를 해주기로 했다. 그는 말 세 필 중 두 필에는 사람이 타고 갈 수 있도록 안장을 준비했고, 나머지 한 필에는 식량과 짐 꾸러미들을 차곡차곡 실었다. 다쿠다는 매우 기마술이 뛰어나서인지 짐말의 고삐를 잡고, 양다리만으로 자신의 말을 조종해서 앞으로 나갔다.

일단 마을을 벗어나자 인적이라고는 하나도 느껴지지 않는 대평원이 그들을 맞이했다. 대평원은 상당히 황량하기는 했지만, 드문드문 초목도 우거져 있었다. 그리고 지평선 저 너머로 제법 높아 보이는 산들도 간혹 보였다.

끝없이 이어진 광활한 대평원은 여행자에게 단조롭기는 했지만 왠지 모를 자연의 신비로움마저 느끼게 했다. 느긋하게 평원을 감상하며 가던 아르티어스는 맨 앞에서 안내를 하던 다쿠다가 갑자기 말을 세우자 의아하다는 듯 쳐다보았다. 다쿠다는 조심스러운 태도로 손을 눈가에 대고 햇빛을 가리며 서쪽에 걸려 있는 해를 슬쩍 바라본 다음 아르티어스에게 공손한 어조로 뭐라고 말했다.

"뭐라고 그래요?"

묵향이 묻자 아르티어스는 광활한 대평원을 감상하다 흥이 깨져서인지 심드렁한 어조로 대답했다.

"여기서 야영하는 것이 좋겠다고 하는군."

"뭐, 급할 것도 없으니 그렇게 하라고 하시죠."

아르티어스가 뭐라고 말하자 다쿠다는 재빨리 야영 준비를 시작했다. 근처에서 작은 나무를 베어다가 가지를 쳐낸 다음 네 개의 기둥을 세웠다. 그리고 기둥의 끝부분을 네 개의 나무막대로 연결한 후 밧줄로 단단하게 묶었다. 이렇게 뼈대를 세운 후 그 위에 나뭇잎이 잔뜩 붙어 있는 나뭇가지들을 얼기설기 엮어 간단하게나마 밤이슬을 피할 수 있는 지붕을 완성했다.

날씨도 좋았고, 또 기온도 야영을 하기에 딱 알맞은 상태였기 때문인지 다쿠다는 양옆에 벽을 세우는 것은 생략하고 근처에서 풀을 베어다가 바닥에 푹신하게 깐 다음 그 위에 두툼한 가죽을 깔았다. 신들이 편히 쉴 수 있는 잠자리를 만들어 놓은 후 다쿠다는 저녁 식사를 준비하기 시작했다. 말 등에 매어놓은 짐 꾸러미 중 하나를 풀어 그 안에서 말린 고깃덩어리와 찐 쌀을 꺼냈다. 쌀을 찐 다음 잘 말려 놓은 것이었기에 그것 또한 딱딱하기는 고깃덩이와 별반 다를 바 없었다.

다쿠다는 작은 나뭇가지를 모아 고깃덩이의 끝부분을 꿰어 적당히 불에 구워 아르티어스와 묵향에게 찐 쌀과 함께 송구스러운 표정으로 권했다. 돌덩이만큼 딱딱한 찐 쌀과 불에 구운 고기가 그날 저녁 식사의 전부였다.

저녁 식사를 마친 후 사위가 어둑해지기 시작하자 각자 잠자리에 들었다. 아르티어스와 묵향은 다쿠다가 만들어 놓은 임시 숙소에 자리를 잡았지만, 정작 그것을 만든 다쿠다는 말들을 묶여 놓은 곳 바로 옆에 두툼한 천을 깔고 나무에 기대어 쉬었다.

대평원의 싱싱한 풀 내음과 함께 선선한 바람이 불어와 잠을 자기에는 좋았지만 묵향은 왠지 잠을 이룰 수가 없었다. 옆에 누운 아르티어스는 일찌감치 꿈나라로 가 버렸는지 가늘게 코까지 골며 팔자 좋게 자고 있었다. 하지만 불확실한 미래에 대한 확고한 계획이 서 있지 않은 묵향으로서는 이런저런 걱정 때문에 쉽게 잠을 잘 수 없었다.

'도대체 중원에는 언제나 갈 수 있는 것일까? 과연 내가 살아서 중원에 도착할 수나 있을지 의문이군.'

옆에 누워 자고 있던 아르티어스가 잠꼬대를 하며 자신의 배 위로 다리를 올리자, 묵향은 슬며시 아르티어스의 몸을 반대편으로 돌려놓고 잠자리에서 빠져나왔다. 수많은 수련을 통해 단련된 그의 육체에 노숙 정도는 별것이 아니었다. 오히려 옆에서 낮게 코를 골기도 하고, 몸을 뒤척이기도 하는 아르티어스가 그에게는 더욱 성가시게 느껴졌다. 임시 숙소를 벗어나자 투명한 대기를 뚫고 수없이 많은 별들이 묵향을 반기는 듯했다. 그리고 수많은 별들 사이로 반달이 은은한 달빛을 뿌리며 밤하늘을 밝히고 있었다.

"오랜만에 보는 제대로 된 달이군."

묵향은 무심결에 한마디 내뱉은 후 밤이슬을 피할 수 있을 만한 나무 그늘을 찾아 발걸음을 옮기기 시작했다. 그러다가 그의 발걸음이 멈칫 멈추었고, 묵향의 놀란 시선은 다시금 화들짝 밤하늘을 쫓아 달려갔다.

"호…, 혹시……?"

정신없이 밤하늘을 올려다보던 묵향의 눈시울은 어느덧 뜨겁게 달아오르고 있었다. 중원에서나 볼 수 있었던 그 커다란 달. 달의 생김새가 아주 비슷한 것 같아서 다시금 밤하늘을 올려다본 것이었는데, 달만이 아니라 별자리마저도 중원의 것과 똑같았다. 언제나 북쪽을 밝혀 주는 북극성이 찬란하게 빛나고 있었고, 그 주위에 자리 잡은 수많은 별자리들도 언제나 자신들은 그곳에 있었다는 듯 미약한 존재감을 희미한 빛으로 던져 주고 있었다.

"여, 여기가 중원이야! 크하하하핫! 바로 여기라구! 바로 여기야!"

한밤중에 묵향이 미친 듯이 웃음을 터뜨려 대자 나무에 기댄 채 꾸벅꾸벅 졸고 있던 다쿠다는 깜짝 놀라 일어나 그를 바라봤다. 그리고 웃음소리에 깼는지 아르티어스도 숙소 밖으로 머리만 내밀며 짜증스럽다는 듯 투덜거렸다.

"야, 한밤중에 뭐가 좋아서 웃고 난리야! 잠 좀 자자. 잠 좀!"

묵향은 한달음에 아르티어스에게 달려가서 신이 난 목소리로 외쳤다.

"제대로 찾아왔다구요. 여기가 중원이에요! 내가 태어난 바로 그 중원이라구요."

하지만 아르티어스의 반응은 심드렁하기만 했다.

"뭐? 이 녀석이 드디어 미쳐 버렸나? 중원이라는 곳이 이런 황무지였다는 말이냐?"

"아, 아뇨. 그게 아니라 제가 살던 세상임에는 틀림없어요. 달의 모양이 똑같고, 또 별자리들도 똑같다구요. 전에는 이런 일이 없었잖아요. 여기가 틀림없다니까요."

잠시 어리둥절해하던 아르티어스는 묵향의 말에 순식간에 의기양양한 표정으로 바뀌었다. 그는 묵향의 어깨를 두드리며 호기롭게 말했다.

"역시 나는 위대해. 그 엄청난 시간과 공간과 차원의 미로에서 겨우 두 번만에 제대로 목적지를 찾아내다니……. 크하하하핫!"

한참 동안 묵향과 기쁨을 나누던 아르티어스는 뭔가 생각이 났는지 돌연 맥 빠진 어조로 중얼거렸다.

"젠장, 그나저나 하필이면 여기일 줄이야. 좀 더 돌아다니면서 즐겼어야 하는 건데……. 하기야, 나도 어디가 어딘 줄을 몰라 대충 찍은 좌표가 중원일 줄은 꿈에도 몰랐네. 빌어먹을, 재수가 없으려니……."

아르티어스의 말에 한참 기뻐하던 묵향은 처음에는 무슨 말을 하는지 잘 몰랐지만 잠시 후에 그가 한 말의 뜻을 깨닫고 황당하다는 듯한 표정으로 따졌다.

"엥? 뭐라구요? '하필이면' 이라니요. 그리고 '재수가 없다' 구요? 전에는 차원의 미로 운운하며 제대로 찾아가는 것은 엄청 어렵다고 얘기했었잖아요. 혹시 아버지는 여태까지 이리저리 차원 이동 하는 것을 설마 놀러 다니고 있는 걸로 생각하신 거였어요?"

무심결에 속마음을 중얼거린 아르티어스는 묵향의 표정이 심상치가 않자 손사래까지 치며 적극적으로 변명을 늘어놓았다.

"무, 무슨 소리냐? 너도 봤잖아, 내가 엄청나게 고생한거 말이다. 마법책을 숙지하고 수많은 복잡한 계산을 반복하고 반복하면서 내가 얼마나 머리를 굴려야 했는지. 단지 나는 혹시나 우리가 목적지를 찾지 못했을 때, 네가 너무 실망해할까 봐 그렇게 얘기한 거지."

"아무리 그래도 그렇죠. 어떻게……."

"험험, 뭐 사소한 말실수를 가지고 그렇게 꼬치꼬치 따지고 그러냐. 어찌 되었든 네가 말하던 중원에 왔잖니, 결과가 좋으면 다 좋은 거지, 뭐."

잠시 아르티어스를 노려보던 묵향은 시간이 지나자 어쩔 수 없음을 깨닫고 표정을 풀었다. 하지만 아무래도 뭔가 미심쩍은 구석이 있다는 의심이 계속 들었다.

"그 외에도 또 뭐 숨기고 계신 거 아니에요?"

묵향이 의심스럽다는 듯 묻자 아르티어스는 슬그머니 실토했다.

"차원이 제대로 맞아도 시간이 다를 수가 있지. 또 차원과 시간이 맞아도 공간이 다를 수도 있고 말이다. 공간이야 좀 다르면 시간이 걸리더라도 찾아가면 그만이지만, 시간은 그것과는 또 다른 문제가 있거든. 그러니까 운 좋게 네가 살던 차원과 공간이 맞는다 해도 시간대마저 똑같다고는 장담할 수 없다는 것이다. 쉽게 말해 네가 살던 세상에서 1백 년 전에 떨어질지, 아니면 1천 년 후에 떨어질지는 알 수 없다는 말이다. 한 번 갔던 곳을 또 간다면 혹 모르겠지만……. 아무리 내가 드래곤이라고는 하지만 아직 한 번도 가보지 못한 곳을 가는 것 아니겠냐?"

아르티어스의 말에 묵향은 불안감을 조금 느끼기는 했지만, 아직까지 그 강도는 크지 않았다. 왜냐하면 아르티어스라는 최후의 버팀목이 있었으니까 말이다.

"드래곤이면서 그것도 못해요? 언제나 전지전능을 외쳐 대면서……?"

묵향의 질책에 아르티어스는 어쩔 수 없다는 듯 고개를 흔들며 대답했다.
 "아무리 우리들 드래곤이라고 해도 시간을 지배하지는 못한단다. 그렇지 않다면 내가 왜 아버지가 죽었을 때 그렇게 슬퍼했겠느냐? 겨우 몇 시간 앞이었지만, 그 시간을 되돌려 놓을 방법이 전혀 없었다는 것이지. 물론 무리하게 방법을 찾아보면 혹 있을지도 모르겠다. 하지만 그 위험 부담은 너무나도 커. 몇 시간을 거슬러 올라가자고 마법을 썼는데, 몇만 년 앞으로 가 버릴 수도 있고, 또 몇만 년 뒤로 갈 수도 있다. 그리고 시간이라는 것은 차원과 맞물려 있기에 자칫 잘못하면 또 다른 차원으로 날아가 영영 차원의 미아가 되어 버릴 우려도 있거든."
 아르티어스의 말에 묵향은 잠시 불안해지는 마음을 느낄 수 있었다. 그렇다면 이곳이 중원이라고 기뻐할 것만은 아니었다. 이곳을 잊지 못해 되돌아오고 싶었던 것은 자신과 관련된 수많은 사람들을 다시 보고 싶었기 때문이다. 그런데 온갖 고생을 하면서도 돌아온 중원에 자신을 기억해 줄 사람이 단 한 명도 없다면, 차라리 저쪽 차원에서 미네르바와 투닥거리며 사는 편이 훨씬 괜찮을지도 모르기 때문이다.
 불안과 허탈감에 휩싸였던 묵향은 심호흡을 길게 하며 마음을 가라앉혔다. 그리고는 아르티어스를 노려보며 입을 열었다.
 "그렇다면 여기에 온 것은 정말 운이 너무나도 좋아서 얻어진 결과라는 겁니까?"
 "헛! 왜 그렇게 노려보냐? 사실 말하자면 원래 운이 좋은 것도 있었지만, 내 추리가 어느 정도 먹혀 들어간 것도 많은 작용을 한 것이지."

아르티어스의 입에서 추리라는 생각지도 못했던 단어가 튀어나오자 묵향은 어리둥절한 표정으로 물었다.

"추리라니요? 어떤 추리요."

"네가 살던 곳에는 마법이라는 것이 분명히 없다고 했지?"

"그랬죠."

"그런데 너는 차원 이동을 당했고 말이다."

"예."

아르티어스는 턱을 가볍게 쓰다듬으며 자신이 그동안 생각해 왔던 것을 천천히 묵향에게 얘기하기 시작했다.

"그래서 나는 이렇게 생각했다. 이쪽에서 누군가가 네가 살던 세상으로 간 것일 거라고 말이야. 그렇지 않다면 네가 살던 그 세상에서 마법을 사용했다는 것이 설명이 되지 않거든. 그렇기에 그 정확한 단서를 파악하는 데 다론이라는 놈이 가지고 있던 마법책이 절대적으로 필요했던 거지. 일단 그것을 확보한 상태에서 정확한 계산만 할 수 있다면 내 마법으로도 네가 살던 세상으로 갈 수 있을 거라는 생각을 한거다. 물론 처음에는 실패했지만, 이렇듯 두 번째는 훌륭하게 성공한 것이 아니겠냐? 하지만…, 내가 직접 이곳으로 와 본 것이 아닌 바에야 어떻게 완벽한 계산과 그에 따른 마나의 콘트롤까지 가능하겠냐? 약간의 오차가 생기는 것은 당연한 거지."

묵향은 그제야 아르티어스의 말을 이해할 수 있었다. 또한 '오차' 라는 단어가 가지고 있는 위험도. 떨리는 음성으로 묵향이 물었다.

"그 오차가 어느 정도일까요?"

"글쎄……. 공간상의 오차가 생길 여지도 있겠지만, 시간적인 오차가 생길 가능성도 크다고 봐야 하겠지. 나로서도 그 정도만 짐작할 수 있을 뿐 더 이상은 모르겠다."

아르티어스의 말에 묵향의 마음은 천근이라도 되는 양 무겁기만 했다. 답답하다는 듯 길게 한숨을 내쉰 묵향은 밤하늘을 올려다보았다. 여전히 밝은 달이 둥실 떠 있기는 했지만 아까처럼 기쁘지가 않은 묵향이었다.

계속되는 사기 행각

　대평원을 가로지른 아르티어스 일행은 그로부터 며칠이 지나서야 겨우 다른 촌락을 발견할 수 있었다. 다쿠다가 멀리 보이는 이동식 천막들을 가리키면서 뭐라고 한참 설명을 하자, 그것을 다 듣고 난 아르티어스가 묵향에게 설명을 해 주었다.
　"이 일대가 쑤젠 족장의 영토라고 하는군. 이 근처에 퍼져 있는 48개의 크고 작은 촌락들을 이끄는 녀석이래. 그리고 저기에 보이는 저것이 그 중 하나인 샤이푸 촌락이라는군. 오늘은 저기에서 묶는 것이 좋겠다고 하길래 그러라고 했다."
　"그러죠, 뭐."
　"그건 그렇고, 아들아."
　갑자기 아르티어스가 미소를 지으며 나직하면서도 부드러운 목소리로 부르자 묵향은 흠칫 놀라며 뒤로 급히 물러섰다.

"왜 갑자기 그렇게 부르세요? 소름 돋치게 시리……."
"사실 이 근처에서 너를 알아볼 호비트도 없고, 또 네가 어떤 모습으로 변하든 삶에 지장받을 놈도 없지 않냐? 그러니까……."

뭔가를 바라는 듯 은근한 아르티어스의 말을 묵향은 말도 안 되는 소리를 하지도 말라는 듯 단숨에 거절했다.

"싫어욧!"
"에이, 그래도……."

싫다고 했는데도 아직 미련을 못 버렸는지 아르티어스는 계속 묵향에게 말을 걸었다 하지만 묵향의 반응은 한마디로 웃기지 마라였다.

"내가 왜 그렇게 해야 한단 말입니까? 그 망할 크로네티오의 저주에서 벗어나서 한시름 놨더니, 또 그 저주받을 모습으로 돌아가라는 겁니까? 안 해요! 아니, 절대로 못 해요."

"허, 거~참!"

잠시 난감한 표정으로 어쩔 줄 몰라 하던 아르티어스는 작전을 바꿨다. 아예 안면 몰수하고 언성을 높여가며 반항하는 아들놈에게 따지기 시작한 것이다.

"이런 불효막심한 놈! 호비트라는 것들은 효도라는 것도 모르냐? 애비의 마음을 그렇게 아프게 하고 네가 잘될 줄 아느냐? 자고로 애비의 말을 안 듣는 놈치고, 그 뒤 끝이 좋았던 놈은 대륙 전체를 뒤져 봐도 단 한 놈도 찾을 수 없을 거다. 아이구, 아이구, 내가 세상 헛살았지. 어떻게 저런 놈을 아들이라고 믿고 의지하며 그 험한 차원의 미로까지 따라나섰누. 내가 멍청한 놈이지……."

서글픈 듯한 아르티어스의 말에 묵향은 가슴 한쪽이 약간 찔리기는 했지만, 그래도 끝까지 매몰차게 거부했다. 하지만 왠지 마음이 약해져 말끝이 떨리는 묵향이었다.

"그, 그래도 싫은 것은 싫은 거예요."

"그래, 너 잘났다! 이 망할 녀석아. 내 귀여운 천사를 단 한 번만 보여 달라는 데도 싫다니, 그래 너 혼자서 잘 먹고 잘살 수 있는지 어디 두고 보자."

그다음부터 아르티어스는 묵향과의 대화를 아예 끊어 버렸다. 아니, 아예 상종을 하지 않았다고 보는 것이 옳았다. 샤이푸 촌락에 도착하자마자 다쿠다는 촌락 중앙에 위치한 조금 커 보이는 천막으로 달려갔다. 곧이어 그는 나이가 지긋해 보이는 네 명의 촌로들과 함께 돌아왔다.

촌로들은 아르티어스를 보자마자 경건한 표정으로 절을 하며 뭐라고 외쳐 댔고, 아르티어스는 아주 거만한 표정으로 그저 고개만 끄덕여 줬을 뿐이다. 그런 후 그들은 뭐라고 장시간 대화를 나눴는데, 그사이에 묵향이 한 일이라고는 멀뚱멀뚱 서서 아르티어스의 눈치를 살피고 있었던 것이 전부였다.

대화가 끝나자 촌로들은 한쪽 구석에 위치한 그래도 비교적 깨끗한 천막으로 그들을 안내했다. 그곳에서 오랜만에 배불리 식사를 한 아르티어스와 묵향이 편안한 기분으로 쉬고 있을 때였다. 천막 밖에서 헛기침 소리와 함께 촌로 한 명이 송구스럽다는 표정으로 들어와 연신 절을 하며 아르티어스에게 뭔가를 간구하는 듯한 말을 계속하였다. 아르티어스는 살짝 인상을 찡그리며 잠시 생각을 하는 듯하더니, 자리에서 벌떡 일어섰다.

촌로가 그들을 안내한 곳은 촌락 한쪽 구석에 위치한 거대한 천막이었다. 급히 만든 흔적이 역력한 천막 안에는 수십 명의 환자가 드러누워 끙끙거리고 있었다. 식사를 하는 동안 이웃 촌락에까지 연락이 되어 근처에 있는 환자들이란 환자들은 모두 다 몰려온 것임에 분명했다. 그리고 환자들과 함께 이웃에 있는 촌락민들까지 모두 몰려왔는지 한산했던 작은 샤이푸 촌락은 이제 3백여 명의 원주인들로 북적거리고 있었다.

촌락민들의 아르티어스에 대한 경외심은 그가 한 명, 한 명 환자를 치료하면서 점점 더 커지기 시작했다. 그러다가 들것에 실려 왔던 한 환자가 아르티어스의 손에서 뿜어져 나오는 화려하기 그지없는 빛 무리에 휩싸이자 벌떡 일어서는 것을 보고 극에 달했다. 수많은 촌락민들이 경외심에 모두들 무릎을 꿇고 머리가 땅에 닿도록 절을 하는 것을 보고 묵향은 콧방귀를 뀌었지만, 어쨌건 아르티어스의 신을 사칭하는 행위는 그 끝을 모르고 계속되었다.

환자 치료가 끝난 후 대규모 축제가 벌어졌다. 물론 그렇게 잘 살지도 못하는 촌민들이 3백여 명 정도 모인 만큼 말이 대규모지 묵향과 아르티어스가 봤을 때 그건 화려한 축에도 끼지 못하는 것이었다. 하지만 촌민들은 자신들이 할 수 있는 한 최대한의 정성을 다해서 축제 준비를 했다.

촌민들은 축제에 쓰기 위해 튼튼해 보이는 백마(白馬) 한 마리를 잡았고, 황소 한 마리, 양 다섯 마리, 염소 다섯 마리, 개 열 마리를 잡았다. 그들에게 있어서 말은 교통수단을 상징하는 것이었고, 황소는 농경에 없어서는 안 될 소중한 것이다. 그리고 양은 겨울을 나기에 적합한 따뜻한 가죽옷을 제공하는 원천이었고, 염소는 젖을 제공해 줬다. 또 개는 주인의 재산을 지키는 파수꾼이 아닌가.

닭, 오리 같은 식용으로 키우는 것도 있었지만 그들은 자신이 가장 아끼는 동물들을 잡아 요리함으로써 신께 대한 최대한의 성의를 보였던 것이다.

모든 제물(祭物)들은 신께 바치는 의식에 따라 우유를 먹였다. 우유는 흰색이기에 길상(吉祥)을 상징한다. 만약 제물이 우유 마시기를 한사코 거부한다면 그것은 제물이 상서롭지 못하다는 반증이기에 딴 것으로 바꾼다. 그런데 제물로 선택한 모든 동물들이 자신에게 주어진 우유를 말끔하게 다 마셔 버렸기에, 원주민들은 대단히 좋아했다. 일단 우유 먹이기가 끝나고 나자, 기원을 담은 주문을 외우며 제물의 이마와 등에 우유를 뿌린 다음 도살을 했다. 그리고 원주민들은 여기저기에 불을 피워 그 고기들을 요리를 하기 시작했다.

아르티어스는 앞에 놓인 음식에 대해서 원주민들과 즐거운 듯이 얘기를 나누며 아주 맛있게 먹기 시작했다. 그에 비해서 묵향은 떨떠름한 표정으로 자신의 앞에 놓인 고기들을 멀뚱히 바라만 보고 있었다. 아르티어스가 통역을 해 주지 않았기에, 무슨 고기인지 알 수도 없었을뿐더러 모든 고기들이 속은 거의 생고기나 다름없었다. 그리고 심지어 어떤 고기들은 아예 생것으로 나왔다. 아르티어스에게 부탁해서 고기를 좀 더 익혀 달라고 말할까하는 생각도 들었지만, 아무래도 입이 쉽게 떨어지지 않았다.

'젠장! 이럴 바에는 차라리 혼자서 돌아다니는 것이 더 낫겠다.'

홀가분하게 혼자 여행하는 것이 오히려 둘이 여행할 때보다 덜 외로울 때가 있다. 하지만 그런 이유 때문이 아니더라도 묵향은 아르티어스와 결별할 결심을 하지 못했다. 아르티어스의 말대로 시간적 오차가 의외로 클 수도 있었다. 사실 야만족들의 생활상을 보면 수백 년 아니, 수천 년 과거로 온 것이 아닌가하는 의구심까지 치밀어 오르고 있었다. 그리고 지금 현재로서는 아르티어스의 통역을 절실히 필요로 하는 상태가 아닌가? 만약 또 다른 통역이 한 명 더 있다면 모르겠지만······.

묵향은 신경질적인 어조로 투덜거렸다.

"젠장, 계속 이러실 겁니까?"

하지만 아르티어스는 슬그머니 묵향의 시선을 피하며, 옆에 있는 늙은 촌민과 계속 대화를 나누기 시작했다. 그런 모습에 묵향은 화가 치밀어 오르는지 거칠게 말했다.

"이런 젠장! 내가 그런다고 재수 없게 그 계집으로 변할 줄 알아요? 빌어먹을!"

옆에 앉아 있는 촌로와 얘기를 나누면서도 묵향을 힐끔거리며 보고 있던 아르티어스는 묵향이 투덜거리자 내심 회심의 미소를 지었다. 아르티어스는 자신의 승리를 자신하고 있었다. 자신의 경우 생고기도 아주 즐겨먹는 편이었지만, 아들놈은 육류에 대한 취향에 있어서 자신과 극을 달리기 때문이다.

동물이 살아가는 데 있어서 가장 기본적인 세 가지 욕구가 있다. 식욕과 수면에의 욕구, 그리고 마지막으로 성욕이다. 성욕이야 자제력이 뛰어나다면 참아낼 수 있는 것이었지만, 식욕과 잠은 도무지 어떻게 해 볼 수 없는 문제가 아닌가? 며칠 버티기는 하겠지만 결국 자신의 의도대로 되리라는 생각에 아르티어스는 가슴이 뿌듯해져 옴을 느꼈다.

그런데 슬그머니 미소 짓고 있던 아르티어스의 눈이 갑자기 휘둥그레졌다. 묵향의 왼손이 갑자기 투명하리만큼 시뻘겋게 달아오르는 것을 봤기 때문이다.

"이, 이럴 수가? 저게 무슨 마법이지?"

철을 화로에 넣고 충분히 풀무질을 해 주면 선홍색으로 아름답게 달아오른다. 그런데 어떻게 호비트의 손이 그렇게 달아오를 수 있다는 말인가? 그리고 그 와중에 저 손에서 뿜어져 나오는 괴상한 기운은 또 뭔가? 시뻘겋게 달아오른 손에서는 사람을 억압하는 듯한 파괴적인 사이한 기운까지 함께 뿜어져 나오고 있었다. 그 때문에 묵향 주위에 앉아 있던 촌락민들은 허겁지겁 묵향 주위에서 피하느라 정신이 없었다.

묵향은 시뻘겋게 달아오른 자신의 왼손으로 고깃덩이를 슬그머니 쓰다듬었다. 슬쩍 쓰다듬었을 뿐인데도, 고기의 겉이 순식간에 시커멓게 타 버리는 것으로 보아 그 화력이 얼마나 대단한지 한눈에 알 수 있었다. 자신이 의도한 대로 잘되지 않자 묵향은 타 버린 고기의 겉 부분을 잘라낸 후 입속에 집어넣으며 투덜거렸다.

"젠장! 겉 부분은 다 탔잖아. 뭐, 하지만 탄 부분만 떼어내고 나니 그런대로 먹을 만은 하네. 그건 그렇고, 고기 구워먹기에 혈수마공(血手魔功)은 너무 파괴적인 것 같아."

묵향의 투덜거림은 당연한 것이었다. 소 잡는 거대한 칼로 닭을 잡기가 힘들 듯, 혈수마공이 지닌 엄청난 양강(陽强)의 힘은 너무나도 파괴적이어서 고깃덩이를 새까맣게 태우는 데는 제격일지 몰라도, 노릇노릇하게 익히는 것은 매우 까다로웠던 것이다. 하지만 묵향으로서는 선택의 여지가 없었다. 열기를 발산하는 극양(極陽)

의 무공은 혈수마공 하나밖에 배운 게 없으니 어쩔 수 없었던 것이다. 뭐라고 중얼거리며 잘 익은 부분만 잘라내어 먹고 있는 묵향을 바라보며 아르티어스는 오기가 치솟는 것을 느꼈다.

'그래, 어디 누가 이기나 해 보자. 내가 여기서 지면 드래곤이 아니다.'

아르티어스가 마음속 깊이 전의를 불태우고 있을 때, 묵향은 인상을 찡그리며 탄 부분을 벗겨내고 먹을 만한 부위를 골라내려는지 고기를 이리저리 뒤적이고 있었다. 그리고 몇 번 고기를 구우면서 공력을 조절하자 얼마 지나지 않아 묵향은 쉽게 요령을 터득할 수 있었다. 그 후에야 묵향은 이쪽 차원에 와서 처음으로 만족스러운 식사를 할 수 있었다.

연기파 배우 아르티어스

"이제 어떻게 한다?"

아주 급속도로 모든 상황에 적응해 나가는 묵향을 상대로 아르티어스는 힘겨운 싸움을 할 수밖에 없었다. 잠을 못 자게 하는 방법으로 골탕을 먹이려고도 했지만, 묵향이 일단 안 자려고 들면 드래곤인 자신보다도 더욱 잠을 필요로 하지 않는다는 사실을 깨닫기까지는 그렇게 긴 시간이 필요하지 않았다.

아르티어스는 모르고 있었지만, 묵향이 필요로 하는 것은 잠이 아니라 하루에 30여 분 정도의 운기조식(運氣調息)이었다. 하지만 아르티어스처럼 눈치 빠른 드래곤이 왜 묵향이 운기조식을 하면서 기력을 보충하고 있는 사실을 몰랐을까?

원래 내공수련을 위해 토납술을 처음 배우는 경우, 가장 먼저 익히는 것이 좌공(坐功 : 앉아서 하는 운기법)이었다. 좌공을 완벽하게 익힌 후에는 와공(臥功 : 눕거나 엎드려서 하는 운기법)을 익히게 되고, 그마저도 완벽하게 익히면 가장 마지막 단계로 익히는 것이 입공(立功 : 서서 하는 운기법)인 것이다. 물론 입공을 통해 운기조식을 한다고 해도 좌공을 하는 것보다 더 많은 내력이 쌓이는 것은 아니었다. 그렇기에 입공까지 다 익힌 뛰어난 고수라고 해도 안전한 곳에서 홀로 운기조식을 할 때는 좌공을 애용한다. 그렇다면 왜 배우기도 힘든 와공이나 입공을 익히는 것일까? 바로 그것은 좌공을 할 여건이 안 될 때를 대비해서 익히는 것이다.

묵향 같은 초절정의 내가고수가 입공까지 익히지 않았을 리가 없었다. 그에게 있어서 운기조식을 할 때 자세라는 것은 중요하지 않았다. 앉으나 서나, 눕거나 엎드리거나 혹은 말 탄 자세에서까지도 운기조식을 할 수 있었다. 그런 상황이니 아르티어스가 제아무리 묵향의 잠을 방해하려고 노력을 해도 도무지 통하지 않았던 것이다.

잠을 가지고는 도저히 승리할 방법이 없음을 깨닫자 아르티어스는 그때부터 묵향을 철저하게 외톨이로 만드는 것으로 압력을 가하기 시작했다. 아르티어스는 아예 묵향과는 일언반구 대화를 나누려고도 하지 않았고, 심지어 어쩌다 눈이 마주치면 곧바로 고개를 휙 돌려 버렸다. 그러면서도 일부러 길잡이인 다쿠다와는 대단히 친근하게 대화를 나눴고, 일부러 묵향이 궁금증을 유발하기에 충분하도록 여기저기 손짓을 하기도 했다. 하지만 며칠 지나지 않아 아르티어스는 그것도 통하지 않음을 깨닫자 절망하지 않을 수 없었다. 묵향은 이제 더 이상 아르티어스와의 대화를 포기하고 아예 명상이나 즐기자는 쪽으로 마음을 바꿨던 것이다.

"이런 젠장! 어떻게 사회적인 동물이라는 호비트가 이럴 수가 있단 말이냐? 진짜 저놈이 호비트가 맞기는 한 건가? 저 지랄 같은 성격으로 미루어 보아 혹시 호비트의 탈을 쓴 드래곤 아냐?"

아르티어스가 그토록 압력을 가했건만, 묵향에게는 전혀 씨알도 먹혀 들어가지 않았다. 일부러 쌀쌀맞게 대해 며칠 외톨이 신세가 되면 자신에게 굴복할 것이라고 믿었던 아르티어스는 자신이 상종하지 않자, 묵향이 오히려 더 잘되었다는 듯 명상이나 하면서 차분히 혼자만의 시간을 즐기자 기가 막혔다. 외로움을 느끼기는커녕 표정 하나하나에 여유로움까지 배여 있는 놈한테 더 이상 뭘 어떻게 한단 말인가?

시간이 흐를수록 점차 편안한 신색으로 바뀌고 있는 이런 묵향의 변화를 눈치 채지 못할 아르티어스가 아니었다. 이제 이곳 샤이푸 촌락에서 둥루젠 부족의 대족장 타르티가 산다는 성(城)까지는 단 하루거리도 되지 않았다. 만약 성에 들어가서 뭔가 중원에 대한 작은 단서라도 찾아낸다면 그때는 이 상태가 영구히 지속될 우려마저도 있었다. 앞으로 이 차원계에서 편하게 지내려면 기선 제압이 그 선결 요건인 만큼, 성에 들어가기 전에 이 신경전을 끝낼 필요가 있었다. 그리고 그것을 의식할수록 아르티어스의 마음은 더욱 초조해지고 있었다.

'전번에도 주도권을 뺏긴 덕분에 개고생을 했었는데, 이번에도 그럴 수는 없지. 무슨 좋은 방법이 없을까?'

하지만 아무리 머리를 쥐어짜도 그럴듯한 생각이 떠오르지 않자 아르티어스는 절망하지 않을 수 없었다. 묵향은 자신이 지금까지 경험한 호비트와는 많은 차이가 있었기 때문이다.

"이런 빌어먹을! 빌어먹을!"

투덜거리고 있는 아르티어스의 눈에 다쿠다의 모습이 보였다. 다쿠다는 몇 번 타르티가 사는 성에 가 봤던 탓에, 갑자기 현신한 신들을 모시고 성까지의 길 안내를 촌장으로부터 명령받은 상태였다. 성으로 갈 때는 신과 함께여서 편안하게 여행을 해야 했기에, 여러 마을들을 거치며 잠자리를 확보하는 방식으로 갈 수밖에 없었다. 그렇게 되면 아무리 짧게 잡아도 20일은 필요했다. 하지만 돌아갈 때는 황야를 가로질러 죽자고 말을 달리면 넉넉잡고 15일이면 돌아갈 수 있을 것이다. 어찌 되었든 아무리 일정을 빡빡하게 잡는다 해도 처자식과 무려 한 달 이상을 떨어져 있어야 한다는 계산이 나온다. 그것도 농사 때문에 한참 바쁜 이 시기에 말이다.

봄에 파종을 잘해 놔야 그해 겨울을 무사히 날 수 있는 것이다. 그 때문에 봄은 일년 중에 가장 중요한 계절이지 않은가? 혹시나 파종할 시기를 놓치는 것이 아닌가하는 걱정에 다쿠다는 우울한 얼굴로 달을 바라보며 한숨짓고 있었다.

그런 다쿠다의 모습을 보며 아르티어스는 가소롭다는 듯 투덜거렸다.

"달을 보고 눈물을 흘리다니, 호비트란 족속은 도저히 이해하기가 힘든 놈들이란 말씀이야. 한없이 강한 듯하면서도, 저런 사소한 것에는 저렇게 심약한 모습을 보이다니······."

다쿠다의 모습을 바라보며 중얼거리던 아르티어스의 눈빛이 뭔가 생각이 났는지 갑자기 번쩍였다.

"흑흑흑······."

낮게 흐느끼는 소리가 묵향의 귀에 들려왔다. 묵향은 이때 아르티어스 몰래 살짝 운기조식을 하고 있었다. 원래가 운기조식을 하게 되면 인체의 가장 말단까지 신선한 기가 퍼져 나가기에 온몸의 감각은 몇 배나 증폭되게 된다. 따라서 그 때문에 운기조식 때는 무아지경으로 빠지기 직전이 가장 위험한 상태가 되는 것이다. 온 정신을 집중하여 세심하게 내공을 조절해야 하는 상황에서 극도로 예민해진 감각에 의해 외부의 미세한 자극들이 여과 없이 흘러 들어오기 때문이다.

묵향은 천천히 운기조식을 끝마쳤다. 그리고 도대체 무슨 일인지 궁금증을 해결하기 위해 소리가 들려오는 방향으로 몸을 날렸다. 묵향은 소리가 나오는 곳 근처에 있는 나무 위에 슬그머니 내려앉았다. 그런 다음 아래를 살며시 내려다보던 묵향은 놀라서 하마터면 나무에서 떨어질 뻔했다. 하지만 오랜 수련을 통한 기적적인 인내심으로 그것을 겨우 극복해 낼 수 있었다. 그곳에는 달을 보면서 서럽게 울고 있는 아르티어스가 보였던 것이다.

놀람이 끝나자 그다음에는 더욱 호기심이 증폭되기 시작했다. 왜 아르티어스가 울고 있는 것일까? 도대체가 눈물과는 도저히 어울릴 것 같지 않는 드래곤이라는 최강의 종족이 말이다.

"흑흑, 아버지! 왜 저를 남겨 두고 그렇게 빨리 가셨습니까?"

밤하늘을 밝히고 있는 커다란 달은 이제 반쪽도 남지 않은 상태였다. 아르티어스는 달을 보면서 주절거리며 진짜 눈물을 흘리고 있었다. 처음에는 장난 삼아 할 생각이었으나 아마도 달밤의 묘한 정취가 아르티어스의 감정을 자극했는지도 몰랐다.

"왜 이렇게 아버지가 보고 싶은 건지 모르겠어요. 처음에는 그냥

엄한 아버지가 싫기만 했는데, 지금은 너무 후회가 되요. 진작 아버지에게 효도해 드리는 건데……. 역시 아버지의 말씀이 맞았어요. 너도 자식이 생기면 내 마음을 알 수 있을 거라는 그 말을 이제야 알 수 있을 것만 같아요. 이렇게 후회가 될 줄 알았다면, 이렇게 가슴이 아파 올 줄 알았다면…….”

서글피 울며 주절거리던 아르티어스는 감정이 북받치는지 흐르는 눈물을 닦을 생각도 하지 않고 길게 한숨을 내쉬었다.

“휴~우, 어쩔 때는 아버지가 원망스럽기까지 해요. 왜 일찍 돌아가셔서 제게 효도할 기회도 주지 않으시고, 끝내 불효막심한 놈으로 평생을 살아가게 하시는 겁니까? 왜!”

한참을 주절거리던 아르티어스는 갑자기 뭔가를 떠올렸는지 입가에 잔잔한 미소를 지었다. 하지만 그 미소는 우는 모습보다 더욱 처연하게만 느껴졌다.

“아버지가 보고 싶어요. 환하게 웃으시는 아버지를요. 그렇게만 할 수 있다면 그 어떤 짓이라도 이제는 다 할 수 있을 것만 같아요. 제가 미우시죠? 하지만 너무 절 미워하지는 마세요. 흑흑, 사사건건 저와 대치해서 싸우려고만 드는 녀석을 보고 있자니, 제가 얼마나 아버지께 불효한 놈이었는지 이제는 너무 잘 알고 있거든요. 그러니 제발 용서해 주세요.”

묵향은 도저히 더 이상 숨어서 엿듣고 있을 수가 없었다. 사실 이곳에 있는 야만인들 중에서 자신을 알아보는 사람이 있을 리가 없지 않은가? 자신이 조금만 자존심을 숙이고 들어가면 될 것을, 저렇게까지 아르티어스의 마음을 슬프게 만들다니……. 모든 것을 다 버리고 아들과 지내고 싶다는 단 하나의 소망만으로 여기까지 따라온 아르티어스를 말이다.

묵향은 나무에서 떨어져 내리며 아르티어스를 꼬옥 껴안았다. 그의 두 눈에서도 자신이 잘못했다는 자책감 때문인지 어느새 눈물이 글썽거리고 있었다.

"제, 제가 잘못했어요. 아버지. 그렇게 슬퍼하지 마세요. 아버지는 최선을 다하셨어요. 제가 잘못한 것이지 아버지가 잘못하신 게 아니라구요."

아르티어스는 흐느껴 우는 묵향을 따스한 손길로 다독거려 주며 나직한 음성으로 중얼거렸다. 꼭 껴안고 있었기에 묵향은 아르티어스의 얼굴을 볼 수 없었지만, 아르티어스는 이미 그때 승자의 미소를 짓고 있었다.

"아니다, 다 내 잘못이야. 내가 네게 무슨 도움이 되겠다고 여기까지 따라왔는지……. 그냥 아버지의 레어나 지키면서 참회하면서 사는 것이 좋았을 텐데 말이다. 고향을 찾겠다는 너의 간절한 바람은 아랑곳하지 않고, 쓸데없이 내 고집만 피웠구나. 다 내 잘못이다. 내가 잘못했다."

처연할 정도로 나직한 아르티어스의 말에 묵향은 거칠게 고개를 가로저었다.

"그, 그게 아니라니까 그러시네요."

묵향은 아르티어스에게서 배운 용언 마법을 다급하게 전개했다. 그것은 아르티어스가 묵향이 다크로 변신해 줬으면 하는 바람으로 가르쳐 준 트랜스포메이션 마법이었다. 트랜스포메이션으로 변신했을 때는 저주에 걸렸을 때처럼 완벽한 성전환은 불가능하다. 즉, 성(性)이 바뀌지 않는다는 말이었다. 하지만 다크는 아직 여물지도 않은 소녀였었기에, 가슴은 거의 튀어나오지 않았었다. 그래서 그런지 변신한 묵향은 과거 다크였을 때와 비교해 하나도 달라 보이지 않았다. 앳된 소녀와 같은 다크의 모습인 묵향을 꼭 끌어안으며 아르티어스는 감동 어린 어조로 중얼거렸다.
"오오, 내 사랑스런 아들아……."
묵향을 꼭 끌어안은 아르티어스의 눈빛이 순간적으로 득의에 가득한 것으로 바뀌고 있었다. 하지만 서로가 끌어안은 상태였기에 묵향으로서는 그것을 알 도리가 없었다.
"아버지……. 제가 잘못했어요."
주도권을 확실히 잡았다고 느낀 아르티어스는 나직하면서도 힘이 실린 목소리로 묵향에게 말했다.
"아빠라고 불러라. 아빠!"
잠시 망설이던 묵향은 결국 체념한 듯 작은 목소리로 속삭였다.
"예, 아빠."
달빛이 포근히 내리는 밤, 오랜만에 부자간에는 오붓하면서도 다정스런 대화가 오고갔다.

"젠장, 아들놈 하나 때문에 내가 이런 짓까지 해야 하나? 정말 지독하게도 말을 안 듣는단 말씀이야. 하지만 네가 아무리 까불어도 결국은 내 손바닥 위에 있다는 것을 알아야지. 킥킥킥."
아르티어스는 키득거리며 잠을 자기 위해 천막으로 돌아갔다. 사실 단독 생활을 즐겨하는 드래곤에게 있어서 무슨 애절한 효심이라는 것이 있고, 또 무슨 후회가 있겠는가? 하지만 비록 연극이기는 했지만 돌아가신 아버지를 떠올렸기에 그런 것인지 천막으로 걸어가는 아르티어스의 걸음걸이가 결코 가벼운 것은 아니었다.

다음 날 아침, 천막에서 천천히 걸어 나오는 묵향을 촌민들은 믿을 수 없다는 표정으로 바라봤다. 그중에서도 특히나 다쿠다의 경우는 그 충격의 강도가 컸다. 그도 그럴 것이 어제저녁까지만 해도 자신들과 같은 황색의 피부에 검은 눈, 검은 머리카락을 가지고 있지 않았던가? 그런데 하루 밤 만에 투명할 만큼 하얀 피부에 황금빛 찬란한 아름다운 머리카락, 그리고 커다란 갈색의 눈동자를 지닌 아름다운 소녀로 바뀌어 버렸으니 다쿠다 촌락민들이 모두들 기절초풍할 만도 했던 것이다. 하지만 그들은 아르티어스와 묵향을 신으로 생각하고 있었다.

신이란 원래 전지전능한 존재, 겉모습이야 언제든지 무엇으로든 바꿀 수 있지 않겠는가? 그렇기에 그들은 가급적 놀라움을 숨기려고 노력했지만 아무래도 그것이 쉽지는 않았다.

눈이 휘둥그레진 다쿠다가 지켜보는 가운데, 묵향은 가볍게 몸을 날려 말 등에 올라탔다. 아르티어스 어르신은 마을 촌장과 주술사와 얘기를 나눈 다음 언제나 그랬듯이 작은 주머니 하나를 받아서 품속에 챙겨 넣었다. 여태껏 다섯 군데 마을을 거치면서 하나씩 받았으니 아르티어스의 품속에는 다섯 개의 주머니가 들어 있는 셈이다.

그 주머니 안에는 촌민들이 주변에서 채집한 사금(砂金)이 들어 있었다. 그리고 사금 외에도 촌민들이 존경의 표시로 바친 담비나 족제비 등의 가죽들, 곡물 가루와 말린 고기까지 정성스럽게 가죽 주머니에 담아왔다.

다쿠다가 선물들을 말에다 싣고 있는 것을 보며 묵향이 영 마땅치 않다는 듯 투덜거렸다.

"이 작은 마을에서 뭐 긁어먹을 게 있다고 저것들을 다 받는 거예요? 저런 거 없어도 우리가 먹고 사는 데 별 지장 없잖아요."

"후후, 네가 아직 잘 모르는 모양이구나. 세상을 살아가는데 있어서 의복과 식량만큼 중요한 것이 있더냐? 안 그러면 내가 이 나이에 사냥을 하러 다니리? 그것도 아니면 본체로 현신해서 이 마을 저 마을 돌아다니며 협박이라도 하라는 말이냐?"

가볍게 묵향의 의견을 일축한 아르티어스는 다쿠다에게 뭐라고 말하자, 다쿠다는 재빨리 말에 오른 다음 출발했다. 이제 이 여행도 오늘이면 끝날 것이기에 그의 채찍질은 경쾌하기만 했다.

둥루젠의 수도

대족장 타르티가 살고 있다는 성은 해안에서 멀지 않은 위치에 세워진 돌로 만든 작은 석성(石城)이었다. 아마도 그 성은 커다란 항구와 그것을 끼고 잘 발달되어 있는 제법 규모가 큰 마을을 보호하기 위해서 건설된 것 같았다. 그렇게 생각할 수밖에 없는 것이 마을의 주민들을 모두 다 수용하기에는 성의 규모가 무척이나 작았고, 마을은 성 안쪽이 아니라 항구를 끼고 발달해 있었기 때문이다.

성의 규모는 크지는 않았지만, 묵향과 아르티어스가 이 세계에 와서 처음 보는 문명적인 것이었다. 물론 성벽을 쌓아 놓은 돌 자체도 네모반듯한 것이 아니라 대충 커다란 돌덩이를 차곡차곡 쌓아 놓은 것 같은 엉성한 구조를 하고 있었지만, 그것을 바라보며 묵향의 가슴은 터질 것만 같았다. 어쩌면 자신이 살고 있었던 시절

보다 훨씬 과거에 도착한 것이 아닌가하고 조바심을 내고 있었는데, 이 정도 규모의 성까지 쌓아 놨을 정도라면 그렇게 심하게 과거로 온 것 같지는 않다는 생각이 들었기 때문이다.
"저것 봐라."
묵향은 감회 어린 표정으로 성을 바라보고 있다가 아르티어스가 가리키는 곳으로 시선을 돌렸다. 그곳에는 막 바다로 출항하고 있는 40여 척의 크고 작은 배들로 이루어진 선단이 보였다. 큰 배를 중심으로 수십 척의 작은 배들이 지네발같이 달려 있는 노를 힘차게 저으며 바다를 헤쳐 나가는 모습은 참으로 장관이었다. 그리고 널찍한 만(灣)에 자리 잡고 있는 항구 내에도 많은 배들이 정박해 있었다.
항구를 내려다보며 아르티어스는 감탄했다는 듯 입을 열었다.
"그야말로 천연적인 항구로구나. 웬만한 폭풍이 불어도 끄떡 없겠어."
"그러니까 여기에다가 항구를 만들었겠죠. 일단 항구로 가 봐요. 혹시나 제가 살던 곳을 아는 상인들이 있을지도 모르니까요."
"그러자꾸나. 무역을 하는 상인들이라면 이 주변의 많은 나라에 가 봤겠지."

이곳은 둥루젠의 수도였다. 그리고 항구를 수도로 정했다면, 예상외로 이 야만족들은 해상 무역을 많이 하는 모양이었다. 그렇다면 해상 무역의 특성상 먼 곳까지 진출했을 것이고, 교역지의 많은 상인들이 와서 득실거릴 수도 있을 테니 묵향이 원하는 정보를 얻기에 좋을 것이 아닌가?

아르티어스 일행이 시내로 들어서자 길거리를 지나가던 수많은 원주민들은 이 색다른 모습을 하고 있는 이방인들에게 호기심 어린 눈길을 던졌다. 하지만 한눈에 척 봐도 이방인들은 비무장인 것이 확실했기에 호기심 어린 눈길만을 던졌을 뿐 별로 주의하는 기색은 아니었다.

항구에 도착해 보니 거의 60여 척이나 되는 배들이 선착장에 빼곡히 들어차 있었는데, 거의 대부분 작은 배들이었다. 하지만 큰 배들도 몇 척인가 보였다. 정박해 있는 배들 중에서 가장 큰 것은 30미터가 조금 넘어 보였고, 유선형으로 길쭉하게 빠진 선체와 배 중심에는 선체의 크기에 비해 짧게 느껴지는 돛대가 두 개 솟아 있었다. 그리고 몇몇 배는 그보다 훨씬 작아서 제법 크다 싶은 것이 25미터 정도였고, 대부분의 배들은 20미터도 안 되는 것들뿐이었다.

묵향이 예전에 통치했던 치레아 공국도 바다를 통한 중개 무역을 주축으로 했었다. 묵향은 치레아 공국에 가서야 난생 처음으로 바다를 봤었고, 또 자신이 다스리고 있는 주민들을 위해서 무역이라는 것의 중요성을 배웠다. 대량의 상품을 거래하는데 있어서 필수적인 운송 수단이 배였기 때문이다. 하지만 이곳에 정박하고 있는 배들은 그때 봤던 배와는 상당한 차이가 있었다. 먼저 한눈에 척 봐도 길이만 길쭉하게 길었지, 높이와 폭이 작아서 화물을 그다지 많이 실을 수는 없을 것 같았기 때문이다. 하지만 이런 미개한 민족이라면 저 정도만으로도 충분하지 않을까하고 생각해 보는 묵향이었다.

묵향이 감회 어린 표정으로 넓은 바다와 그 사이사이에 떠 있는 배들을 바라보고 있을 때, 아르티어스는 그 배들을 쓰윽 둘러보더니 심드렁하게 한마디 했다.

"에이씨, 뭐야 이거! 용골(龍骨 : Keel)이 없잖아. 뭐 이런 배가 다 있어?"

아르티어스의 말에 묵향은 묘한 표정을 짓고 있다가, 도무지 의문을 참지 못하겠다는 듯 기어코 질문을 던졌다.

"아빠, 용골이라니요? 그럼 배를 건조할 때 드래곤 본을 써야 된다는 말이에요? 아빠 앞에서 이런 말 하기는 그렇지만 드래곤 잡기가 얼마나 힘든데, 그 귀한 뼈다귀를 배 만드는 데 쓴단 말예요?"

그 말에 아르티어스는 황당하다는 듯 한동안 말을 잊고 묵향을 멍하니 바라봤다. 그리고는 고개를 절레절레 흔들며 중얼거렸다.

"이렇게 무식한 녀석이 과연 나의 아들이란 말인가? 정말 어이가 없군."

"방금 아빠가 용골이라고 했잖아요. 즉, 용의 뼈다귀!"

계속 묵향이 이해할 수 없다는 표정으로 질문을 던지자 아르티어스는 답답하다는 듯 바닥에 털썩 주저앉았다.

"으이구! 용골이라는 것은 뼈다귀를 말하는 것이 아니고 말이다, 그러니까……"

아르티어스는 땅바닥에 쓱쓱 손가락으로 그림을 그려가며 배의 구조를 대략적으로 설명을 해줬다. 용골이라는 것이 얼마나 중요한 것인지, 그리고 배의 골격을 잡는 그 중심축을 용골이라 부르며, 그것이 있고 없음에 따라 배의 강도에 얼마나 큰 차이가 나는지 하는 것들이었다. 아르티어스의 설명에 의하면 대해를 횡단하려면 용골은 절대적인 필수조건이었다.

아르티어스는 용골의 구조를 설명한 후, 자신이 이상하다고 생각하는 바를 묵향에게 말해 주었다.

"물론 무역선이 전선(戰船)처럼 튼튼할 필요는 없지만, 그래도 대해를 횡단해서 무역을 하려면 이런 배로는 어림도 없다고 봐야 하지. 그렇다면 연안을 돌아다니면서 무역을 하는 배인가? 흐음, 하지만 상선이라고 하기에는 배의 형태가 좀 이상해. 배가 너무 날씬하고, 또 높이가 낮은 만큼 짐도 많이 실지 못할 거야. 거~참, 이상한 노릇이군."

알아듣기 쉽게 묵향에게 설명해 주는 아르티어스의 배에 대한 지식은 절대 평범한 것이 아니었다. 묵향은 놀랍다는 듯 두 눈을 동그랗게 뜨며 말했다.

"우와, 아빠가 어떻게 그렇게 배에 대해서 잘 아세요? 아빠는 바다에 산다는 그 실버 드래곤도 아니잖아요."

아르티어스는 가볍게 어깨를 으쓱거리며 묵향의 질문에 대답해 주었다.

"험, 내 나이 벌써 4천! 웬만한 것은 다 경험해 봤지. 내가 소싯적에 네 할아버지 속 많이 썩힌 거 알지?"

"그, 그랬죠."

"내가 사고 친 다음에 한동안 아버지를 피해서 튄 곳이 뱃사람 생활 아니겠냐. 네 할아버지는 물 근처에도 잘 안 가시는 성격이었기에 그곳이 안성맞춤이었지."

그 말에 묵향은 아르티엔이 아르티어스를 잡는다고 펄쩍펄쩍 뛰는 모습을 잠시 연상해 보았다. 처음에는 치기 어린 소녀의 모습이었다가, 그다음에는 인자한 사부의 모습. 짧은 시간이었지만 묵향은 아르티엔과 아르티어스의 관계를 명확히 알 수 있었다. 그렇기에 묵향은 그때의 상황을 충분히 이해할 수 있었으므로 고개를 주억거리며 맞장구를 쳤다.

"정말 고생 많이 하셨겠네요. 비록 얼마 같이 지내지는 않았지만, 할아버지 성격도 보통은 아니시던데요?"

그 말에 아르티어스는 그 악몽 같던 시간들이 떠오르는지 한숨을 푹 내쉬며 주절거리기 시작했다.

"정말이지, 말도 마라. 내가 그때 한 고생을 생각하면 지금도 이빨이 갈린다. 너무 급하게 튀다 보니 보석이나 돈이 될 만한 것을 하나도 못 챙겼거든. 그러니 별수 있냐? 몸으로라도 때워야지. 그런데 바다라고는 난생 처음 접해 보는 사람을 태워 주는 배가 어디 있어야지. 사정사정해서 간신히 상선에 탔더니, 신참이라고 자식들이 나를 얼마나 갈구던지……."

아르티어스의 얘기에 묵향은 이상하다는 듯 고개를 갸웃거렸다.

"어? 아빠 성격에 그걸 그냥 놔 뒀어요?"

그때를 생각하자 아직도 진절머리가 나는지 아르티어스는 머리를 절레절레 흔들며 대답했다.

"어쩔 수 있냐? 그놈의 뱃멀미가 뭔지……. 한 달을 생고생을 하니까 손가락 하나 까딱하기도 귀찮더라. 그리고 뱃멀미에 익숙해진 후에도 도망치는 몸에 사고를 칠 수가 있어야지. 그랬다가는 순식간에 소문이 쫙 퍼질 건데 말이야. 마침 우연한 기회에 내 성격에 대충 맞는 배가 있길래 얼른 그리로 옮겼지."

"아빠 성격에 맞는 배가 어딨어요?"

아르티어스는 어색한 미소를 지으며 대충 얼버무렸다.

"어어, 그렇고 그런 게 있어. 건실하게 열심히 일하면서도 아주 화끈한 애들이 많이 모여 있는 배가 말이야. 하하핫! 그때는 정말 재미있었지. 역시 배를 바꿔 타기를 정말 잘했다는 생각이 절로 들었거든."

"그럼 그 배에 꽤 오래 타셨겠네요? 아빠는 성격에 맞으면 거의 무한정으로 눌러앉아 있잖아요."

한참 흥이 나서 얘기를 하던 아르티어스는 안 좋은 과거를 회상이라도 하는 듯 갑자기 인상을 팍 찡그리다 계속 말을 이었다.

"에이씨! 말도 마라. 한참 재미있을 만하면 군함들 눈치 봐야 하고, 나중에 크게 한 건 하려고 중앙 해로(海路) 쪽으로 접근했다가 순시함에 걸려 배는 박살 나고 아주 죽는 줄 알았다니까. 그때 얼마나 열심히 순시함에서 멀어지기 위해서 헤엄을 쳤는지……. 동료들의 일부는 건져져서 돛대에 목이 매달렸었지. 참, 끔찍했었어. 해적은 잡히면 무조건 사형……."

아르티어스는 자신이 말을 실수했음을 깨닫고 얼른 말을 멈췄다. 하지만 묵향의 눈이 벌써 실쭉 가늘어진 상태에서 자신을 지그시 바라보고 있다는 것을 깨달은 아르티어스는 실수를 만회하기 위해 재빨리 말을 돌렸다.

"저것 봐라. 저쪽에 묶여 있는 작은 배들은 한눈에 척 봐도 고기잡이 배라는 것을 알겠지?"

묵향은 의심스럽다는 듯한 시선을 채 지우지는 못했지만, 일단 아르티어스의 의도대로 시선을 어선 쪽으로 돌렸다.

"예."

"요 근처를 왔다 갔다 하면서 고기 잡는 배들이야 돛을 쓰건, 노를 쓰건 별 상관할 바가 없겠지만 상선은 달라. 상선은 보통 돛으로 움직이지. 노를 이용하는 경우는 극히 드물거든. 왜냐하면 상선의 경우 저렴한 가격으로 많은 양의 물건을 옮기는 데 그 의미가 있단 말이야. 많은 노잡이들에 대한 인건비도 문제가 되겠지. 물론 노잡이를 노예로 쓸 수도 있겠지만, 장거리 항해를 한다면 그들의 식량과 물을 실을 공간이 필요하지 않겠니? 그만큼 화물을 적재할 공간이 줄어든다는 말이지. 돛을 사용하면 역풍이 불 때 힘들기는 하겠지만, 노잡이들이 차지할 공간까지도 모두 화물로 채워 넣을 수 있으니 그만큼 짐을 많이 실을 수 있거든."

잠시 아르티어스의 말을 곰곰이 생각해 본 묵향은 어느 정도 이해가 됐는지 고개를 끄덕였다.

"듣고 보니 그러네요."

"그렇다면 결론은 전선(戰船)이라는 말인데, 그럼 왜 용골을 달지 않았을까? 용골을 달면 깊은 바다에 나갈 때 안정감이 있을 뿐만 아니라, 훨씬 더 튼튼하거든. 원래 해전을 하다 보면 배끼리 부딪칠 수도 있고…, 그런 만큼 튼튼한 선체는 필수조건인데 말이다."

"용골을 만들 줄 몰라서 그런지도 모르죠."

아르티어스는 손가락을 탁 튕기며 말했다. 아들놈의 말대로 해답은 너무 간단한 데에 있는지도 모른다는 생각이 들었던 것이다.

"맞아! 그렇게 생각할 수도 있겠군. 그 이유밖에 없겠어. 이놈들이 원체 미개하다는 사실을 내가 잠시 깜빡했군."

아르티어스의 설명에 묵향은 실망한 어조로 말했다. 상선이 모이는 곳이라면 이 근처 바다를 항해한 선원들이 득실거릴 것이 분명했고, 그렇다면 그들에게서 뭔가 중원에 대한 정보를 얻을 수 있을 거라 기대했었다. 그런데 아르티어스의 말을 듣고 보니, 아무래도 저것들이 상선이 아닌 듯했기 때문이다.

"그렇다면 저것은 상선이 아니라는 말이군요. 그럼 여기에서 어정거려 봐야 별로 득 될 것도 없겠네요. 그건 그렇고 이제 어떻게 하실 거예요?"

묵향이 질문을 하자 아르티어스는 미리 생각이라도 하고 있었다는 듯 곧바로 대답했다.

"물론 시장으로 가야지."

"시장에는 왜요?"

아르티어스는 다쿠다가 끌고 있는 짐말을 가리키면서 말했다.

"저것들을 팔아치워야 할 것 아니냐? 가죽뭉치를 들고 다녀봐야 쓸데도 없고 말이다."

아르티어스는 다쿠다에게 지시해서 시장으로 안내하게 했다. 시장으로 가면서 묵향은 시가지의 규모가 자신이 상상했던 것보다 월등하게 크다는 데 놀랐다. 물론 시가지의 규모는 겨우 5만 명 정도가 모여 사는 수준이었지만, 지금까지 봐왔던 원주민들의 생활수준에 비했을 때 이것은 정말 대단한 규모였다. 원래 많은 인구를 수용하는 시가지가 발달하려면 상업이나 공업의 발전은 필수적이었다. 한곳에 집중된 그 많은 인구가 먹고 살 기반이 필요하기 때문이다.

역시 묵향의 예상대로 시장의 규모는 대단히 컸다. 수많은 원주민들이 득실거리며 갖가지 물품들을 거래하고 있었다. 말이나, 소, 양, 염소, 닭 등의 각종 가축이라든지 쌀이나 보리, 호밀, 수수 등의 곡물들. 그리고 담비나 족제비, 여우 같은 값비싼 가죽들이 그것이었다. 그리고 구리나 무쇠로 만든 솥을 파는 상인도 있었고, 여자들의 장신구로 사용하는 구슬이나 방울 등등 수많은 자질구레한 상품들도 보였다.

시장을 한바퀴 둘러보면서 아르티어스는 다쿠다에게 지시해 상인들과 흥정을 붙여 지금까지 오면서 선물 받은 각종 가죽과 물품들을 사금과 바꿨다. 아무래도 이곳에서는 가죽을 구하기가 쉬워서 그런지, 말 등에 실려 있던 그 커다란 가죽뭉치를 모두 다 넘겼음에도 받은 사금의 양은 그렇게 많지 않았다. 아르티어스는 짐말과 식량까지도 다 팔아치우려고 했지만, 그것을 묵향이 가로막았다. 묵향은 짐말에 실려 있던 육포들 중에서 며칠 먹을 분량만큼만 꺼내어 자신의 말에 실었다. 그런 다음 나머지는 모두 다 다쿠다에게 줘서 서둘러서 돌려보냈다. 이곳까지 안내해 줘서 고맙다는 말과 함께. 아르티어스가 언제 말과 식량을 팔아 버리는 것으로 마음을 바꿀지 알 수없었기에 그렇게 서둘렀던 것이다. 다쿠다는 감사하다고 몇 번씩이나 고개를 조아리고 식량을 실은 말을 끌고 돌아갔다.

안내인인 다쿠다를 떠나보낸 후, 묵향은 시장에서부터 떠올랐던 의문을 아르티어스에게 물었다. 시장에서는 아르티어스와 다쿠다가 물건을 판다고 정신이 없는 상황이었기에 한가롭게 대화를 나눌 시간적 여유가 없었기 때문이다. 하지만 이제는 둘만 남은 상황이었고, 아르티어스도 일을 모두 처리했기에 느긋하게 자신의 궁금증을 풀어 보고자 했던 것이다.

"아빠는 뭔가 이상하다고 생각하지 않으세요?"

"뭐가 말이냐."

"여기 시가지의 규모가 너무 크잖아요. 부근에 사는 촌민들의 생활수준이라든지, 뭐 그런 것들을 봤을 때 이렇게 도시가 크게 발달할 이유가 없는데 말이죠."

묵향의 질문에 아르티어스는 그 정도는 생각할 필요도 없다는 듯 대답했다.

"호비트야 약간의 땅만 있으면 쥐 떼처럼 불어나는 속성이 있잖느냐. 내 여태껏 살아오면서 호비트만큼 번식력과 생존력이 강한 동물은 쥐 말고는 본 적이 없다. 거기다가 이곳은 둥루젠 부족의 수도가 아니냐? 주위의 산물(産物)들이 이곳으로 집중될 테고, 또 대족장이 사는 곳인 만큼 안전까지 보장되니까 호비트들이 안 모여들 수가 없겠지."

"그런 게 아니라니까요. 제가 치레아에 있을 때 느낀 건데 말이죠, 도시가 발달하려면 뭔가 확실한 이유가 필요하다구요. 상업이나 공업이 발달하지 않는 한, 많은 인구가 한곳에 모여 산다는 것은 불가능하거든요."

묵향의 말에 별걸 다 신경 쓴다는 듯 아르티어스의 대꾸는 심드렁하기만 했다.

"또 모르지. 항구니까 물고기가 많이 잡히던지, 아니면 배를 통한 중개 무역이라도 하는지 말이다."

"항구에 정박하고 있는 배가 상선은 아니라면서요. 그리고 작은 어선 몇십 척 아니, 항구 밖에 고기 잡으러 간 배가 그 몇 곱절이 된다고 해도 이건 말이 안 돼요. 그리고 이놈들은 돈이라는 것도 없어서 물물교환을 하든지, 아니면 사금으로 거래를 하잖아요. 그 말은 상업을 통해 먹고 사는 것은 절대로 아니라는 증거 아니겠어요?"

"글쎄다. 지금 중요한 것은 이놈들이 뭘 해서 먹고 사는지 조사하는 것이 아니라, 중원을 찾는 거 아니었냐?"

묵향은 더 이상 자신이 이상하다고 느낀 점을 말할 수가 없었다. 자신들에게 정말 중요한 것은 아르티어스의 말처럼 중원을 찾는 일이었기 때문이다.

"그, 그렇죠."

아르티어스는 피식 웃으며 화제를 돌렸다.

"자, 쓸데없는데 신경 쓰지 말고 식당이나 찾아보자. 정보를 긁어모으는 데는 여행자들이 많이 모이게 되는 식당이나 술집만 한 데가 없으니까 말이다."

"그러죠, 뭐."

"한 며칠 수소문을 하다 보면 뭔가 실마리가 잡히겠지."

아르티어스는 묵향을 이끌고 식당을 찾아 헤매기 시작했다. 하지만 아무리 돌아다녀 봐도 도저히 식당을 찾을 도리가 없었다. 아르티어스가 지나가던 원주민 한 명을 붙잡고 식당의 위치를 물어보고 있는 동안, 묵향은 마침 근처에 있는 대장간의 정경을 볼 수 있었다. 처음에는 그들이 뭘 하는가하는 의구심으로 지켜봤지만, 곧이어 그것이 아주 원시적으로 쇠를 다루고 있다는 것을 금방 알아챌 수 있었다. 이들이 철을 만드는 과정을 원시적이라고 판단한 근거는 이랬다. 대장간 일이라고는 해 본 적도 없는 묵향이 이들의 작업 과정을 척 봐도 이해할 수 있을 정도로 단순하기 그지없었던 것이다.

진흙과 돌을 이용해서 가운데가 움푹 파인 동그란 가마를 일단 만들었다. 그런 다음 그 속에다가 깨진 주철 솥이나 쇳조각 같은 것을 집어넣은 후 그 위에다가 숯을 잔뜩 집어넣었다. 그리고 그 주위에다가 돌과 적당하게 반죽한 진흙을 쌓아 올려 위쪽으로 작은 구멍이 나 있는 원뿔형을 만들었다. 이때 풀무질을 할 수 있는 작은 구멍 하나만 옆에다가 뚫어 놓으면 가마를 만드는 작업은 끝나게 된다. 가마를 만든 후에 숯에다가 불을 붙인 후 커다란 가죽 부대로 만든 풀무로 쉬지 않고 힘껏 풀무질을 하여 그 안을 뜨겁게 가열한다. 오랜 시간을 가열한 후 가마를 부수면 처음에 만들어 뒀던 가마의 움푹 파인 지점에 쇳덩어리가 남아 있게 되는 것이다.

물론 묵향이 이 모든 작업 과정을 지켜본 것은 아니었다. 묵향은 풀무질을 끝낸 후 가마를 부수고 쇳덩어리를 꺼내는 과정을 지켜 보며, 역순으로 작업의 진행 과정을 유추했을 뿐이었다. 우람한 근육질을 가지고 있는 원주민 둘은 꺼낸 쇳덩어리를 가져다가 숯불로 가열한 다음 시뻘겋게 달아 있는 상태에서 망치질을 시작했다. 아르티에스가 이리저리 수소문을 끝내고 온 다음 빨리 가자고 채근했기에 뭐가 만들어지는지 알 수 없었다. 하지만 간이 대장간 앞에 쌓여 있는 완성품들을 봤을 때, 지금 그들은 창촉을 만들고 있지 않을까 짐작할 뿐이었다.

묵향은 모르고 있었지만, 아르티엔으로 인해 모든 기억을 되찾은 다음부터 조금씩 변하고 있었다. 그 옛날 국광 시절 읽었던 수없이 많은 책을 통해 쌓인 지식, 치레아 공국을 경영하며 얻었던 경험, 그런 모든 것들이 밑바닥에 깔려 무공 외에는 아무런 관심이 없었던 그를 서서히 변화시켜 오고 있었던 것이다. 그래서인지 묵향의 성격도 조금씩 변화하고 있었다.

"어디에 식당이 있대요?"

"글쎄……. 여행자들이 모이는 곳이 저쪽에 있다는 말을 들었다. 거기에 가 보면 식당이 있지 않겠냐?"

하지만 아무리 가도 식당은 나오지 않았다. 또다시 아르티어스가 지나가던 원주민 한 명을 붙잡고 장황하게 질문을 늘어놨다. 원주민이 뭔가 난감한 듯한 표정으로 아르티어스에게 중얼거리며 가 버린 후 묵향은 짜증난다는 듯한 어조로 물었다.

"겨우 식당 하나 물어보는 데 무슨 설명이 그렇게 길고, 또 저놈의 반응은 왜 그래요?"

"글쎄 말이다. 식당이라는 게 원주민 말로 뭔지 도무지 알 수가 없거든. 아무리 기억을 유추해 봐도 떠오르지가 않는단 말씀이야. 그러니 자연 빙 둘러서 질문을 해야 하고, 또 질문을 받은 놈도 모르겠다고 저러는구나."

"젠장, 그럼 여행자들이 모인다는 그쪽이나 빨리 가 봐요. 거기를 쭉 둘러보다 보면 어딘가 있겠죠. 설마 여기까지 여행을 와서 풀뿌리를 씹고 있겠어요?"

묵향은 천막들이 즐비하게 늘어서 있는 곳에 도착해서야 왜 자신들이 식당을 찾지 못했는지 이해할 수가 있었다. 천막들은 우물을 기준으로 넓은 공터에 수십 개가 쳐져 있었다. 우물에서 원주민 아낙들이 가죽부대를 가지고 물을 길어 가는 모습도 보였다. 그리고 결정적으로 천막 앞에 불을 피워 고기를 구워서 곡물과 함께 먹고 있는 모습이 눈에 띄었다.

이런 식이라면 이곳에다가 식당을 열어 봐야 장사가 될 턱이 없을 것이다. 여행객이라는 것들이 집과 식량을 함께 가지고 다니는데, 어떻게 장사가 될 턱이 있겠는가 말이다.

"바로 저거였군요. 그렇다면 여기에는 식당이라는 게 없는 모양이죠?"

묵향의 질문에 아르티어스는 심각하게 잠시 생각해 보더니 중얼거렸다.

"식당뿐만 아니라 여관이라는 것도 없다는 게 정확한 분석일 게다. 내가 잠시 잊어버리고 있었는데, 이놈들은 화폐를 사용하지 않고 있었어. 그렇다면 식당에서 음식을 사 먹고 나서 무엇으로 대가를 지불할 것이며, 여관에서 하루 밤 자고 난 후에는 어떻게 해야 하겠냐? 아예 그런 식으로 화폐를 사용할 만한 일이 없다는 반증이 될 테지."

아르티어스의 설명에 묵향은 어쩔 수 없다는 듯 한숨을 내쉬며 말했다.

"휴우, 그럼 노숙을 하는 수밖에 없겠네요. 저쪽에 가서 말린 고기나 구워 먹죠. 저 요즘 고기 잘 굽거든요. 헤헤."

"그러자꾸나."

고기를 굽는 데는 혈수마공이 최고

묵향은 말 등에 실려 있는 주머니를 뒤적거려 잘 말린 육포 몇 개를 들고 돌아왔다. 불타오르는 듯한 그의 손이 한 번 쓱 훑었을 뿐이었는데도 육포는 노릇노릇하게 잘 구워졌다. 묵향은 그것을 아르티어스에게 건네 준 후, 또다시 한 개를 구워서 입으로 가져가며 중얼거렸다.

"역시 고정관념이라는 것은 무서운 거야. 파괴력이 막강하다는 것만 알았지, 혈수마공에 이런 기가 막힌 용도가 있을 줄이야……. 아예 불이 필요 없구만."

주의 깊게 묵향의 행동을 살피던 아르티어스는 호기심 어린 어조로 물었다.

"방금 쓴 그 마법이 혈수마공이라는 거냐? 거~참, 상당히 편리해 보이네. 그거 나도 좀 가르쳐 주라. 주문이 어떻게 되는 거냐?"

아르티어스의 말에 묵향은 피식 웃으며 대답했다.
"주문이라고요? 이건 마법이 아니라 무공인데요. 그리고 가르쳐 준다고 하더라도 곧바로 쓸 수 있는 게 아니라서……."
"짜식 쫀쫀하기는……. 가르쳐 주기 싫으면 싫다고 할 것이지."
대놓고 따지지는 못하고 작은 소리로 꿍얼거리고 있는 아르티어스를 향해 묵향은 어이가 없다는 듯 말했다.
"알았어요. 에이~씨, 가르쳐 드리면 될 거 아니에요."
"히히힛, 안 그래도 할 일도 없는데 그거라도 한번 배워 보자."
"좋아요. 그럼 잘 새겨들으세요."
천천히 묵향이 하는 말을 들으며 아르티어스의 안색은 점점 똥 씹은 듯 누렇게 바뀌어가기 시작했다. 묵향이 읊어 주는 그것은 혈수마공의 구결(口訣)이었다. 무공을 익혀 본 무인이라면 다 알 것이다. 최상급 무공의 구결이라면 원래가 무공의 아주 근본적인 부분을 파고들게 되기에 매우 추상적인 정신세계를 다루게 된다. 특히나 혈수마공 같이 천하 5대 수공(手功)에 들어갈 정도의 무공이라면 그 구결의 심오함은 거의 이해불능의 수준까지 올라가게 되는 것이다.
물론 묵향이 자신이 처음 배웠던 구결을 그대로 아르티어스에게 알려 준 것은 아니었다. 무공서적에 적힌 구결은 타인에게 유출되었을 때를 대비하여 거의 암호화해 놨기에 그것을 그대로 일러 줘봐야 이해할 수가 없었기 때문이다.
그렇기에 묵향은 자신이 깨달은 부분을 포함하여 비교적 알기 쉽게 일러 줬다. 하지만 아르티어스는 뭔가에 뒤통수를 한 대 맞은 듯한 표정으로 멍청히 앉아 있는 것이다. 그런 아르티어스의 얼굴을 보고 묵향은 그것 보라는 듯 의기양양한 표정으로 말을 이었다.

"거기까지가 총체적인 구결이구요, 그다음 각 부분에 따른 요결(要結)이 따로 있죠. 그러니까……."

그다음에 이어진 것은 혈수마공의 구결을 이해함에 있어서 따라다니는 요결이었다. 요결은 각 부분부분을 이해하기 쉽도록 풀어 주는 역할을 하는 것이기에, 뛰어난 고수가 들려주는 요결과 그렇지 못한 인물이 들려주는 요결에는 많은 차이가 있었다. 왜냐하면 자신이 이해한 부분까지를 총체적으로 풀어서 설명하는 것이었기 때문이다.

그런데 요결 강의가 시작되자, 아르티어스의 안색은 더더욱 멍해지기 시작했다. 원래가 마법만 배운 그에게 있어서 요결은 더욱 혼란만을 가중시켰을 뿐, 그 어떤 도움도 되지 못했기 때문이다. 이윽고 요결을 모두 말한 묵향은 이해할 수 있겠냐는 듯 아르티어스에게 물었다.

"아시겠어요?"

하지만 아르티어스의 반응은 영 '아니올시다' 였다. 도대체 무슨 말을 들었는지조차 이해할 수 없다는 듯 맹한 표정을 하고 있었던 것이다. 하지만 그의 표정은 곧이어 벼락이라도 맞은 듯 확 뒤바뀌었다. 그다음에 이어진 묵향의 말을 들었기 때문이다.

"골드일족의 후예이시면서, 전지전능에 가깝다고 자화자찬하시는 아빠니까 그 정도는 금방 익히시겠죠?"

묵향의 비꼬는 듯한 그 말에 아르티어스는 곧 심각하게 고민하기 시작했다. 자신이 한 말이 있기에 뭐가 뭔지는 모르겠지만 저렇듯 자세한 설명을 들었다면, 그에 따른 결과를 묵향에게 보여 줘야 한다는 부담감이 느껴졌던 것이다. 만약 이 난해한 마법을 익히지 못한다면, 아들이 자신을 뭐로 보겠는가 말이다.

한참을 고민하던 아르티어스는 아무리 머리를 쥐어짜 봐도 이해할 수 있는 실마리를 찾을 수가 없자, 일단 시간을 벌기로 결심했다. 그러자면 뭔가 기대에 가득 찬 듯 자신을 바라보며 실실 웃고 있는 아들놈의 관심을 딴 곳으로 돌려놓을 필요성이 있었다.

"그건 그렇고, 이제 어떻게 할 거냐?"

"뭘 말이에요?"

"이런 미개하기 그지없는 놈들을 상대로 필요한 정보를 얻어 낼 뭔가 다른 방법이 있느냐는 것이다."

"글쎄요. 어떻게 하는 것이 좋을까……?"

아르티어스는 잠시 고개를 갸웃거리며 생각하다가 뭔가가 떠올랐다는 듯 입을 열었다.

"아, 참! 왜 내가 미처 그것을 생각하지 못했지? 여기도 호비트가 사는 세상인 만큼 계급이 있을 것 아니냐. 여기까지 오면서 경험한 바에 의하면 비록 미개한 족속이라고는 하지만 촌장도 있었고, 각 지역을 관할하는 족장도 있었잖니? 특히 여기는 대족장이라는 놈이 살고 있으니 그놈한테 물어보면 알 수 있지 않을까?"

아르티어스의 말에 묵향은 환히 웃으며 좋은 방법이라고 맞장구를 쳤다. 이곳에서 상인을 찾아다니느니 차라리 이 지역을 통치하는 대족장에게 물어보는 것이 더 많은 정보를 얻을 수가 있을 것만 같았다.

"아, 맞다. 그런 방법이 있었네요."

아르티어스는 씹고 있던 육포를 땅바닥에 던져 버리며 말했다.

"그곳에 가면 이것보다는 좋은 음식을 대접받을 수 있겠지. 그리고 따뜻한 잠자리도 말이야. 안 그러냐?"

"그럼요. 빨리 가죠."

성은 야트막한 언덕 위이기는 했지만 그래도 주변보다는 훨씬 높은 지대에 자리 잡고 있었기에, 시가지와 항구를 한눈에 내려다 볼 수 있었다. 하지만 그 말은 시가지와 항구에서도 성을 어디서나 볼 수 있다는 말과 같았다. 그렇기에 아르티어스와 묵향은 원주민에게 길을 물어보는 수고를 생략하고 곧장 성을 찾아갈 수 있었.

성문을 지키고 서 있는 병사는 여섯 명가량이었는데, 그들의 복장은 거의 통일이라도 시킨 듯 흡사했다. 가죽으로 옷을 해 입고 있는 것은 지금껏 만난 촌락민과 똑같았지만, 한 가지 다른 것이 있다면 성문을 지키는 병사답게 완벽하게 무장을 갖추고 있다는 점이었다.

지금까지 만나온 모든 촌락민들은 무기를 다룰 줄 알고 있었고, 또 무기들을 집에 보관하고 있었지만 먹고 살 일이 바쁘다 보니 간편한 무장만을 하고 다니는 정도였다. 하지만 이들은 방패를 등에 지고, 긴 창을 쥐고 서 있었다.

성문을 지키고 있던 원주민 병사들은 색다른 모습의 이방인이 나타나자 험악한 인상으로 창을 꼬나들고 앞을 가로막으며 뭐라고 지껄여 댔다.

"저 녀석 뭐라고 지껄이는 거예요?"

병사들의 무례한 태도에 기분이 상한 묵향이 묻자, 아르티어스는 심드렁한 어조로 대답했다.

"무슨 일로 왔느냐고 묻는 거야. 그냥 때려눕히고 들어갈까?"

"그러면 대판 싸우게 될 게 뻔하잖아요. 그러지 말고 아주 중요한 일로 대족장 타르티를 만나러 왔다고 해요."

"그럴까? 쩝, 귀찮기는 하지만 네 말대로 하마."

병사들 중의 한 명이 대족장을 만나러 왔다는 아르티어스의 말을 무시하지 못하고, 성안으로 달려 들어갔다. 잠시 후 그 병사는 상관인 듯한 한 인물과 함께 걸어 나왔다. 그 또한 여태껏 보아 왔던 원주민들처럼 어깻죽지만 감싸고 있는 털가죽으로 된 옷을 입고 있었다. 하지만 그의 허리에는 병사들처럼 작은 단도만이 꼽혀 있지 않고, 반월형으로 휘어진 커다란 도(刀)를 차고 있었다.

그는 도의 손잡이에 손을 올린 채 거만한 표정으로 뭐라고 말했다. 그러자 곧장 아르티어스도 그의 말에 응수해 한동안 서로 원주민 언어로 지껄여 댔다. 갈수록 서로 간의 말투가 거칠어지기 시작하는 것을 느낀 묵향이 아르티어스의 옷깃을 잡아당기며 물었다.

"도대체 무슨 얘기를 그렇게 오래 하는 거예요?"

"저놈이 대족장을 만나지 못한다고 하잖아."

아르티어스가 투덜거리며 말했지만 묵향의 생각은 달랐다. 성을 경비하는 병사들로서는 그렇게 나와야 당연한 것이다. 상대가 주변 강대국에서 온 사신도 아니었고, 또 대족장을 만나러 왔다면서 뭔가 대단한 선물을 가져온 것도 아니었다. 신분도 확실하지 않은 이방인 둘이, 그것도 그냥 맨손으로 와서는 대족장을 만나게 해 달라는데 그게 말이나 되는 소리인가?

묵향은 잠시 생각해 본 후 입을 열었다.

"병사들이야 당연히 그렇게 나오겠죠. 그럼 이렇게 하자구요. 여태까지 이리로 오면서 신으로서 많은 대접을 받았잖아요. 그러니까 신께서 왕림하셨다고 둘러대면서 대족장을 만나게 해 달라고 하면 되잖아요. 그리고 설마 그 촌락에서 이쪽까지 20일간에 걸쳐 쉬엄쉬엄 왔는데, 신이 왕림한 사실을 대족장이 모를 리가 있겠어요? 벌써 보고가 올라왔어도 예전에 올라왔을 걸요?"

"호오, 그럴듯한데. 그 방법도 괜찮겠군. 그러니까 내 전공을 살리자는 말인데…, 좋아! 한번 해 보자!"

아르티어스는 좋은 생각이라는 듯 감탄사를 연발한 후, 나직하게 목소리를 깔며 병사들에게 무언가 말을 건넸다. 하지만 아르티어스의 기대와는 달리 병사들의 얼굴에 떠오른 것은 존경심이나 경외감 따위와는 거리가 먼 경멸감이었다.

병사들이 뭐라고 지껄여대자 아르티어스의 안색이 확 일그러졌다. 그것을 보고 묵향이 옆에서 아르티어스의 옷깃을 살며시 잡아끌며 물었다.

"도대체 저놈이 뭐라고 했길래 그래요?"

아르티어스는 사나운 눈빛으로 그 병사를 째려보며 투덜거렸다.

"저놈이 나를 보고 사기꾼이라고 하잖아. 씨쥬에서 온 장사치라는 것을 뻔히 아는데 감히 신의 이름을 사칭한다고 말이야. 목을 잘라 버리기 전에 꺼지라고 하는데, 내가 가만히 있게 생겼냐?"

묵향은 아르티어스의 말에 좋은 정보를 얻었다는 듯 다급히 물었다.

"뭐라고요? 씨쥬에서 온 상인이라고요? 호오, 그렇다면 색목인(色目人)이 여기까지 들어오는 모양이군요. 그럼, 그들을 어디에 가면 만날 수 있는지 한번 물어봐요."

내키지 않는다는 표정으로 아르티어스가 퉁명스럽게 질문을 던지자 상대는 차가운 어조로 뭐라고 떠든 후 성 쪽으로 발걸음을 돌렸다. 그리고 병사들도 빨리 꺼지라는 듯 창을 들이밀며 아르티어스를 위협했다. 순간 아르티어스는 화가 머리끝까지 솟구쳤는지 얼굴이 시뻘겋게 변하며 거칠게 외쳤다.

"이것들이 감히 내가 누군 줄 알고, 어디 맛 좀 봐라."

아르티어스는 허공을 향해 두 손을 뻗으며 뭐라고 중얼거렸다. 골드 드래곤은 바람의 정령력을 지니는 존재가 아닌가. 그는 바람의 정령들을 불러서 저 싸가지 없는 놈을 날려 버리려고 했다. 하지만…….

"어? 왜 이래?"

아르티어스는 고개를 갸웃거렸다. 정령의 힘이 전혀 느껴지지 않았기 때문이다.

"세상에…, 그렇다면 지금까지 불어오던 바람은 뭐였지? 여기서는 정령이 없어도 바람이 분다는 말인가? 에잇! 젠장, 그건 나중에 천천히 연구해 보면 알 수 있겠지. 그렇다면 이것은 어떠냐?"

아르티어스는 본격적으로 마법을 사용했다. 강력한 마법이라면 마나가 희박하기에 구사하기 힘들지도 모르겠지만, 저런 야만족 병사 하나를 족치는 데 그렇게 고급 마법은 필요도 없었다. 아르티어스가 주문을 외워 마법을 발동시키자, 퉁명스레 말하고 되돌아가던 도를 찬 병사의 안색이 창백하게 변했다. 어떻게 된 일인지 모르겠지만 자신의 몸이 뒤로 확 끌려가고 있다는 것을 느꼈던 것이다.

그는 비명을 질러 대며 질질 끌려왔고, 곧이어 아르티어스의 손아귀에 잡혀 버렸다. 그제야 그는 아르티어스가 자신에게 뭔가를 했다는 것을 깨닫고 창백해진 안색이기는 했지만, 큰 소리로 지껄여 대며 허리에 찬 도를 꺼내려고 발버둥을 쳤다. 하지만 곧이어 그의 반항도 잠잠해졌다. 아르티어스가 그의 뒤통수를 주먹으로 호되게 갈겨 버렸던 것이다.

그와 동시에 주변에 있던 모든 원주민 병사들이 벌 떼를 건드린 듯 웅성거리며 전투 대형을 갖췄다. 방패로 몸을 가리며 창을 꼬나 쥐고 서서히 압박해 들어오기 시작했던 것이다. 그것을 보자 아르티어스는 같잖다는 듯 중얼거렸다.

"이것들이, 정말 죽으려고 작정을 했군. 그래, 어디 한번 죽어 봐라."

아르티어스가 주문을 외우며 슬쩍 손을 뻗자, 그의 손에서 엄청난 빛이 뿜어져 나왔다. 그것은 곧장 자신을 향해 다가오고 있던 병사 한 명에게 직격했고, 그는 괴성을 질러 대며 경련을 일으키더니 이윽고 잠잠해져 버렸다. 죽은 것이다. 그것을 보자 병사들의 안색이 창백하게 질리더니 부들부들 떨며 뒤로 주춤주춤 물러서기 시작했다. 옆에서 보고 있던 묵향은 아르티어스가 마법을 이상한 방법으로 사용하자 궁금한 듯 물었다.

"왜 그렇게 한 거예요?"

아르티어스는 그 말에는 대답도 안 하고, 겁에 질린 병사들의 모습에 기고만장한 어조로 중얼거렸다.

"흐흐흐, 이것들이 이제야 나를 알아 모시는 모양이군. 하등한 네놈들에 비하면 신에 가까운 이 몸을 말이야."

아르티어스는 주위를 두리번거리다가 성문 근처에 서 있는 커다란 나무 한 그루를 발견하자 음흉한 미소를 짓더니 뭔가 주문을 외워대기 시작했다. 그러자 그의 몸에서는 찬란한 서광이 뿜어져 나오기 시작했다. 불가사의한 그 광경을 목격한 병사들은 하나 둘씩 무기를 버리고 땅에 꿇어앉은 채 절을 하며 외치기 시작했다. 그들의 외침은 조금씩 차이가 있었지만, 그 안에는 탱게르라는 단어가 포함되어 있다는 것을 묵향은 알 수 있었다.

이윽고 모든 병사가 엎드려 절을 하자 아르티어스는 흡족한 표정으로 나무를 손짓으로 가리키며 뭐라고 소리쳤다. 그러자 엎드리고 있던 모든 병사들의 시선이 그곳으로 집중되었다.

번쩍!

콰콰쾅.

이때 구름 한 점 없던 맑은 하늘에서 새하얀 번개가 내리꽂히며 나무를 수직으로 두 동강을 내 버렸다. 그 광경을 본 병사들은 공포와 경외감에 질린 얼굴로 아르티어스에게 절을 해 대며 연신 탱게르를 외쳐 대기 시작했다. 오직 그것만이 자신들이 살 수 있는 유일한 방법이라는 듯. 그리고 그 외침은 점점 더 퍼져 나가기 시작했다. 성문 주위에서 탱게르라는 커다란 함성이 들리자, 성 내부에 있던 병사들이 무슨 일인가하여 쏟아져 나왔다. 그들 역시 곧 상황을 인식하고 그 대열에 계속 합류했다.

수많은 병사들이 탱게르를 외쳐 대고 있는 가운데, 뒤에서 구경하고 있던 묵향이 슬그머니 다가와서 아르티어스에게 물었다.

"도대체 무슨 짓을 한 거에요? 뒤에서 보니까 시답잖은 전격 마법으로 한 명 구워 죽이고, 저 나무를 반쪽 낸 것밖에 없었잖아요. 그런데 왜 이 난리죠?"

고기를 굽는 데는 혈수마공이 최고

묵향의 질문에 아르티어스는 씨익 웃으면서 대답했다.

"쯧쯧쯧, 그래서 네가 아직 멀었다는 말이다. 이렇게 호비트의 심리를 이해하지 못하다니……. 그래서 내가 말했잖냐. 똑같은 마법을 쓰더라도 저런 무식한 것들 앞에서 쓸 때는 연출 효과가 아주 중요하다고 말이야."

"연·출·효·과·요?"

"그래, 똑같은 마법이라도 어떤 방식으로 조합하느냐에 따라 그 효과는 엄청난 차이를 보이지. 라이팅 마법으로 몸을 감싸 분위기를 고조시키고, 전격 마법으로 초자연적인 힘을 발휘할 수 있다는 것을 내가 보여 주었잖니. 그랬더니 봐라, 저것들이 나를 탱게르, 즉 하늘에서 내려온 천신(天神)이라고 떠들어 대고 있잖아."

으스대는 아르티어스를 묵향은 같잖다는 듯 바라봤다. 하지만 묵향의 두 눈이 휘둥그레지는 것은 잠시의 시간도 걸리지 않았다. 은은한 빛 무리로 몸을 감싼 아리티어스는 평소의 주책 맞던 그의 모습을 연상하기 힘들 만큼 위엄과 신성에 가득 차 있었던 것이다. 잠시 자신의 두 눈을 의심하며 아르티어스를 바라보던 묵향은 나지한 소리로 중얼거렸다.

"폼이 나긴 난다만은 참 내, 별 같잖은 게 다 통하네."

그것은 묵향이었기에 이해할 수 없는 일일 뿐이었다. 왜냐하면 그는 마법이 난무하는 세계에서 오랜 세월 살며 거기에 이미 익숙해져 있었기 때문이다. 더군다나 묵향은 엄청난 파괴력을 자랑하는 거대한 강철 인형이나, 6사이클급 이상의 막강한 마법들, 그리고 마계의 발록은 물론이며 그보다도 월등한 불칸(Vulcan)과도 싸워 보지 않았던가. 그런 묵향이었기에 아무리 연출이 좋다 하더라도 저런 간단한 라이팅 마법과 전격 마법에 속아 땅바닥에 꿇어앉아 천신이라 부르짖고 있는 병사들을 도저히 이해할 수 없었던 것이다.

번개의 신 당케 탱게르

"밖이 왜 이렇게 소란스러운 것이냐?"

두툼한 호랑이 가죽을 깔아 놓은 의자에 앉아 있던 대족장 타르티는 밖이 시끌벅적 시끄럽자 짜증스러운 말투로 말했다. 그러자 그 옆에 서 있던 해리바가 즉시 문 앞에 서 있던 호위 병사에게 지시했다.

"무슨 일인지 알아 봐라."

"옛!"

병사가 달려 나간 후, 타르티는 해리바와 방금 전까지 나누던 대화를 계속했다.

"흐음, 아무래도 조금 더 지켜보는 것이 좋지 않겠나? 명확한 확증도 없는 상태에서……."

해리바는 침중한 표정으로 자신의 의견을 계속 타르티에게 밀어

붙였다.
"대한(大汗)이시여, 더 이상 무슨 증거가 필요하겠습니까? 작년에 스루 한님은 딸을 시집보냈습니다. 여자가 나이가 차면 결혼을 시키는 것이야 당연하겠지만, 그 상대가 우구나이 한님이었습니다. 우구나이 일족은 둥루젠 북쪽에 큰 세력을 형성하고 있는 대부족이 아닙니까? 그뿐만이 아니라 며칠 전에는 구로 한님께 딸을 달라고 청혼을 넣은 모양입니다. 물론 스루 한님의 둘째 아들이 장성해서 결혼할 나이가 된 것은 사실이지만, 아무래도 그 상대가 구로 한님이라면 저희로서는 쉽게 간과해서는 안 될 것 같습니다. 만약 이번 혼사가 성립된다면 둥루젠의 북방 전체는 스루 한님의 영향권 안에 들어가게 됩니다. 지금까지 스루 한님께서 대한께 대항하고자하는 뜻을 한번도 노골적으로 드러낸 적은 없었습니다. 하지만 지금 그 세력이 갈수록 커지고 있습니다. 만약 그가 세력을 결집한 후에 대항을 시작하면 저희로서는 이미 늦습니다. 그러니 빨리 뭔가……"
하지만 해리바의 말은 여기서 끊겨야 했다. 왜냐하면 방금 자신이 내보냈던 병사가 허겁지겁 달려 들어왔기 때문이다.
"대, 대한이시여. 큰일 났습니다."
해리바는 인상을 찡그리며 앞으로 나서서 외쳤다.
"대한께서 계신 곳에서 이 무슨 무례한 짓이냐! 대체 무슨 일이 일어났기에 그리 호들갑을 떨고 난리냐?"
"탱게르께서 현신하셨습니다. 번개의 조화를 부리시는 것으로 보아 당케 탱게르이신 것이 분명합니다. 오오, 탱게르시여!"
해리바는 대한과의 밀담이 방해를 받은 것도 짜증이 났지만, 그 대화를 방해한 병사가 횡설수설하고 있자 더욱 화가 치밀었는지 언성을 높여 질책했다.

"무슨 헛소리를 하는 것인가? 좀 더 자세히 말해 보라!"

"예, 두 분의 탱게르께서 오셨습니다. 두 분 다 정말 여인처럼 아름다우신 분들인데, 한 분은 불타는 듯 붉은 머리에……."

병사의 보고를 다 들은 후 해리바는 손을 내저어 병사를 물리쳤다. 그런 다음 타르티에게 은근한 어조로 말했다.

"당케 탱게르께서 왕림하신 것을 보면, 대한께 탱게르의 축복이 함께 하시는 모양입니다."

그 말에 타르티는 시큰둥한 어조로 입을 열었다.

"병사의 보고를 듣다 보니 아무래도 씨쥬 상인 놈이 농간을 부린 것이 아닌가하는 생각이 드는데, 사실 아무것도 모르는 부족민들이 탱게르를 열성적으로 받드는 것이 부려먹기 편해서 좋기는 하지만 그런 허무맹랑한 전설이나 신화를 믿는다는 것은 바보짓이야."

해리바는 타르티의 말을 끝까지 다 듣고 난 뒤 빙긋이 웃으며 말했다.

"과연, 현명하신 생각이십니다. 물론 그들이 진짜 탱게르일 수도 있고, 아니면 가짜일 수도 있을 것입니다. 하지만 대한께서는 그들을 진짜로서 받아들이십시오."

해리바의 조언에 타르티는 말도 안 된다는 듯 언성을 높여 외쳤다.

"뭐라고? 왜 내가 그런 바보놀음에 장단을 맞춰 줘야 한다는 말이냐?"

"탱게르께서 대한께 나타났다는 것은 대단히 상서로운 징조가 아니겠습니까. 예순넷씩이나 되는 탱게르들 중에서 그들이 누구인지는 중요한 것이 아닙니다. 또한 설혹 그들이 사기꾼들이라도 상관없는 일이지요."

타르티는 어이가 없다는 표정으로 해리바를 바라봤다. 하지만 해리바는 그런 타르티의 눈초리에도 아랑곳하지 않고 자신이 하고자 하는 말을 계속했다.

"예, 그런 하찮은 것들은 모두 다 중요한 것이 아닙니다. 중요한 것은 탱게르께서 그 누구도 아닌 대한께 나타났다는 것입니다. 그 점을 잘 이용하신다면 동루젠 부족의 진정한 화합을 이룰 수 있지 않겠습니까?"

그때서야 해리바가 말하고자 하는 진정한 의미를 깨달은 타르티는 무릎을 탁 치며 말했다.

"옳거니, 그런 것이 있었군. 탱게르의 뜻이 나에게 이어졌다면 그 누구도 감히 내게 반항할 수 없겠지?"

"예, 물론입니다. 설혹 반항하는 자가 있다손 치더라도, 대한께서 군대를 끌고 가신다면 항복하지 않고는 못 배길 것입니다. 그 어떤 부족민도 탱게르의 군대를 상대로는 싸우려고 하지 않을 테니까 말입니다."

타르티는 호탕하게 웃으며 해리바에게 지시했다.

"크하하핫! 좋아좋아. 그렇다면 주술사를 빨리 불러라!"

대족장 타르티의 명령이 떨어졌는데도 불구하고 해리바는 조금도 미동하지 않았다. 오히려 이해할 수 없다는 듯 되물었다.

"주술사는 왜 찾으시는 것이옵니까?"

"탱게르가 왔다면 당연히 주술사와 함께 맞이해야 할 것 아닌가?"

타르티의 대답에 해리바는 그럴 줄 알았다는 듯 빙그레 웃으며 입을 열었다.

"아, 그러실 필요가 없습니다. 주술사는 지금 마을에 환자가 생겨서 성밖으로 나갔습니다. 하지만 대한께 오히려 더 잘된 일이 아니겠습니까?"

타르티는 무슨 말을 하느냐는 듯 어리둥절한 표정으로 물었다.

"어째서?"

"탱게르와 의사소통을 하는 것은 여태껏 주술사가 해 왔지 않습니까. 탱게르의 뜻이라고 한다면 심지어 한(汗)까지도 바꿔치울 수 있을 정도로 권위가 있죠. 그만큼 위험한 존재들이기도 합니다. 하지만 지금 탱게르가 직접 현신하셨으니, 이번 경우는 주술사를 통하지 않고 대한께서 직접 대화를 시도해 볼 수도 있지 않겠습니까?"

타르티는 좋은 생각이라는 듯 고개를 끄덕이며 입을 열었다.

"호오, 그러니까 탱게르를 끼고 있기만 하면 내 말이 곧 탱게르의 말이 될 수도 있다는 뜻인가?"

"그렇습니다. 그리고 만약 주술사가 탱게르를 만나게 그냥 놔둔다면 곤란한 일이 생길 수도 있습니다."

"어째서?"

해리바는 타르티가 의아하다는 듯이 물어오자 곧 자신의 생각을 말했다.

"예, 만약 주술사가 탱게르가 가짜라는 것을 밝혀낸다면 아주 곤란하지 않겠습니까?"

"그, 그렇겠지."

"그러니까 주술사가 탱게르께 접근하는 것을 사전에 차단하시는 것이 좋을 것 같습니다."

타르티는 고개를 끄덕이며 잠시 생각을 하다 해리바에게 지시를 내렸다.

"좋아, 그럼 자네는 곧장 주술사에게 가서 시간을 끌어. 아니, 그보다는 아예 만나지 못하게 막아."

지시를 받고 급히 밖으로 나가려던 해리바는 뭔가 떠올랐는지 뒤로 돌아 타르티에게 말했다.

"대한, 제게 좋은 생각이 있습니다. 일주일 후에 또 다른 선단이 지팡그로 출발하지 않습니까. 그러니 그 감사제를 대대적으로 올리도록 주술사에게 지시하는 겁니다. 물론 감사제 준비를 넉넉하게 할 수 있도록 금을 듬뿍 집어 주면 되겠지요. 그리고 이번 감사제는 매우 성대한 것이니, 감사제가 무사히 잘 끝마쳐질 수 있도록 부정이 타지 않는 곳에서 감사제 전까지 탱게르께 기원을 해 달라고 하는 겁니다."

타르티는 좋은 생각이라는 듯 무릎을 치며 찬성했다. 그러나 곧 미간을 찌푸리며 중얼거렸다.

"호오, 그것 정말 좋은 생각이군. 그나저나 젠장, 그 탐욕스러운 주술사 놈에게 또 얼마나 많은 금을 집어 줘야 되는 거야?"

잠시 투덜거리던 타르티는 해리바에게 지시했다.

"황금은 필요한 만큼 자네가 알아서 가져가게. 어쨌건 자네는 지금 바로 주술사에게 가 보게. 주술사가 언제 성으로 돌아올지 모르니까, 한시가 급해."

"옛!"

지시를 내린 타르티는 천천히 자리에서 일어나며 음흉한 웃음을 지었다.

"자, 그럼 이제 둥루젠을 일통시키는 한판 연극을 하러 가 볼까. 흐흐흐."

한동안 목청껏 천신의 이름을 외치고 있던 병사들의 외침이 서서히 잦아들면서 주위가 점차 잠잠해지기 시작했을 때, 웬 50대 초반 정도로 보이는 사내가 근엄한 표정으로 다가오는 것이 아르티어스의 눈에 보였다. 그의 뒤에는 네 명 정도의 기골이 장대한 호위 무사들이 허리에 칼을 찬 채 따라오고 있었다. 그는 아르티어스로부터 30여 미터쯤 떨어진 곳에서부터 땅바닥에 엎드리더니, 엉금엉금 기어서 아르티어스에게로 다가왔다. 이윽고 아르티어스 앞에 도착한 그 사내는 정중한 어조로 한동안 중얼거리더니 양손을 뻗어 아르티어스의 발을 살며시 들어 자신의 머리 위에 올렸.

옆에서 지켜보고 있던 묵향이 도저히 이해할 수 없다는 듯 말했다.

"저놈은 도대체 제정신이 박힌 놈인가? 어떻게 다른 사람의 발을 자기 머리 위에 올릴 수 있는 거죠? 내가 저런 꼴을 당했다면 칼을 물고 죽었을 건데, 저놈은 자진해서 하다니 정말 어이가 없네."

묵향의 말에 아르티어스는 어깨를 으쓱거리며 거드름을 피웠다.

"흐흐흐, 이것이 바로 이놈들이 하는 복종의 맹세지. 그러니까 자신을 노예처럼 부려 달라는 의미가 아니겠냐. 너는 이놈이 누군 줄 모르겠지?"

 아르티어스는 자신의 발을 머리에 올리고 있는 중년의 사내를 가리키며 물었다. 묵향은 당연히 고개를 가로저었다. 점쟁이가 아닌 이상 처음 보는 원주민이 누군지 어찌 알겠는가? 그리고 원주민들은 머리 모양도 한결 같았고, 또 모두들 가죽으로 옷을 해 입고 있었기에 그놈이 그놈 같아서 도저히 알 방법이 없었던 것이다. 묵향이 맹한 얼굴로 서 있자, 아르티어스는 호기롭게 웃으며 말했다.

 "으하하핫, 바로 이 녀석이 대족장 타르티라는 놈이야. 이것으로 둥루젠 부족의 모든 호비트는 모두 다 내 노예나 다름없다는 말이다."

 아르티어스의 말에 묵향은 도저히 믿기지 않는다는 듯 말을 제대로 하지 못했다.

 "서, 설마……."

 "쯧쯧, 그래서 내가 누누이 말했지. 아직도 너는 좀 더 배워야 한다고 말이다."

 말은 그렇게 했지만, 아르티어스도 이것을 공짜로 배운 것은 아니었다. 무슨 할 짓이 없어서 드래곤이 호비트의 심리를 연구하고 있겠는가. 한번 몸체만 쓰윽 보여 줘도 모든 것이 만사형통인데 말이다. 따지고 보면 이것도 다 다크 탓이었다. 그녀에게 휘둘리며 아르티어스가 그 얼마나 많은 고생을 했던가. 뿐만 아니라 나중에는 수많은 호비트들을 거느리고 막노동까지 하지 않았던가. 그러다 보니 호비트들을 손쉽게 다루는 방법을 어쩔 수 없이 익힐 수밖에 없었던 아르티어스였던 것이다.

 잠시 어깨를 으쓱거리던 아르티어스는 갑자기 한숨을 푹 내쉬었다. 아무리 호비트의 심리 상태를 꿰고 있으면 뭐 하느냐 말이다. 정작 그가 휘어잡고 싶은 호비트 놈에게는 아예 자신의 말이 먹혀 들지를 않는데 말이다. 아니, 먹혀 들어가기는커녕 그 지독한 퐁고 집과 드래곤도 손을 내저을 정도의 무시무시한 파워, 이게 정말 호비트가 맞기나 한지 아르티어스도 가끔 헷갈릴 지경이었던 것이다.

"에이, 젠장. 만사를 잊어버리고 오랜만에 뜨뜻한 물로 목욕이나 하고 싶구나. 어서 성으로 들어가자."

아르티어스의 속을 모르는 묵향은 싱글거리며 대답했다.

"예."

묵향과 아르티어스는 타르티의 안내를 받으며 내전(內殿)으로 들어갔다. 아르티어스는 호랑이 가죽이 깔려 있는 상석에 거만한 태도로 앉아 타르티와 부하들의 인사를 받았다. 그리고 타르티에게 목욕물을 준비하라고 지시했을 때 타르티는 왠지 당혹스러운 표정으로 곧바로 대답을 하지 못했다. 아르티어스가 인상을 팍 찡그리자 허둥지둥 부하에게 뭐라고 지시를 내리는 것이었다.

그가 왜 그렇게 허둥댔었는지는 목욕을 하러 간 후에야 알 수 있었다. 타르티가 안내한 곳은 성의 부엌 뒤편에 급조한 커다란 천막이었다. 천막 안에 들어간 묵향이 떨떠름한 어조로 말했다.

"이거 목욕탕 맞아요?"

아르티어스 역시 목욕탕을 둘러보며 기가 막힌다는 듯 중얼거렸다.

"그, 글쎄다."

"제가 보기에는 통돼지 한 마리 잡아넣고 삶는 곳 같은데요?"

묵향의 표현대로 이건 돼지를 잡아 삶는 곳인지, 목욕을 하는 곳인지 분간이 안 가는 곳이었던 것이다. 소 한 마리는 통째로 삶을 수 있을 만큼 커다란 무쇠 솥에 물이 펄펄 끓고 있었고, 그 옆에는 찬물이 들어 있는 크고 작은 그릇들이 여러 개 놓여 있었다.

"젠장, 용도는 네가 말한 그게 맞는 것 같은데 뭐 어쩔 수 있냐. 이놈들은 아무래도 목욕이라고는 거의 안 하고 사는 것 같단 말씀이야. 그래서인지 내가 알고 있는 원주민 말 중에서 '목욕'이라는 단어는 아예 없었다. 그래서 뜨뜻한 물로 몸을 좀 씻은 후에 식사를 하고 싶다고 했지."

"뜨뜻한 물이요? 이 정도면 고기를 삶아도 되겠는데요. 하긴 뭐 어쩔 수 없지. 일단 씻을 수만 있다면 이런 거라도 어딘데……."

확실히 대족장이 사는 성에 온 것은 매우 현명한 판단이었다. 마른 고기 조각이나 씹으며 저녁을 때울 뻔했는데, 오랜만에 목욕도 하고 진수성찬까지 대접받았던 것이다. 진수성찬이라고 해 봐야 여태껏 다른 촌락에서 대접받았던 것과 같이 이곳에서도 고기를 굽거나 삶은 것이었지만 그래도 말린 고기보다야 백배 낫지 않은가. 단지 음식을 차려 놓은 모양이 조금 수상쩍었지만…….

"어째 상을 차려 놓은 모양이 좀 이상하지 않아요?"

묵향의 말에 아르티어스도 떨떠름한 표정으로 말했다.

"그, 글쎄 말이다. 이거 꼭 무슨 제사라도 지낼 때 음식 차려놓은 것 같은 모양인데?"

그도 그럴 것이 묵향과 아르티어스의 앞에는 커다란 탁자가 놓여겼고, 그 위에 수많은 음식들이 올려져 있었다. 그런데 문제는 음식들의 상태였다. 한 마리 통째로 삶아 놓은 양이라든지, 커다란 술항아리나 통째로 구은 커다란 생선 몇 마리가 층층이 쌓여 접시에 담겨 있었다. 일단 요리는 한 것이 분명해 보이지만, 어떻게 이대로 먹을 수 있단 말인가? 적당히 덜어서 작은 접시에 따로 담아서 먹는다면 몰라도 말이다.

이윽고 음식을 탁자 위에 모두 놓자, 병사 한 명이 잡티 하나 없는 아름다운 백마를 한 마리 끌고 왔다. 연회석상에 웬 말을 끌고 오나 싶어서 호기심 가득한 표정으로 바라보며 묵향이 중얼거렸다.

"여기서는 음식을 먹기 전에 선물을 하는 풍습이 있는 모양이죠? 그나저나 아주 멋진 말이네."

"그, 글쎄다. 전에 말을 몇 마리 선물을 받기는 했지만 그때는 떠날 때 받았었는데…, 이상하네?"

하지만 그들의 의문은 곧 풀렸다. 대족장이 손짓을 하자, 병사 한 명이 우유가 가득 든 작은 질그릇을 가지고 다가와서 말에게 먹였다. 말이 우유를 다 마시고 나자 병사는 말의 이마에 우유를 뿌린 후 물러났다. 그러자 커다란 칼을 든 덩치 좋은 병사가 어슬렁거리며 다가섰다.

퍽!

단 칼에 백마의 목을 잘라 버렸기에 사방으로 붉은 피가 튀었다. 그는 백마의 목을 자른 후 재빨리 커다란 질그릇을 대고 피를 받기 시작했다. 곧이어 커다란 질그릇은 백마의 피로 흘러넘칠 정도로 가득 찼다. 병사는 질그릇이 피로 가득 차자, 곧장 타르티에게 다가가서 무릎을 꿇고는 정중히 바쳤다. 타르티는 그 질그릇을 가지고 상 앞에 놓은 다음 몇 번인가 절을 하며 한참 동안 뭔가 중얼거렸다.

묵향은 자신들의 앞에다가 도저히 먹을 수도 없을 만큼 태산같이 음식을 쌓아 놓았을 뿐만 아니라, 갑자기 말을 도살하는 등 괴상한 짓을 한 대족장이 오랜 시간 절을 해대며 중얼거려 대자 궁금증이 일지 않을 수 없었다.

"저 녀석 도대체 뭐라고 하는 거예요?"

묵향의 질문에 아르티어스는 심드렁한 말투로 대답했다.

"참~내, 겨우 피 한 사발 놔두고 원하는 것도 많구먼. 부족의 완벽한 통일을 이루게 해 달라는 것부터 시작해서 자손이 번성하게 해 달라는 등 별의별 자질구레한 헛소리들을 늘어놓고 있는 중이야."

"뭐, 뭐라고요? 그럼 저놈들 지금 우리를 앞에 두고 제사를 지내고 있다는 말입니까? 감히 산 사람에게 제사를 지내다니……?"

묵향이 약간 흥분한 듯하자 아르티어스는 다급히 나직한 목소리로 속삭였다.

"쉿! 그냥 가만히 앉아 있어. 안 그러면 들통 날지도 모르니까."

이윽고 타르티는 기원을 모두 끝냈는지, 질그릇을 가지고 아르티어스에게 다가왔다. 그는 아르티어스 앞에서 무릎을 꿇고 질그릇을 바치며 뭐라고 또다시 말했다. 타르티로부터 질그릇을 받아든 아르티어스는 망설이지 않고 쭈욱 한 모금 들이켠 다음 질그릇을 묵향에게 건네주며 말했다.

"이거 한 모금만 마셔라."

"으엑! 이걸 마시라구요?"

"그럼 어쩌겠냐? 도저히 못 마시겠으면 마시는 척이라도 해. 이것도 다 우리가 신인 척하고 있기에 생겨난 결과니까 말이다. 만약 안 마시면 우리가 스스로 신이 아니라고 실토하는 것이나 똑같은 결과가 나오게 될 거다."

묵향은 마지못해 피비린내 나는 그것을 한 모금 마신 다음 타르티에게 돌려줬다. 여태껏 살아오면서 피비린내는 숱하게 맡아 봤지만, 그냥 맡는 것하고 그것을 마시는 것은 천지 차이가 있었다. 묵향이 뱃속이 뒤집어지는 것을 겨우 참고 앉아 있을 때, 야만인들의 의식은 계속되고 있었다. 타르티는 자신도 한 모금 마신 다음, 그 질그릇을 서열 순서대로 방 안에 있는 모든 원주민들이 한 모금씩 마시도록 했다. 아마도 한 모금씩 마시면서 서로 간의 유대관계를 강화하는 모양이었다.

의식이 끝난 다음에는 묵향과 아르티어스 앞에 놓여졌던 음식을 거둬들여, 각자 먹을 수 있도록 다시 요리하여 연회석상에 모인 모든 사람들에게 배분하기 시작했다. 음식과 술은 충분히 준비되어 있었기에, 모두들 담소를 나누며 먹고 마시기 시작했기에 자연 연회석상은 시끌벅적해지기 시작했다.

연회가 시작되고 난 후, 하녀로 보이는 여자들이 여기저기에 음식물들을 나르기 시작했다. 물론 하녀로 보인다고 한 이유는 이곳에 있는 사람들의 복장이 약속이나 한 듯 거의 엇비슷했기에 옷만 봐서는 신분의 고하를 알기 힘들었기 때문이다. 하녀는 연회가 시작되자마자 신선한 생고기를 가득 담아 놓은 접시를 몇 개인가 조심스러운 동작으로 아르티어스와 묵향 앞에다가 놓았다.

"이건 또 뭐예요? 요리를 해서 가져오지 않고 왜 생고기를 가져오는 거죠? 아니면 즉석에서 요리를 해 주려는 모양인가?"

묵향의 말이 그럴듯하다 생각된 아르티어스는 하녀에게 뭔가 질문을 던졌는데, 하녀는 부들부들 떨면서 몇 마디 대답한 후 줄행랑을 쳐 버렸다. 아마도 지고하신 존재와 대화를 나누는 것이 몹시 부담스러웠던 모양이었다. 아르티어스는 하녀가 떠난 후 묵향에게 대답해 줬다.

"그건 방금 잡았던 백마의 심장과 간 그리고 콩팥이래. 아마도 여기서는 이것을 날것으로 먹는 모양이야."

그 말에 묵향이 주위를 둘러보니 여기와 똑같이 날고기가 주어진 곳이 딱 한 군데 있었다. 그곳은 대족장과 그의 심복들이 앉아 있는 자리였다. 말 한 마리에서 나오는 심장과 간, 콩팥이라고 해 봐야 그렇게 많은 양이 아니었기에 일부는 신께 바치고, 나머지는 가장 높은 사람들만 먹는 모양이었다. 그것을 보면 이 날고기가 꽤나 여기서는 고급 음식인 것 같았다.

그 외에 제공된 음식물은 이곳까지 오면서 촌락에서 먹었던 것과 별반 차이가 없었지만, 술은 조금 달랐다. 지금까지처럼 텁텁한 냄새가 나는 뿌연 술도 나왔지만 맑은 빛깔의 술도 있었던 것이다. 원주민들은 그 술을 투박한 질그릇으로 만든 목이 길쭉한 병에 담아 와서 화로에다가 술병을 넣어 따뜻하게 데운 후 마셨다. 묵향이 따뜻한 김이 무럭무럭 올라오는 그 술을 한 잔 쭈욱 들이켜자 목구멍에서부터 시작해 속이 따뜻해지는 것을 느낄 수 있었다.

"와, 이거 제법 괜찮은데요? 여기 와서 처음 맛보는 제대로 된 술이네요. 이 정도 술을 만들어 낼 수 있는 것을 보면 생각만큼 그렇게 야만인은 아닌 모양이에요."

"정말이냐?"

아르티어스도 한 잔 쭈욱 들이켠 다음 그 술이 제법 마음에 들었는지 연거푸 몇 잔 들이켰다.

"정말 특이하구나. 내 여태껏 수많은 술을 마셔 봤지만, 이렇게 따끈하게 데워서 마시는 술은 처음이군. 대부분의 술은 다 차게 해서 마시는데 말이다. 하지만 이렇게 해서 마시니 그 나름대로 괜찮구나."

"근데 이게 무슨 술이죠?"

아르티어스는 옆에서 시중들고 있던 원주민에게 몇 마디 물어본 후, 묵향에게 전해줬다.

"사케라는 술이라는구나."

묵향은 사케와 함께 자신의 앞에 놓인 고기를 몇 조각 집어먹다가 궁금한 듯 아르티어스에게 물었다.

"그런데 이건 도대체 무슨 고기예요?"

며칠 전만 해도 아르티어스와는 냉전 중이었기에 뭔가 물어보고 싶어도 물어볼 수가 없었다. 그런데 이제 화해를 하고 나니 자신이 지금 먹고 있는 게 뭔지 궁금해졌던 것이다. 닭이나 오리 같은 것은 절대로 아니었고, 소나 돼지와는 또 맛이 달랐다. 그리고 중원에 있을 때 한 번씩 별식으로 먹어 봤던 개와도 뭔가 달랐다. 그렇다면 이게 양인가? 하지만 양고기치고는 노린내가 없지 않은가.

"응, 그거 말고기다. 어때, 맛있지?"

"이게 말이라구요? 어떻게 여기서는 말을 그렇게 많이 잡아먹죠? 지금까지 거쳐 왔던 마을들 중에서 첫 번째 마을만 빼고는 모두들 말을 잡았잖아요?"
 "아, 그랬었나? 맞아. 그러고 보니 그러네. 나는 저쪽 세계에 있을 때 어쩌다 가끔씩 말을 잡아먹었었기에 그런가 보다 했지."
 아르티어스의 말에 묵향은 고개를 갸우뚱하며 다시금 질문을 던졌다. 그런 묵향의 모습이 정말 깨물고 싶을 정도로 귀엽다고 생각하며, 아르티어스는 감회 어린 표정으로 그녀의 일거수일투족을 바라봤다.
 "어? 저랑 같이 계실 때는 한 번도 말고기를 드신 적이 없었잖아요? 사실 그쪽에서도 말은 유용한 탈것이었고, 그래서 아주 귀하게 취급된 것으로 기억하는데요. 하긴, 늙어서 쓸모없어진 말을 잡아서 농노들이 먹는다는 말은 언젠가 들은 기억이 있는 것도 같지만……. 하지만 아버지가 그런 늙은 말고기를 먹을 정도로 생활이 곤란했다고는 생각하기 어려운데요."
 "아아, 그건 내 영토에 침입해 들어온 놈들을 해치울 때 말이다. 그때 사람만 먹자니까 생각 외로 양이 별로더군. 사실 네다섯 명 해 봐야 한입거리도 안 되니까 말이야. 그래서 그때 말도 함께 먹었지. 쩝…, 아주 싱싱한 말들이어서 그런지 맛이 꽤 좋았거든."
 입맛을 다시며 아르티어스가 능청스레 말하자 묵향은 못 들을 것을 들었다는 듯 고개를 획 돌려 버렸다.
 "어어? 얘야. 친절히 대답을 해 줬을 뿐인데, 그런 반응을 보이면 이 애비한테 실례라고 생각하지 않냐?"
 순간 아르티어스가 당황한 어조로 말을 건넸지만, 묵향은 그쪽으로는 아예 시선도 돌리고 싶지가 않았다. 워낙 오랫동안 그와 함께 지내다 보니 드래곤이라는 사실을 잠시 잊고 있었던 자신을 발견했기에 당황했던 것이다.

 드래곤은 파괴와 공포의 상징이었다. 그런 그가 자신에게 친근하게 다가와서 오랜 세월 함께 울고 웃으며 부대꼈다. 그러다 보니 묵향은 그가 드래곤이라는 사실을 점차 잊어가고 있었다. 말로야 드래곤이라는 둥, 위대한 골드일족의 후예라는 둥 뻐기기는 했지만, 그의 행동 양식을 인간의 것에 맞춰서 생각하고 있었던 것이다. 사실 드래곤이라면 말과 사람을 생으로 씹어 먹든, 스테이크를 만들어 먹든 별 상관없는 일이 아닌가? 아르티어스는 단순히 그의 과거를 이야기해 줬을 뿐이었다. 자신이 과민반응을 보일 이유가 없지 않은가?

 문득 묵향은 차원 이동을 할 때, 자신을 처연한 표정으로 바라보며 함께 가자고 눈물짓던 아르티어스의 모습이 떠올랐다. 드래곤인 그가 하등한 호비트인 자신을 얼마나 사랑했으면 그런 선택을 했을까. 그에 비해서 자신은 아르티어스의 간단한 부탁 하나도 들어주기 싫어 몇 날 며칠을 감정싸움을 해 대지 않았던가. 묵향은 아르티어스에게 좀 더 잘해 줘야겠다고 생각했다.

 묵향은 아무렇지도 않은 듯 아르티어스에게로 다시금 시선을 되돌리며 물었다. 물론 이것은 방금 전에 자신이 아르티어스를 외면한 것을 상쇄시키기 위한 계산된 행동이었다.

 "저쪽을 보니까 원주민 녀석들이 아주 맛나게 고기를 먹고 있던데요? 그런 걸로 미루어 보아 식량이 모자라기 때문에 폐마를 잡아먹는 것은 아닌 것 같아요."

 혹시 묵향이 토라진 것이 아닌가 조마조마하던 아르티어스는 묵향이 토라진 것이 아니라 저 뒤쪽을 둘러보기 위해서 고개를 돌렸던 것으로 착각하고, 즉각 아들의 궁금증을 해결해 주기 위해 발 벗고 나섰다.

아르티어스는 옆에 서 있던 원주민들을 향해 뭔가 질문을 던졌고, 그들은 장시간 대화를 나눴다. 아마도 말고기에 대한 토론을 하고 있는 모양이었다. 한동안의 토론이 끝나자 아르티어스는 환히 웃으며 묵향의 의문을 풀어 주었다.

"저 녀석들 말로는 오늘이 아주 경사스러운 날, 그러니까 천신께서 내려오신 날이기 때문에 자기들이 가장 좋아하는 음식인 말고기를 대접하는 거래. 말고기는 열량이 많아서 추운 겨울을 나는 데 양과 함께 최고의 음식으로 친다는구나."

열량이 많다는 부분에서 묵향은 납득이 간다는 듯 고개를 끄덕였다.

"흠, 역시 환경적인 문제였군요."

"아니, 그보다는 좀 더 복합적인 문제지. 열량도 많고, 맛도 뛰어날 뿐만 아니라 말고기에는 기생충이 없다고 해. 하지만 가장 중요한 것은 말이란 것이 잡으면 고기가 엄청 나오잖아."

아르티어스의 말을 듣고 있던 묵향은 천천히 고개를 끄덕이며 맞장구를 쳤다.

"그렇죠, 일단 덩치가 있잖아요."

"그렇지? 그렇다 보니 보관상에 문제가 생기는 거야. 몇 사람 모였다고 말 한 마리를 잡았다가는 그 고기를 싱싱한 상태에서 다 먹는다는 것은 거의 불가능하거든. 그러다 보니 많은 사람이 모였을 때만 말을 잡는다는 거야. 이리로 오면서 먹었던 육포도 말고기를 말린 것이라 하더라."

이곳까지 오면서 먹었던 말린 고기가 말이었다는 사실에 묵향은 놀란 듯 두 눈을 동그랗게 뜨며 되물었다.

"예에? 말고기로 육포도 만든다구요?"

"물론이야, 여기서는 먹고 남은 음식은 상하지 않도록 잘 저장을 한다는구나. 잘못하면 상해서 버리게 되니까 말이다. 소금은 구하기가 힘드니 소금에 절이는 방법 대신 보통은 훈제를 한다고 하더군. 어찌 되었건, 이곳 호비트들이 가장 좋아하는 고기이기는 하지만 평상시에는 구경하기에도 힘든 것이 말고기라는군. 사실 말은 아주 많은 용도로 쓰이는 동물이잖니? 탈것으로도 이용되고, 짐을 옮기거나 밭을 가는데도 쓸모가 있으니까 말이다. 그러다 보니 웬만큼 경사스러운 일이 있지 않는 한 말고기는 거의 구경하기도 힘들다는구나."

아르티어스의 자세한 설명에 이해가 간다는 듯 묵향은 고개를 주억거렸다.

"호오, 그러니까 여기서는 폐마를 잡아서 먹는 방식이 아니군요."

"물론 폐마를 잡아먹기도 하겠지. 하지만, 신께서 왕림하셨다는데 감히 폐마를 잡아서 대접하는 놈이 어디 있겠냐? 만약 그랬다가는 내가 벌써 박살을 냈지. 내가 이래 봬도 입맛이 좀 까다롭잖냐?"

묵향은 조금이라도 더 먹으려고 아귀처럼 쩝쩝거리던 아르티어스의 모습을 떠올리고는 같잖다는 듯 대꾸했다.

"어~련하시겠어요."

탱게르께 제사 지내는 형식으로 엄숙하게 시작된 대연회는 차츰 시간이 지나자 조금씩 그 분위기가 바뀌기 시작했다. 그것은 바로 술 때문이었다. 평상시에 거행되는 탱게르께 대한 제사의 경우, 매우 엄숙하게 진행된다. 물론 이때도 술이 나오기는 했지만 그 양이 극히 한정적으로 사용됐다. 그래서 한 사람이 두세 잔 정도 마시면 끝이었기에 뒤탈이 없었다.
　하지만 오늘, 타르티 대한의 지시에 의해 술이 거의 무제한으로 풀리고 있었기에 연회 자리는 화기애애해지기는 했지만, 조금 산만한 감이 없지 않았다. 타르티가 이렇듯 술을 푼 것도 다 따지고 보면, 탱게르께 경배를 드리기 보다는 부족의 화합을 도모하는 것을 최우선적으로 하고 있었기 때문이다. 그것도 다 대한이 저 연회 석상의 최고 상석에 앉아 있는 둘을 절대로 탱게르가 아니라고 확신하고 있었기에 가능한 일이었다. 또한 상석에 앉아 있는 그들도 이런 왁자지껄한 분위기가 결코 싫지는 않은 듯 흥겹게 먹고 마시고 있는 중이었다.
　탱게르가 이곳에 온 것은 생각지도 못했던 갑작스러운 일이었기에, 주위의 한들을 다 불러 모으는 것은 거의 불가능한 일이었다. 그리고 이 대연회라는 것도 탱게르가 왕림한 후 겨우 세 시간 남짓한 시간 동안 급히 준비한 것이다. 그 때문에 수도와 가장 가까운 곳에 자리를 잡고 있는 세 부족의 한들을 초정한 것이 고작이었다. 그리고 그 세 한들의 경우 수도와 가장 가까운 곳을 영토로 차지하고 있는 만큼, 타르티가 가장 신임하고 있는 한들이었다.
　이번 대연회는 탱게르가 대한에게 왕림한 것을 축하하기 위한 것이라기보다는 일종의 식전행사 같은 것으로 급히 계획된 것이었다. 진짜 축제는 한 달 후에 일주일 동안 대규모로 이루어질 예정이었다. 이렇게 한 달이라는 여유 기간을 둬야 각 지역을 다스리는 한들이 집결할 수 있을 만큼 둥루젠 부족은 넓은 지역에 흩어져 살고 있었다. 그래도 그나마 다행인 것은 한들이 거주하고 있는 곳이 정해져 있다는 것이다. 둥루젠은 사냥과 목축을 주로 했지만 농업을 통한 생산도 꽤 많은 편이었다. 그렇기에 한 곳에 정착하여 사는 생활이 가능했다. 그리고 제법 큰 세력을 구축하고 있는 한들의 경우, 자신들의 항구를 보유하고 있었다. 항구에서 얻을 수 있는 수입이 토지에서 얻는 것보다 훨씬 더 컸기 때문이다.

어찌 되었건 한들이 거주하는 곳이 일정하게 정해져 있다는 말은 곧, 전서구(傳書鳩)를 통한 빠른 정보의 전달이 가능하다는 말이었다. 전서구를 가장 멀리 떨어져 있는 한의 영토에 보냈을 때, 그가 연락을 받고 급히 준비를 갖춰 최대한의 속도로 달려오는 데 필요한 최소한의 시간이 한 달이었다.

사방에 흩어져 있는 한들이 모두 도착한 후에 대규모 축제를 해야만 대한이 탱게르에게 선택받은 자라는 것을 둥루젠 전체에 과시할 수 있을 것이 아닌가. 사실 대한에게 있어서 탱게르가 진짜건 가짜건 중요한 것이 아니었다. 그들은 자신의 부하들이 탱게르가 현신했다고 믿도록 만들 정도로 확실한 무엇인가가 있었다. 그리고 자신은 그것에 편승해서 최대한의 이익을 챙기면 되는 것이다.

대족장 타르티는 왼쪽에 앉은 심복 부하들 중의 한 명이 사발에 가득히 담아 권하는 술을 단숨에 마신 다음 오른쪽에 앉아 있는 세 명의 한들에게 호기롭게 말했다.

"자, 보게나. 탱게르의 뜻이 나에게로 이어지지 않았나?"

타르티의 말에 쑤젠 한이 공손한 어조로 가장 먼저 맞장구를 쳤다. 그는 겨우 48개 촌락을 다스리고 있는 세력이 약한 한이었기에, 이 기회를 이용하여 타르티에게 잘 보여 둘 필요성이 있었던 것이다.

"둥루젠의 영원한 지도자가 될만한 분은 대한밖에 없으시다는 것을 탱게르께서도 인정하셨다는 명확한 증거라고 생각합니다."

쑤젠 한의 말이 끝나자마자 또 다른 한이 재빨리 입을 열었다.

"하하핫, 쑤젠 한님의 말씀이 맞습니다. 덕분에 이런 영광스러운 자리에 참석할 수 있다니 이 모든 것이 다 둥루젠의 태양이신 대한께서 계시기 때문에 누리는 호사가 아닌가 합니다."

타르티 오른쪽에 앉아 있던 한들은 앞 다투어 아부하기에 바빴다. 타르티는 한들의 아부가 싫지는 않은 듯 호쾌하게 웃으며 잔을 쭉 들이켠 다음 말했다.

"하하핫! 탱게르께서 나를 어여삐 여기신 것이지 내가 어디 잘나서이겠는가? 하여간 오늘은 탱게르께서 현신하신 뜻 깊은 날이니 모두들 마음껏 즐기도록 하세!"

그렇게 신이라 사기 친 아르티어스와 이를 이용해 둥루젠의 일통을 꿈꾸는 타르티의 동상이몽이 교차하며 성에서의 밤은 시끌벅적한 가운데 깊어갔다.

짜식들이 꼭 패야 믿나

다음 날 아침, 식사가 끝나자마자 찾아온 대족장 타르티는 소 한 마리를 통째로 벗겨놓은 듯한 넓은 가죽을 탁자에 쭉 펴면서 뭐라고 말하자 옆에 있던 아르티어스가 통역을 해 주었다.

"네가 부탁한 지도다."

묵향이 쓰윽 훑어보니 지도는 둥루젠의 영토를 제외하고는 대부분 해안선만 그려져 있었다. 왼쪽 윗부분에 그려져 있는 비스듬하게 내려간 사선은 일정 지점에서 끊어져 있었고, 비교적 자세하게 그려져 있는 땅은 뱃길로 엄청나게 떨어져 있는 오른쪽 밑 부분에 역시 평행한 사선 형태로 그려져 있었다. 그리고 그곳에는 산과 강 등을 나타내는 여러 가지의 문양이 조잡하게 그려져 있었고, 이상한 문자가 쓰여 있었다.

"무슨 지도가 이래요? 도대체 이것도 지도라고 그려 놓은 거예요? 도대체 어느 정도 알아볼 수는 있게 그려 놔야 할 거 아니에요? 그리고 이 밑은 왜 이렇게 허옇게 되어 있는 거죠?"

묵향의 말을 아르티어스가 타르티에게 전한 뒤, 잠시 후 다시 묵향에게 타이티의 말을 통역해 주었다.

"그곳은 '다이방'이라는 곳인데, 대족장의 말로는 자신들의 조상이 태어난 곳 일뿐 아니라, 그들이 오랫동안 섬겨 왔던 부족이 산다는군. 그렇기에 신성한 땅이라서 접근할 수 없었기에 공백 상태라는 거야."

"흐음, 이놈들의 조상이라면 안 봐도 뻔하겠군요. 아마 이놈들과 비슷한 놈들이 득실거리고 있겠죠, 뭐!"

말을 하던 묵향은 슬쩍 아르티어스를 바라보며 계속 입을 열었다.

"그리고 신성한 곳이라 하니 어쩌면 그곳에 아빠 같은 사기꾼이 또 있을지도 모르죠."

묵향의 말에 아르티어스는 겸연쩍은지 헛기침을 하며 얼른 화제를 바꿨다.

"험험. 그, 글쎄다. 그나저나 지도가 별로 도움이 안 되는 모양이구나?"

"글쎄요, 여기는 되게 자세하게 그려져 있네요. 산이나 강, 그리고 뭔지 잘 알 수는 없지만 여러 가지들이 표시되어 있잖아요."

묵향이 가리킨 곳을 살펴본 아르티어스는 대족종과 한참 대화를 하더니, 잠시 생각을 정리한 후 타르티가 말해 준 내용을 묵향에게 천천히 들려 줬다.

"여기는 '지팡그'라는 나라인데 자신들에게 식량과 노예를 제공

하는 터전이래. 그리고 금이라든지 은, 가축, 철 등등 모든 것을 여기에서 획득한다는군."

"획득한다고요? 그건 대체 무슨 뜻이죠?"

아르티어스는 어깨를 으쓱하며 대답했다.

"획득이 획득이지 뭐겠냐? 설마 너는 이놈들이 무역이라도 하는 줄 알았냐?"

"그럼 해적질을 해서 먹고 산다는 말입니까?"

"뭐, 그렇게 이해해도 별로 틀린 말은 아닐 게다."

묵향은 잠시 생각에 잠겼다. 자신의 고향인 송나라의 경우 국방력을 튼튼히 했기에 해적의 피해가 그렇게 크지는 않았다. 하지만 국광 시절 본 고서에는 송나라 그 이전에 세워졌던 많은 제국들의 흥망에는 꼭 해적의 무리가 끼어 있었다. 중원의 국력이 강할 때는 감히 해적질을 할 엄두도 못 냈지만, 국력이 약할 때는 동쪽 해안 전체가 들끓는 해적들로 몸살을 앓았다고 쓰여 있었다.

해적들의 주축을 이루는 것은 왜족(矮族)이었다. 왜족의 특징은 특이한 머리모양과 작은 키라고 어떤 책에서 본 기억이 떠올랐다. 거기까지 생각이 미치자 묵향은 의미심장한 눈빛으로 대족장 타르티를 아래위로 훑어보았다. 확실히 머리 모양이 특이하긴 특이했다. 누가 봐도 중원의 머리 모양과는 완전히 달랐다. 빡빡 밀어 버린 앞머리에 비해 뒷머리는 길게 땋아 내린 것이다. 그리고 키는 또 어떤가? 자신의 앞에 서 있는 대족장의 경우는 그래도 키가 제법 큰 편에 속했지만, 지금까지 보아 왔던 원주민들은 영양상태가 썩 좋지 못해서 그런지 키가 대체적으로 작은 편이었다.

"으흠, 바로 이놈들이 왜족이었군."

묵향이 고개를 끄덕이며 중얼거리자 궁금한 듯 아르티어스가 반문했다.

"왜족?"

"예, 옛날 어디선가 책에서 읽은 그대로에요. 저 특징적인 머리 모양, 작은 키. 그리고 해적질……. 그렇다면 이쪽이 중원의 동쪽 해안일 거예요."

묵향은 지도에 그려진 해적질의 주 무대가 되는 해안선을 가리키며 단정적으로 말했다. 묵향의 말에 아르티어스는 희미하게 미소를 지으며 고개를 끄덕였다.

"이제야 겨우 중원의 위치를 찾은 모양이구나. 하지만 지금 시대가 어떤 시대인지 그것이 문제이지 않겠니? 지금까지 본 야만인들의 모양새로 봤을 때……."

묵향은 아르티어스가 말을 하는 도중에 끊어 버렸다. 괜히 아직 확인된 것도 아닌데 비관적인 말을 듣고 싶지 않았던 것이다.

"아뇨, 아직 단정할 수는 없어요. 원래 왜족은 미개하기 그지없는 놈들이거든요. 사실 제 고향인 중원을 제외하면 주변국들은 모두들 문화가 한 단계씩 떨어진다니까요. 오죽하면 저희들이 주변국들을 동이(東夷), 서융(西戎), 남만(南蠻), 북적(北狄)이라고 부르겠어요. 하지만 중원은 중화(中華), 그러니까 문화의 중심이라구요."

확신에 가득 찬 묵향의 말에 아르티어스는 반박하지 않았다. 그리고 설혹 그 말이 틀렸다 하더라도 반박할 마음도 없었다. 중원을 찾고, 지금이 어느 시대인지 알기 전까지 차라리 마음이라도 편한 것이 좋지 않겠는가. 그래서인지 아르티어스는 묵향의 말이 끝나자마자 곧바로 맞장구를 쳤다.

"오! 그러냐?"

"물론이죠. 얼마나 먹고 살기가 힘들면 왜족들이 해적질을 주업으로 하겠어요? 그리고 그 해적질의 주 무대는 대체적으로 중원의 동쪽 해안이었죠. 그놈의 왜족들이 얼마나 극성스러웠는지 해안의 방비에 너무 큰 국력을 낭비해서 망한 나라까지 있을 정도였으니, 더 이상 말할 나위도 없죠."

"흐흠, 좋아. 그럼 내가 저놈한테 중원으로 가는 배편이 있는지 물어보마."

아르티어스는 지도의 한편에 이상한 기호가 잔뜩 표시된 지점을 가리키며 대족장에게 그곳으로 가는 배편을 물어보았다. 그러자 대족장은 뭔가 곤혹스러운 표정으로 묵향과 아르티어스를 힐끔 바라봤지만, 그 표정은 순식간에 사라졌다. 그는 곧이어 부드러운 표정으로 뭐라고 아르티어스에게 대답했다. 아르티어스는 대족장의 그런 표정을 못 봤기 때문인지 미소를 지으며 묵향에게 말했다.

"최대한 빨리 그곳으로 갈 수 있는 배편을 알아 봐 준다는구나. 내 생각에는 며칠만 기다리면 될 것 같다."

아르티어스의 말에 약간 떨떠름한 듯한 표정으로 묵향이 대답했다. 아무래도 대족장의 눈빛이 마음에 걸렸기 때문이다.

"그, 그래요? 잘되었네요."

타르티는 아르티어스가 있는 방에서 나오자마자 해리바를 자신의 알현실로 급히 불러 들였다.

"찾으셨습니까? 대한(大汗)이시여."

"오, 어서 오게. 큰일이 났네. 그놈들이 지팡그로 떠나겠다고 하는데 말이야. 그들이 떠나 버리면 자네와 함께 계획했던 모든 일이 물거품이 되는 것 아니겠나? 이 일을 어떻게 하면 좋을까? 차라리 병사들을 보내 감옥에 감금시켜 버릴까?"

타르티가 걱정스럽다는 듯 말했지만 해리바는 빙그레 웃으며 대답했다.

"그럴 필요까지는 없을 것 같습니다. 그들이 떠나겠다고 하면 떠나게 놔두는 겁니다. 사실 이제 더 이상 그들이 필요한 것은 아니니까 말입니다."

해리바의 생각이 자신과 너무 다르자 타르티는 어리둥절해질 수밖에 없었다.

"어째서 말인가? 그들이 있어야 탱게르의 뜻을 내가 이었다고 과시할 수 있는 것 아닌가?"

"물론입니다. 하지만 탱게르가 대한께 나타났다는 것 그 하나만으로도 이미 충분한 효과를 얻지 않았습니까? 비록 한 달 후에 대축제가 열린다고 해도, 이곳에 탱게르가 왕림했었다는 것을 증언할 자는 수없이 많으니 그들이 없다고 해도 별 문제는 없을 것입니다. 그리고 대한의 명령에 따라서 그동안 그들을 따라다니며 가만히 지켜본 결과 씨쥬에서 온 상인들이 아닌가하는 강한 의심이 들던 참이었습니다. 특히 그들 중에서 그 빨간 머리는 우리말을 아주 잘하지 않았습니까? 만약 그자가 혹시라도 나쁜 마음이라도 먹는 날이면 자칫 대한의 자리가 위태로워질 수도 있습니다. 따라서 이런저런 상황을 종합해 보면 차라리 그자가 하루라도 빨리 이곳에서 사라지는 편이 좋을 것입니다."

해리바의 말을 가만히 듣다 보니 일리가 있는지 타르티는 고개를 끄덕였다.
"흐흠, 자네 말을 듣고 보니 그럴 수도 있겠군."
"예, 아마도 그들이 지팡그로 보내 달라고 하는 것을 보면 확실히 씨쥬 상인들이 맞는 모양입니다. 요즘 지팡그에서는 씨쥬 상인들과 거래를 하기 위해 두 눈이 벌게져 있다고 들었습니다."
잠시 생각을 정리하던 타르티는 이윽고 마음을 정했는지 자리에서 벌떡 일어나 해리바에게 명령을 내렸다.
"흠, 나도 그들이 지팡그로 보내 달라고 하기에 미심쩍게 생각하던 중이었네. 그럼 말이 나온 김에 내일 당장 배 10척 정도 준비해 줄 테니 자네가 직접 갔다 오게. 일주일 후에 출발할 선단의 일정을 앞당겨 줄 테니까 말이야."
타르티의 명령이 떨어지자 해리바는 환히 웃으며 고개를 숙였다.
"예, 잘 알겠습니다."
"그리고 혹시나 놈들이 씨쥬 상인이라는 것을 부족민들이 눈치채지 못하게 조심해야 할 것이야. 그렇게 되면 여태껏 공들인 것이 모두 허사가 될 테니까 말이지."
"명심하도록 하겠습니다."

다음 날 아침 일찍부터 항구는 수많은 병사들로 북적거리기 시작했다. 대족장의 명령으로 전날 밤 갑자기 노략질하러 가는 일정이 일부 변경되었던 탓에, 오늘 새벽에 출항 명령을 받은 전선들이 항해 준비를 갖춘다고 서두르고 있었기 때문이다.

묵향과 아르티어스가 연락을 받고 항구에 도착했을 때, 수많은 병사들은 물이나 식량, 그리고 창이나 화살 등의 무기들을 배로 옮기느라 정신이 없었다. 병사들 중 한 명이 아르티어스의 모습을 발견하자마자 허겁지겁 짐을 내려놓으며 천신의 이름을 외쳐 대기 시작했다. 그 외침은 순식간에 주위로 퍼져 나가 짐을 나르고 있던 병사들과 노역자들이 일제히 땅바닥에 엎드리며 탱게르를 외쳤다. 아르티어스는 흐뭇한 표정으로 주위를 쭈욱 둘러보며 입을 열었다.

"호오, 항해 준비가 한참이었군. 그건 그렇고 우린 어떤 배에 타면 되는 거지? 도대체 대족장이라는 놈은 어디에 있는 거야?"

아르티어스가 투덜거리며 주위를 살피고 있을 때, 성 쪽에서 대족장 일행이 다가오는 것이 보였다.

"흠, 저기 오는군."

대족장 타르티는 아르티어스에게 정중하게 예의를 갖춘 후 양손을 높이 들어 병사들을 조용히 시켰다. 그런 다음 그가 뭐라고 큰 소리로 외치자, 병사들은 기운차게 일어서서 잠시 미뤄 두고 있었던 출항 준비를 다시 하기 시작했다.

타르티는 한참 동안 아르티어스에게 정중한 어조로 자신의 뒤쪽에 서 있는 우락부락한 인상의 호위병들을 손짓으로 가리키면서 뭐라고 말을 이었다. 그것을 뒤에서 지켜보고 있던 묵향이 아르티어스에게 물었다.

"저놈이 뭐라고 하는 거예요?"

"원래는 자신이 직접 배를 인솔하여 배웅을 해 드려야 하는데, 급한 일이 생겨서 함께 가지 못해 죄송하다고 하는군. 대신에 저 뒤쪽에 서 있는 호위병들을 붙여 주겠대. 저들이 자기 대신 충성스럽게 우리를 지켜 줄 것이라는 거야."

그 말에 묵향은 콧방귀를 뀌며 말했다. 이제야 어제저녁에 봤던 대족장의 곤혹스러워하는 눈빛이 이해가 갔던 것이다.

"그게 말이나 된다고 생각하세요? 아빠."

"뭐가 말이냐. 저놈이 바쁘다는데 뭐가 말이 안 돼. 대신 호위병을 붙여 준다잖아."

"신을 모시는 것보다 더 중요한 일이 뭐겠어요? 저기 있는 괴상한 복장을 하고 있는 주술사를 봐요. 여기에 있는 주술사가 그쪽의 마법사보다도 훨씬 더 뛰어난 능력을 지니고 있을까요? 아니죠. 지금까지 봐 왔던 것을 보면 알잖아요. 아빠를 보고 신이라고 착각하고 있을 정도로 엉터리들이란 말입니다. 그런 돌팔이 주술사가 대족장 앞에 설 만큼 신을 떠받드는 곳인데, 현신한 신이 어딘가로 행차하시겠다는데 대족장이라는 놈이 일이 있어서 빠진다고요? 그게 말이나 된다고 생각하세요?"

묵향의 말에 아르티어스는 그제서야 이해가 가는 듯 안색이 딱딱하게 굳기 시작했다. 사실 저쪽 차원에 있을 때는 드래곤으로서 그 어떤 나라에 간다하더라도 국왕급이나 공작급 정도는 되어야 자신을 맞을 자격이 있지 않았던가. 그런데 하물며 드래곤보다도 한 단계 높다고 치는 신인데 말할 필요가 없는 것이다.

아르티어스는 대족장을 향해 손가락을 까딱거리며 가까이 오라고 불렀다. 험악하게 일그러진 아르티어스의 인상을 옆에서 묵향이 척 보니 손 좀 봐 주려고 부르는 것이 확실했다. 대족장은 곤혹스러운 표정으로 뭐라고 중얼거리며 슬쩍 고개를 돌려 외면을 했다. 순간 아르티어스의 인상이 확 구겨지며 대족장을 향해 두 손을 쭉 뻗었다. 곧이어 대족장은 자신의 의지와는 상관없이 허공으로 부웅 날아서 아르티어스에게 끌려갔다. 그런 다음 벌어진 것은 정말 사람 잡는 게 아닌가 싶을 정도의 참혹한 구타였다.

퍽. 퍽. 퍽.

"으헉! 큭."

대족장이 두들겨 맞는 광경을 보고 있던 주위의 병사들은 어쩔 줄을 몰라 하다, 하나 둘 땅바닥에 엎드려 신의 자비를 빌기 시작했다. 비록 맞는 사람이 자신들의 대족장이라고는 하지만 상대는 지엄하신 천신이 아니신가? 거기에다가 대족장이 날개라도 달린 듯 허공을 부웅 날아가서 천신의 손에 잡히는 기적과도 같은 광경을 본 다음이라, 병사들은 대족장을 보호하기 위해 나설 엄두도 낼 수 없었다. 더군다나 험악한 표정으로 대족장을 패는 천신의 모습에 병사들은 경외감과 더불어 공포심마저 느끼며 바닥에 엎드린 것이다.

"탱게르, 탱게르."

퍽. 쫘직.

한참 동안 탱게르라는 외침에 박자를 맞춰 화가 풀릴 만큼 대족장을 두들겨 팬 아르티어스는 서서히 공중으로 떠올랐다. 그리고는 라이팅 마법을 이용하여 온몸에 빛 무리를 뿜어내자 대족장과 병사들은 그 장엄한 모습에 납작 엎드린 채 사시나무 떨듯 벌벌 떨기만 했다. 아르티어스는 대족장에게 준엄한 어조로 뭐라 하더니 손을 쭉 내뻗었다. 순간 그 손에서 새하얀 번개가 뿜어져 나왔다. 전격 마법인 것이다.

번쩍.

"쾌액!"

전격 마법을 맞은 대족장은 처절한 비명을 질러 댔다. 잠시 후, 전격 마법이 끝난 뒤에 드러난 대족장의 모습은 처참함 그 자체였다. 온몸에 털이란 털은 모두 그을렸는지 희미한 연기가 피어올랐고, 얼굴은 거무죽죽하게 변해 있었다.

잠시 멍하니 주저앉아 있던 대족장은 아직까지 자신이 살아 있다는 것을 깨닫자 미친 듯이 아르티어스에게 절을 하며 탱게르라고 외쳤다. 직접 천신의 기적을 체험한 마당에 상대를 사기꾼이라고 치부할 수 없게 된 것이다.

이윽고 모든 상황이 일단락되자 아르티어스는 묵향에게 미소를 건넸다.

"네가 말해 주지 않았다면 하마터면 그냥 넘어갈 뻔했구나. 저렇게 믿음이 없는 놈은 확실히 신의 위력을 보여 줘야 믿거든. 원래가 신을 믿는데 있어서 증거를 보지 않고 믿는 자에게 복이 있는데 말씀이야. 그나저나 짜식들이 꼭 패야 믿나."

확실히 아르티어스가 보여준 '증거'의 효과가 대단하기는 한 모양이었다. 대족장은 이전과는 달리 항해 준비를 솔선해서 지시하기 시작했다. 어디서 나타났는지 방금 전과는 비교도 할 수 없을 정도로 많은 원주민들이 바글거리며 출항 준비를 하기 시작했다. 수도 없이 많은 항아리나 짐들이 배로 운반되었고, 엄청난 숫자의 병사들이 끊임없이 배에 올라타기 시작했다.

그러던 와중에 성으로 허겁지겁 올라갔던 병사 둘이 자그마한 궤짝 하나를 짊어지고 내려왔다. 비록 궤짝의 크기는 작았지만 안에 뭐가 들어 있는지 둘이나 붙어서 옮기는 데도 그들은 굵은 땀을 뻘뻘 흘리며 거친 숨을 내쉬고 있었다.

대족장 타르티는 그 궤짝을 병사들에게 받아들었다. 궤짝을 든 팔에 힘줄이 불끈불끈 솟는 것으로 보아 궤짝의 무게가 어느 정도인지 대충 짐작할 수 있었다. 대족장은 궤짝을 번쩍 들어 아르티어스 앞에다 살그머니 놓은 뒤, 고개를 조아렸다. 아르티어스가 거드름을 피우며 다가가서 궤짝을 열어 보니 금덩어리가 가득 들어 있었다.

"확실히 네가 말한 대로 이놈이 나를 의심하고 있었던 게 확실한 모양이군. 능력을 보여 주니 대접이 달라지는 것을 보면 말이야."

대족장이 두 손으로 있는 힘을 다하여 들어 올렸던 궤짝을 아르티어스는 한 손으로 가볍게 들어서 무게를 가늠해 보더니 빙그레 미소를 지었다.

"이거 40킬로그램은 족히 나가겠는데?"

대족장은 아르티어스가 그 무거운 궤짝을 별로 힘도 들이지 않고 한 손으로 들었다 놨다 하면서 무게를 가늠하는 것을 보자 기겁을 하며 고개를 조아렸다. 하지만 그런 모습을 보고 있는 묵향은 심드렁하기만 했다. 사실 그 정도는 그도 가볍게 들 수 있었기 때문이다.

"그런데 그걸 어떻게 들고 가실 거예요?"

"후후, 이 정도쯤이야 어떻게 해서라도 들고 다닐 수 있지. 그리고 중원에 도착하면 아무래도 돈이 필요하지 않겠냐? 맛있는 음식과 향기로운 술. 흐흐흐, 역시 품위 있는 생활을 영위하려면 뭐니 뭐니 해도 돈이 있어야 한다니까."

"에구, 돈이야 부족하지 않을 정도만 있으면 되는 거죠. 그건 그렇고 대충 준비가 끝난 것 같은데요."

아르티어스가 뭐라고 말하자, 대족장은 자신이 직접 배로 안내했다. 대족장의 배는 길이가 거의 40여 미터에 육박하는 제법 큰 배였지만, 막상 타고 보니 좌우의 폭이 5미터밖에 안 되었기에 아주 좁게 느껴졌다. 배 위쪽에는 널찍한 갑판을 깔아 놨고, 그 위에 50여 명의 병사들이 각자 노를 하나씩 잡고 좌우측에 쭉 앉아 있었다. 그리고 20여 명 정도의 병사들이 이리저리 왔다 갔다 하며 굵직한 동아줄을 정돈하는 등 항해 준비에 여념이 없었다.

대족장의 배는 아주 컸기에 70여 명이 탔지만, 다른 배들은 중간 정도 크기가 50~60명, 작은 것은 20~30명 정도가 타고 있었다. 처음에는 10여 척만이 항해 준비를 했던 것인데, 갑자기 대족장의 명령으로 1백여 척에 가까운 배들이 출항 준비를 했으니 시간이 많이 지체되었다. 하지만 무려 4천 명에 가까운 병사들이 항해 준비를 갖추는 것치고는 거의 기록적일 정도로 빠른 시간에 작업을 끝냈던 것이다.

서서 오줌 누는 여신

　대족장이 손을 번쩍 들어 뭐라고 외치자 1백여 척의 배가 일제히 항구를 벗어나기 시작했다. 묵향이 감회 어린 표정으로 멀어져 가는 자그마한 석성을 바라보고 있을 때, 아르티어스가 묵향의 어깨를 슬쩍 감싸 안으며 부드러운 목소리로 말했다.
　"대족장이 선실로 내려가는 것이 어떻겠느냐고 묻고 있구나. 맛있는 술을 준비해 놨대."
　"그러죠."
　아르티어스와 함께 좁은 계단을 내려가자 다닥다닥 붙은 선실이 나왔다. 배는 외형적으로는 아주 커 보였지만, 막상 선실 아래쪽으로 내려와 보니 생각 외로 너무나도 비좁았다. 아르티어스도 그것을 느꼈는지 나지막한 목소리로 묵향에게 말했다.
　"이렇게 선내가 비좁은 것은 먼저 전선으로 사용하는 배치고는 높이가 낮기 때문이야. 그리고 흘수(배의 물 밑에 잠기는 부분, 이 것이 클수록 배가 안정감이 있다)도 너무 작아. 그렇다 보니 선실의 크기가 아주 좁아지는 거지. 사실 선체 중에서 물 밑에 잠기는 부분이 좀 많아야 파도가 치더라도 배가 안정감이 있는데, 이런 식이라면 폭풍 한번 쳤다가는 그냥 뒤집어질 수도 있지. 그런데 왜 이딴 식으로 배를 만들었을까? 준비한 식량과 음료수를 보면 최소한 10일 이상의 장기 항해를 하는 것 같던데 말이야. 이 정도라면 꽤 외해로 나간다는 것인데, 도무지 이해할 수가 없구나."

묵향은 걱정이 되는지 미간을 찡그리며 주절거리는 아르티어스를 향해 약간은 퉁명스런 어조로 말했다.

"배가 뒤집어져도 아빠 생명에는 아무런 지장이 없잖아요. 그런데 뭐 하려고 쓸데없는 고민을 하세요? 자, 빨리 가자구요."

대족장 타르티는 아르티어스를 위해 자신의 선실을 내줬다. 그럴 수밖에 없는 것이 이 배 안에서 그곳 외에는 신에게 어울릴 만큼 호화로운 선실이 없었던 탓이다. 술자리는 그곳에서 벌어졌다. 항구에서 출발할 때 실어놨던 삶은 고기와 말린 고기, 싱싱한 과일들 그리고 텁텁한 냄새가 나는 희뿌연 술과 함께 어제 마셨던 사케라는 술도 나왔다. 하지만 사케의 경우 어제는 데워서 나왔지만, 오늘은 미지근한 것이 그냥 나왔다. 아무래도 나무로 만든 배에서 불을 지피기가 곤란했기 때문인 모양이었다.

묵향은 미지근한 사케를 입속에 털어 넣은 후, 인상을 찡그렸다. 아무래도 어제 마셨던 그 맛이 아니었던 것이다. 술맛이 너무 밋밋했다.

"빌어먹을, 뭔 놈의 술맛이 이래?"

"왜 뭐가 이상하냐?"

왜 그러냐는 듯 물었던 아르티어스도 미지근한 사케를 한 잔 마셔 보더니 묵향의 말이 이해가 간다는 듯 중얼거렸다.

"과연! 이래서 데워서 마시는 모양이군."

고개를 주억거리고 있는 아르티어스에게 묵향이 장난스러운 어조로 말했다.

"아빠, 내가 어제 혈수마공을 가르쳐 드렸잖아요."

묵향의 말에 아르티어스는 떨떠름한 표정으로 대꾸했다.

"그, 그런데?"

"위대하신 드래곤이시니 지금쯤이면 다 익히셨을 테고, 그 무공을 사용할 절호의 기회가 왔다고 생각하지 않으세요? 사실 혈수마공이 고기를 굽거나 술을 데우는 데는 최적의 무공이거든요."

그 순간 아르티어스의 얼굴이 확 일그러졌다. 그 난해하기 그지없는 무공이라는 것을 어떻게 하루 만에 익힐 수 있단 말인가? 물론 뛰어난 기억력으로 머리 속으로야 다 기억하고는 있지만, 기억한다는 것과 이해한다는 것은 완전히 다른 말이었다.

아르티어스는 속으로 끙끙 앓기 시작했다. 아무리 궁리를 해 봐도 도대체가 이해할 수도 없는 무공이라는 것을 어떻게 익힌 것처럼 아들놈에게 보여 줘야 할지……. 하지만 이때 갑자기 아르티어스에게 좋은 꾀가 떠올랐다. 문제는 무공을 익혔느냐 익히지 못했느냐가 아니라 술을 데울 수 있느냐 없느냐가 아닌가. 그 정도라면 마법을 사용해도 충분하다는 결론이 나온다. 여기 있는 모든 야만족 호비트들이 자신의 마법에 껌뻑 속아 넘어 갔는데, 겨우 옆에 앉아 있는 아들놈 하나를 속이지 못한다면 드래곤으로서 체면이 서지 않는 일이 아닌가 말이다.

물론 아르티어스는 아들이 눈치 채지 못하도록 주문을 통한 마법이 아닌 용언 마법을 사용했다. 용언의 힘이 발동되자 술병을 들고 있던 손이 갑자기 불그스름하게 달아오른다고 느껴진 순간 그 빛은 다시금 서서히 옅어졌다. 그리고 그 순간 아르티어스가 쥐고 있던 질그릇으로 만든 술병은 뜨겁게 가열되어 있었다.

아르티어스는 묵향의 눈이 경악으로 휘둥그레져 있는 것을 보고 통쾌하지 않을 수 없었다. 간단한 속임수에도 속아 넘어가는 것을 보면, 아들놈도 별수 없다는 생각이 들었던 것이다. 간단한 라이팅 마법의 응용으로 손을 붉게 만들고, 또 화염계 마법을 약하게 사용하여 술을 데운 것뿐이었는데도 저렇듯 쉽게 속아 넘어가다니…….

"어떠냐? 나에게 있어서 불가능이라는 것은 없다는 것을 이제야 알겠냐?"

"서, 설마……? 그 짧은 시간에 벌써 깨달으셨다는 거예요?"

"내게 이 정도야 아무것도 아니지."

어깨를 으쓱거리는 아르티어스에게 뭔가 한마디 해서 초를 쳐주고 싶었지만 묵향은 그 생각을 접어 버렸다. 그 짧은 시간에 비록 완벽하지는 못했지만, 혈수마공의 기초를 재현해 낸 것이다. 정말 대단하지 않은가? 정말이지 드래곤이라는 종족, 아니 아르티어스의 능력은 상상을 초월하는 듯 느껴졌던 것이다.

술자리에 함께 있던 대족장과 병사들은 신의 손이 불그스름해진 후, 술잔에 술을 따르자 따뜻한 김이 모락모락 올라오는 것을 보고 경악한 듯한 표정을 지었다. 하지만 그들은 이내 평상시의 표정으로 되돌아갔다. 전지전능한 천신에게 있어서 저 정도 일쯤이 야 당연하다는 생각이 들었기 때문이다.

술과 고기를 실컷 먹은 후 묵향은 아르티어스와 함께 갑판 위로 올라갔다. 갑판 중앙에 있는 짧은 돛대에는 사각형의 돛이 달려 있었고, 바람을 받아서인지 둥그스름하게 부풀어 있었다. 배는 힘차게 앞으로 나가고 있었다. 병사들은 갑판 위의 여기저기에 흩어져서 눕거나 앉은 자세로 도란도란 얘기를 나누거나 딱딱한 고기포를 씹으며 휴식을 취하고 있었다.

묵향은 주위를 휙 한 바퀴 돌아 본 다음 선미(船尾)로 천천히 걸음을 옮겼다. 병사들은 가슴이 두근거릴 정도로 아름다운 여신이 선미로 다가오자 후다닥 자리를 비켜섰다. 그런데 곧이어 병사들의 눈이 휘둥그레졌다.

쪼르르르륵……

신들 중 조금 키가 작고, 황금색 머리카락을 길게 기른 여신이 배 뒷전에 서서 주섬주섬 앞자락을 벌리는 듯 하더니 힘찬 물줄기를 바다를 향하여 뿜어내고 있는 것이 아닌가. 이 모습을 본 병사들이 황당하다는 표정으로 서로 귓속말로 소곤거리기 시작했다.

묵향은 볼일을 다 본 후 하늘을 바라보다가 뭔가 이상하다는 것을 느꼈다. 분명히 선단은 아직 해가 뜨지도 않은 새벽부터 출항 준비를 시작해서 꽤 이른 시간에 출항했다. 그렇기에 출항한 지 세 시간 정도가 흘렀다고는 하지만 아직까지는 아침이었다. 그렇다면 응당 해는 배의 오른편 뒤쪽에 떠 있어야 했다. 중원은 왜(矮)에서 북서쪽 방향에 있다고 묵향은 알고 있었기 때문이다. 하지만 그의 예상과는 달리 지금 해는 배의 왼편 위쪽에 떠 있었다. 그렇다면 지금 배는 둥루젠의 수도에서 출발하여 남쪽으로 내려가고 있다는 말이 아닌가? 묵향은 미간을 살짝 찌푸리며 말했다.

"이거 방향이 틀린 것 아닌가요?"

묵향이 오줌 싸는 모습을 귀여워 죽겠다는 표정으로 지켜보고 있던 아르티어스가 되물었다.

"뭐가 말이냐?"

"지금 배가 남쪽으로 내려가고 있잖아요."

묵향의 말을 도무지 이해할 수 없다는 듯 아르티어스는 고개를 갸웃거리다 말했다.

"그래, 항구를 출발한 후 줄곧 이 방향을 유지하고 있지. 왜? 뭐가 잘못 되었냐?"

"그, 글쎄요. 저는 왜가 중원의 동남쪽에 있다고 알고 있었거든요. 그렇다면 중원으로 가려면 북서쪽으로 가야 할 텐데……. 지금 가고 있는 방향은 남쪽이잖아요."

아르티어스는 잠시 이런저런 생각을 해 보다 이윽고 자신의 생각을 정리했는지 천천히 입을 열었다.

"그렇군. 그렇다면 두 가지 가능성이 있겠구나. 지금 우리가 가고 있는 방향이 중원이 아니거나, 아니면 우리가 지금까지 둥루젠을 왜라고 생각했었는데 그게 아니거나……."

아르티어스의 말에 묵향은 당혹스러운 표정으로 물었다.

"그렇다면 어떻게 하는 것이 좋겠어요?"

"흠, 일단 둥루젠이 왜라는 것이 증명된 것도 아니니까 끝까지 한번 가 보자. 그다음에 어떻게 할 것인지는 목적지에 도착한 후에 결정해도 되지 않겠느냐?"

묵향은 잠시 이런저런 생각을 하다 어쩔 수 없다는 듯 가볍게 머리를 흔들며 말했다.

"뭐, 일단 배도 출발한 상태니까 어쩔 수 없겠네요."

고개를 돌린 묵향은 선미에 선 채 저 멀리 수평선을 둘러보며 감탄성을 내뱉었다.

"우와! 그나저나 정말 멋있네요. 저 멀리 탁 트인 바다를 바라보고 있자니 가슴 속까지 후련해지는 것 같군요."

묵향의 말에 아르티어스는 그저 심드렁하게 말했다.

"그러냐?"

"이렇게 바다가 멋있는 줄 알았다면 치레아 공국에 있을 때 진작 배를 타 보는 건데……."

홀린 듯한 눈으로 바다를 바라보는 묵향을 향해 아르티어스는 혀를 차며 가볍게 고개를 저었다.

"쯧쯧, 그건 네가 배를 처음 타 보기 때문에 그런 소리를 하는 거야."

아르티어스의 말에 묵향은 무슨 소리를 하느냐는 듯 고개를 돌려 물었다.

"예? 그게 무슨 말씀이세요?"

"계속 배를 타고 있다 보면, 그 느낌 자체가 바뀌거든."

"어떻게 말이에요?"

아르티어스는 천천히 바다를 바라보며 설명을 하기 시작했다.

"시야 상으로 따진다면 수평선은 아주 멀리 떨어져 있지. 하지만 배 안에서만 활동할 수 있다는 한계가 있는 이상 움직일 수 있는 공간은 아주 제한된단다. 사실 배에서 뛰어내려 헤엄치며 돌아다 닐 수는 없는 노릇이 아니겠느냐?"

"그, 그렇죠."

"그러다 보니 눈으로 보이는 넓은 시야가 결국 배 안에만 얽매여 있다는 심리적인 문제 때문에 점차 왜곡되기 시작하는 거야. 결국 수평선은 아무것도 아니고, 자신은 배 안에 갇혀 있다는 무의식이 지배하게 되지. 그렇게 되면 오히려 바다가 한없이 좁게만 느껴지 게 되는 거란다."

묵향은 아르티어스의 말을 아무리 곱씹어 봐도 도저히 이해할 수 없었다.

"글쎄요, 도무지 이해가……?"

"한 며칠만 지나 봐라. 때가 되면 내 말을 이해할 수 있을 테니 까."

그때 묵향은 선실 뒤편에서 탁하는 큰 소리가 들려오자 그쪽으 로 시선을 돌렸다. 그곳에는 웃통을 벗어젖힌 병사 몇 명이 자기 키만 한 활을 들고 서 있는 것이 보였다. 그리고 그들과 멀찍이 떨 어져 있는 곳에 위치한 커다란 나무판에는 기다란 화살이 몇 대 꽂 혀 있었다. 묵향이 흥미롭다는 듯 보고 있는 동안 한 병사가 앞으 로 나서며 자신의 활에 1미터는 족히 되어 보이는 화살을 재기 시 작했다. 그는 단숨에 시위를 끝까지 당기더니 망설임 없이 화살을 쏘았다. 하지만 화살은 나무판에 그려진 둥근 원 안에 꼽히지 못하 고 바다로 하염없이 날아가 버렸다.

"호오, 저게 뭐야? 제법 재미있겠는데."

어디에나 끼어들기를 좋아하는 아르티어스는 만면에 미소를 지으며 병사들에게로 걸어갔다. 병사들에게 뭐라고 하자 그들은 황송하다는 듯 아르티어스에게 활과 화살을 곧장 건네줬다. 병사에게 활과 화살을 받은 아르티어스는 이리저리 활을 휘둘러보다 천천히 화살을 재었다. 그리고 힘껏 시위를 당겼을 때까지만 해도 그의 얼굴은 자신만만한 상태였다. 하지만 아르티어스는 잔뜩 당기고 있는 시위를 선뜻 놓지 못하고 있었다.

"왜 그러세요?"

묵향의 말에 아르티어스는 왠지 인상을 팍 찡그리며 퉁명스레 대꾸했다.

"으윽! 말 시키지 마라."

한참을 그러고 있던 아르티어스가 결국 활을 쏘기는 쏘았지만 원에서 크게 빗나가고 말았다.

"젠장, 더럽게 조준하기 힘드네."

투덜거리던 아르티어스는 자존심이 상했는지, 곧장 주위를 두리번거렸다. 그는 곧이어 자신이 원하던 것을 발견했는지 한 병사에게로 걸어가서 뭐라고 지껄였다. 그 병사는 즉시 자신의 허리에 꼽고 있던 단검을 아르티어스에게 두 손으로 건네주었다. 아르티어스는 약간은 감회 어린 표정으로 단검을 가볍게 던졌다 받았다 하며 중얼거렸다.

"이거 원체 해 본 지 오래돼서 잘될지 모르겠네."

아르티어스는 공중으로 던졌던 단검을 받아 듦과 동시에 과녁을 향해 던졌다. 거의 조준도 하지 않고 망설임 없이 던진 단검은 은빛 포물선을 그리며 날아가 원 안에 그대로 적중되었다.

탁!

그와 동시에 주위에서 탄성이 터져 나왔다. 아마도 병사들은 단검을 던지는 이런 묘기를 처음 본 듯했다. 아르티어스는 호탕하게 웃으며 의기양양하게 말했다.

"으하하핫! 역시 해적…, 아니지. 바다의 싸나이와 단검은 뗄래야 뗄 수 없는 관계거든. 어때? 너도 한번 해 볼래?"

"못할 거 없죠. 그런데 활은 별로 쏴 본 적이 없어서 잘될지는 모르겠지만……."

병사로부터 활과 화살을 받아 든 묵향은 자세를 잡은 후 천천히 시위를 당기기 시작했다. 시위를 힘껏 당긴 후에야 묵향은 이게 보는 것만큼 쉬운 일이 아님을 깨달을 수 있었다. 발밑에 있는 것은 딱딱한 배의 갑판이었다. 하지만 그 밑은 한없이 유동적인 바다였다. 아무리 바다가 잔잔하다고 해도, 배는 조금씩이나마 상하좌우로 계속 움직이고 있었다. 그런 상태에서 어떻게 활을 조준한다는 말인가? 묵향도 아르티어스처럼 한참을 그렇게 조준만 하고 있다가 생각만큼 잘 되지 않자, 아예 활쏘기를 포기한 듯 시위를 늦추며 활을 내렸다.

"왜? 포기하려고?"

"아뇨, 이렇게 하려구요."

묵향은 화살을 활로 쏘는 방법을 포기하고 대신, 그것을 손에 잡고는 암기를 발사하듯 던졌다. 내공이 담긴 화살은 순식간에 허공을 가르고 나가 나무판에 그려진 원의 한 가운데 깊숙이 꽂히는가 싶더니 그대로 뚫고 나가 버렸다.

퍽!

손으로 슬쩍 던진 화살이 두터운 나무판을 아예 관통해 버리자 병사들은 기절할 듯 놀라서 탄성을 질러 대며 웅성거리기 시작했다. 신이 지닌 힘을 직접 보게 되자 그들은 경외감마저 느끼는 듯했다. 그런 병사들의 모습을 보자 아르티어스는 호탕하게 웃음을 터뜨렸다.

"크하하핫! 역시 내 아들이야. 이럴 때는 축배를 들어야지."

그 이후에 선상에서 시작된 기분 좋은 술자리. 흔들거리는 배에서 마시는 따뜻한 술은 나름대로 기가 막힌 맛을 지니고 있었다. 몇 시간씩이나 계속된 술자리의 절정은 서편으로 지는 해를 감상하는 것이었다. 저 머나먼 수평선 너머로 붉은 광채를 뿜어내며 침몰해 가는 저녁노을은 묵향에게 장엄한 아름다움마저 느끼게 하였다. 배를 탄 첫날, 묵향은 그야말로 환상과도 같은 아름다운 기억을 가질 수 있었다. 그래서인지 술에 취한 묵향은 황홀하다는 눈빛으로 저녁노을을 바라보며 중얼거렸다.

"내가 왜 진작 바다에 와 보지 않았는지 후회가 되는군."

초죽음이 된 묵향

　며칠 동안은 평온한 나날이 계속되었다. 바다는 잔잔했고, 더욱이 순풍까지 불어 주어 선단은 순조롭게 목적지를 향해 항해할 수 있었다. 하지만 너무 평온한 일상이 계속되자 오히려 묵향은 따분해지기 시작했다.
　사실 처음 항해가 시작되었을 때만 해도 배를 타고 떠나는 여행은 묵향에게 너무나도 신선하고 재미있었다. 모든 것이 신기하게만 보였고, 특히나 끝도 보이지 않는 드넓은 바다는 묵향의 가슴을 탁 틔워 주는 듯한 후련함마저 안겨 주었다. 하지만 그것이 착각이었음을 묵향은 얼마 지나지 않아 알 수 있었다.
　며칠이 지나자 드넓은 바다는 더 이상 그에게 후련함을 안겨 주지 못했고, 오히려 답답함을 느끼게 했다. 무엇보다 한곳에 얽매여 있기를 좋아하지 않는 묵향에게 있어서는 비좁은 배 안에서만 생활해야 한다는 것은 거의 고문이나 다름없었다. 배 전체를 둘러보는 데 걸리는 시간이라고 해 봐야 반 각(약 8분)이면 넘치도록 충분했다. 그런 상황에서 몇 날 며칠을 그 비좁은 공간을 뱅뱅 돌아야만 했던 것이다.

따분한 얼굴로 연신 하품을 해 대고 있는 묵향을 보며, 아르티어스는 그럴 줄 알았다는 듯 빙글거리며 물었다.

"어때? 재미있냐?"

아르티어스의 말에 묵향은 지겹다는 듯 대꾸했다.

"빌어먹을! 재미 하나도 없어요. 배로 하는 여행이라는 것이 이렇게 따분할 줄은 생각지도 못했다구요. 어휴~, 저놈의 바다도 매일 보니 이젠 질렸다구요. 매일 똑같은 경치에 똑같은 음식! 뭐 좀 바뀌는 맛이라도 있어야지. 육로로 하는 여행이었다면 경치도 보고, 지역마다 다른 음식도 먹어 보고, 뭐 그런 잔재미라도 있는데……. 이건, 젠장! 너무 지겨워서 죽겠네."

"호오, 지겹다고? 물론 바다에서도 경치가 바뀌는 경우가 간혹 있지. 그때도 지겹다는 말이 나오는지 어디 한번 두고 보자."

아르티어스의 빈정거림에 묵향은 발끈하며 소리쳤다.

"이 빌어먹을 경치가 바뀌기는 뭐가 바뀌어요? 보이는 것은 저 시퍼런 수평선과 하늘뿐인데. 에잇, 차라리 폭풍우라도 치면 심심하지는 않겠다. 젠장!"

그런데 묵향의 바람이 하늘에 닿았는지 그날 저녁때부터 서서히 바람이 거세지기 시작했다. 그리고 시간이 조금 더 지나자 파도가 일렁거리는 것이었다. 천천히 파도를 타고 오르락내리락 하는 배 위에서 자신이 디디고 서 있는 발판이 흔들흔들 거리자 묵향은 재미있어 못 견디겠다는 듯 환히 웃었다. 이런 것은 육지에서는 도저히 경험해 볼 수도 없는 생소한 것이었기 때문이다.
"이야~, 이거 재미있는데요? 흔들흔들 하는 것······."
묵향이 낄낄거리며 말했지만, 아르티어스는 걱정스럽다는 듯 중얼거렸다.
"끝까지 재미있기를 바란다. 그나저나 파도가 점점 더 거칠어지는 것 같은데, 괜찮을까 모르겠네."
결국 밤이 되자 아르티어스의 우려대로 파도는 더욱 거칠어졌다. 눈을 뜨기도 힘들 정도로 세찬 바람이 불어왔고, 그때마다 바다는 선불 맞은 멧돼지마냥 날뛰기 시작했다. 한 번씩 큰 파도가 덮칠 때마다 선체는 찢어지는 듯한 비명을 질러 댔다. 하지만 그토록 험한 바다에서도 병사들은 상관의 명령에 따라 신속하고 침착하게 움직이고 있었다. 일단 바람이 거세지자, 대족장의 명령에 따라 선단은 폭넓게 산개하기 시작했다. 만약 이런 바다에서 배가 다닥다닥 붙어 있다가는 밀려오는 파도에 밀려 서로가 충돌할 위험이 있기 때문이다.
병사들은 모든 돛을 내리고 배의 앞부분에 있는 돛만을 남겨 두었다. 그렇게 하는 것이 오히려 모든 돛을 다 내리는 것보다 안전하다는 것을 잘 알고 있기 때문이다. 그리고 노잡이들도 모두 다 각자의 노에 배치되어 대기하고 있었다. 혹시나 측면에서 파도가 덮칠 때를 대비해서였다. 만약 큰 파도가 옆에서부터 밀어닥친다면 즉시 그쪽으로 방향을 틀어야만 했다. 안 그러면 이 정도 크기의 배는 곧장 뒤집어지게 되는 것이다. 밤이 깊어 갈수록 바람은 더욱 거세졌고, 미친 듯이 밀어닥치는 파도를 뚫으며 배는 조금씩,

조금씩 앞으로 나아갔다. 밤새도록 바람은 쉴 새 없이 불어왔고, 출렁이는 파도가 뱃전을 때릴 때마다 병사들은 바짝 긴장하며 꼬박 밤을 새워야 했다.

다음 날 아침, 언제 그랬냐는 듯 거짓말처럼 날씨는 맑았고, 바다는 잔잔해졌다. 하지만 어젯밤에 비해서 많이 잔잔해졌다는 것이지 결코 파도가 낮다고는 볼 수 없었다. 병사들은 밤새 대기하느라 한잠도 못 잤기에, 저마다 여기저기에 몸을 누이고 쉬고 있었다. 대족장 타르티는 그 와중에서도 선단의 피해를 보고 받고, 이것저것 지시를 내린 후 아르티어스에게로 다가왔다.

대족장 타르티는 뭔가 이해할 수 없다는 듯한 눈길로 묵향을 한번 지그시 바라보더니, 아르티어스와 뭐라고 한참 떠들어 댄 후 다시금 부하들에게 지시를 내리기 위해 돌아갔다.

"무, 무슨 일이에요?"

"아, 별거 아니다. 저 녀석 눈치는 빨라가지고…, 아무래도 천신인 네가 뱃멀미를 하는 것이 이해가 안 가는 모양이더라. 그래서 내 한소리해 줬지. 그건 그렇고 너한테는 좋은 소식이 있다."

좋은 소식이라는 말에 묵향은 힘겹게 고개를 들며 물었다.

"뭔데요?"

"타르티의 말이 혹시 폭풍으로 발전할까 봐 노잡이들을 배치해 두고, 대비하고 있었는데 생각 외로 파도가 심하지 않아서 다행이라고 하더구나. 이것도 다 천신의 덕분이라면서 신의 은혜에 감사하다고 떠들어 대더군."

파도가 생각 외로 심하지 않았다는 말에 묵향은 진저리를 치며 말했다.

"세상에, 폭풍이 친 것도 아닌데도 그렇다구요? 진짜 폭풍이 치면 어느 정도라는 말이에요?"

아르티어스는 빙긋 미소 지으며 대답했다.

"내, 네가 궁금해할 줄 알았다. 사실 이 정도 파도로 끝난다면 네가 너무 서운하지 않겠냐? 안 그래도 심심하다고 그 난리였는데……. 나도 예전에 배를 좀 타 봐서 아는데 안타깝게도 며칠 동안은 이 상태가 계속 유지될 거야. 흠, 그렇다고 너무 실망할 필요는 없단다. 진짜 네가 바라는 폭풍은 그다음에 올 테니까 말이다. 아마 그때가 되면 이 배가 날아다닐걸?"

순간 묵향의 얼굴은 샛노랗게 질렸다. 슬쩍 그런 묵향의 얼굴을 본 아르티어스는 내심 키득거리며 다정하게 물었다.

"그래, 재미는 있었냐? 그렇게 심심하다고 난리더니 아주 기분 좋았겠구나?"

한쪽 구석에 널브러져 있던 묵향은 밤새 얼마나 시달렸는지 아르티어스의 빈정거림에도 대꾸할 힘이 전혀 없었다.

"젠장, 자꾸 말 시키지 마…, 우엑!"

힘겹게 말을 하던 묵향은 갑자기 뱃전을 잡고 한바탕 토하기 시작했다. 한참을 꺽꺽거리던 묵향은 기진맥진해졌는지 아예 갑판에 벌렁 드러누워 버렸다. 그런 묵향을 바라보는 아르티어스의 눈가에 살짝 통쾌하다는 기색이 스치고 지나갔다. 언제나 이런저런 이유로 휘둘리기만 했던 아르티어스였기에 오랜만에 보는 나약한 모습의 묵향에게 신선함마저 느끼는 중이었다. 사실 그것도 다 아르티어스가 해적 생활을 할 때 뱃멀미로 죽은 호비트를 단 한 명도 보지 못했기에 느끼는 기분이었지만…….

갑판에 누워서 헉헉거리던 묵향은 도저히 못 참겠는지 힘겹게 몸을 일으켜 아르티어스를 바라봤다.

"아, 아빠! 힐링 마법 좀 걸어 줘요."

하지만 아르티어스는 고개를 가로 저으며 안타깝다는 듯 말했다. 물론 내심으로는 입이 찢어져라 웃고 있었지만 말이다.

"뱃멀미는 상처가 아니기에 아무리 힐링 마법을 쓴다 해도 아무 소용이 없지. 그저 익숙해지는 수밖에 방법이 없단다."

"그, 그러면 아빠가 드래곤으로 변신해서 날아가면 안 될까요?"

그 말에 아르티어스는 이게 웬 떡이냐는 듯 반색을 하며 되물었다.

"호오~, 역시 뱃멀미가 대단하기는 대단한 모양이구나. 네가 나한테 그렇게까지 우는 소리를 다 하고 말이다. 좋다! 사랑하는 아들의 그 정도 부탁도 내가 못 들어주겠냐? 그 대신, 조건이 있다."

묵향은 아르티어스의 의외의 말에 조금 떨떠름한 표정으로 물었다.

"뭐, 뭔데요?"

회심의 미소를 지으며 아르티어스는 목소리에 힘을 주어 또박또박 말했다.

"그것이 무엇이건, 앞으로 이 애비의 말을 절대로 거역하지 말 것."

"저, 절대로요? 그, 그리고 무엇이건 말이죠?"

잠시 생각해 보던 묵향은 비록 내키지는 않았지만 지옥 같은 지금의 상황에서 탈출할 수만 있다면 그까짓 조건쯤은 들어주는 게 낫다고 판단했다. 그만큼 뱃멀미로 초죽음이 되어 있었던 것이다. 승낙을 하려고 고개를 들던 묵향은 왠지 전신에 소름이 쫘악 끼치는 것을 느꼈다. 아르티어스가 음흉한 미소를 지으며 자신을 바라보고 있는 것을 봤기 때문이다. 순간 분노가 울컥 치미는 묵향이었다.

"정말 치사하게 이럴 거예요?"

하지만 아르티어스는 무슨 말을 하느냐는 듯 빙글빙글 웃으며 대꾸했다.

"치사하다니? 세상에 어디 대가 없는 부탁이 존재하든? 쯧쯧, 그러니 내가 너에게 평소에 누누이 말했잖니. 넌 좀 세상을 더 배워야 한다고 말이다."

"빌어먹을, 아빠는 내 나이가 도대체 몇 살인지 알고나 있는 거예요? 웬만한 사람들이 이 정도 오래 살면 늙어 죽었다고 해도 하나도 이상하지 않다구요. 그런데 배우기는 뭘 더 배워요? 젠장, 더럽고 치사해서! 이젠 됐어요!"

매몰차게 소리친 묵향은 그 후로도 계속 뱃멀미에 시달려야만 했다. 처음 뱃멀미를 할 때만 해도 묵향은 이런 고통도 다 수행의 한 방편이라고 자위하며, 명상이나 운기조식을 하려고 노력했었다. 하지만 뱃속이 뒤집히는 판국에 무슨 명상이고, 무슨 운기조식이라는 말인가? 결국은 뱃전에 뻗어서 힘없이 늘어져 있을 수밖에 도리가 없었다.

처음에는 그래도 좀 참을 만했다. 하지만 뱃속에 있는 모든 것을 다 쏟아낸 후, 노오란 위액까지 토해 냈음에도 불구하고 구역질은 끊임없이 계속되었다. 나중에는 내장이 튀어나오는 것이 아닌가하는 생각이 들 정도였다. 아르티어스가 이렇게 뱃멀미 심하게 하는 놈은 처음 봤다고 투덜거릴 정도였지만, 그걸 당하는 입장에서는 화를 낼 기력조차 없는 것이 사실이었다.

"드디어 도착했다."
아르티어스는 저 멀리 수평선 위에 아련히 보이는 희뿌연 부분을 가리키며 말했다. 하지만 묵향은 그 말을 듣고 있을 마음의 여유가 전혀 없었다.
"우웨에에엑! 우웩!"
속이 뒤집어지는 듯한 고통 속에 한바탕 토한 묵향은 창백한 안색으로 고개를 들어 아르티어스가 가리키는 부분을 힘없이 바라봤다. 며칠 사이에 그의 얼굴은 말이 아니었다. 퀭하니 들어간 눈에, 핏기가 가신 시체처럼 창백한 얼굴. 그리고 두 뺨은 홀쭉하게 야위어져 있었다.
멀리 뭔지 모를 물체가 수평선 저편에 어슴프레 보이고, 갈매기 떼가 날아다니고는 있었지만 그의 시야에는 아무것도 들어오지 않았다. 심한 구토에 머리가 완전히 텅 비어 버린 듯했고, 코끝에 느껴지는 짭짤한 소금기가 더욱 그의 속을 뒤집어 놓고 있었다. 그래서인지 묵향은 손가락 하나 까딱거릴 정도의 기운조차 없었다. 그저 한시라도 빨리 이 망할 놈의 배에서 내리고만 싶었다.
수평선에 육지가 그 모습을 보이자 각 배의 병사들은 부산하게 움직였다. 모두들 아래쪽 선실에 놔 뒀던 무기들을 꺼내기 시작한 것이다. 여분으로 가지고 온 창과 화살 다발을 꺼내더니, 곧이어 각자가 완전 무장을 갖추었다.

병사들의 등에는 둥그렇게 생긴 두툼한 가죽 방패가 메여 있었다. 하지만 그들의 무장은 모두 동일하지는 않고 세 가지로 나뉘었다. 먼저 배에 타고 있는 병사들의 반 정도는 커다란 활과 화살을 준비해 뱃전으로 뛰어갔고, 그 외의 병사들 반은 2미터 정도 되는 창을, 그리고 나머지 병사들은 커다란 칼을 들고 상륙을 준비하고 있었다.

그때 대족장 타르티가 조심스럽게 아르티어스에게 다가왔다. 그리고는 뭔가 잘못을 했는지, 송구스런 표정으로 연신 고개를 조아리며 뭐라고 말하자 아르티어스는 괜찮다는 듯 그의 어깨를 다독거려 주었다. 그러자 대족장은 환히 웃는 얼굴로 연신 고개를 조아리며 상륙 준비를 하기 위해 선실로 내려갔다. 뱃전에 널브러져 있던 묵향이 불안한 표정으로 아르티어스에게 물었다.

"뭐, 뭐라는 거예요?"

아르티어스는 그런 묵향의 마음을 잘 알겠다는 듯 씨익 웃으며 대답했다.

"응, 며칠 전 심한 파도 때문에 목적한 곳에서 많이 남쪽으로 밀려내려 왔다고 하길래 괜찮다고 했다. 어차피 여기가 어딘지도 잘 모르는 상태인데 그놈이 목적한 곳까지 갈 필요가 없을 것 같길래 말이다. 네 생각은 어떠냐?"

묵향은 더 이상 배를 타지 않아도 된다는 사실에 내심 안도의 한숨을 내쉬었다. 지금도 죽을 것만 같이 고통스러운데 배를 타지만 않는다면 이곳이 어딘들 상관이 있겠는가?

"어디에 상륙하든 그게 중요한 게 아니잖아요? 빨리 배에서 내리게 해 달라구요."

"그러냐? 뭐 그럼 잘됐군."

아르티어스는 천천히 고개를 돌려 선상을 내려봤다. 돌아선 그의 얼굴에는 약간이기는 하지만 왠지 아쉽다는 표정이었다. 그동안 뱃멀미로 고생하는 묵향을 놀리는 재미도 배를 내리는 순간 끝나기 때문이다.

병사들의 무장이 다 갖춰지고 난 후, 선실 아래쪽에서 대족장이 당당하게 그 모습을 드러냈다. 대족장은 배가 요동치는 가운데서도 중심을 잃지 않으며 뱃전에 늘어선 병사들에게 뭔가 기나긴 연설을 시작했다. 연설하는 중간 중간에 탱게르라는 단어가 자주 등장하는 것을 보면, 아마도 천신께서 함께하시니 힘을 내라는 뭐 그런 식의 연설인 모양이었다.

묵향은 뱃멀미 때문에 너무나도 고통스러운 상태였기에 대족장의 연설이 단 한마디도 귀에 들어오지 않았다. 물론 무슨 말을 하는지 전혀 알아듣지도 못했지만 말이다. 그리고 아르티어스는 아르티어스 대로 육지를 바라보며 수심에 잠겨 있었다. 만약 저기가 자신들이 찾던 중원이라면 아들과의 관계는 또다시 어떤 상황으로 변하게 될지 걱정도 되었고, 또 심하게 뱃멀미를 하고 있는 아들을 그동안 놀려먹은 것까지는 좋았지만 은근히 그 보복도 두려웠던 것이다.

대족장이 기나긴 연설을 하고 있는 동안 수평선 저 너머에 보이던 희뿌연 것들이 점점 커지기 시작했다. 처음에는 작은 섬처럼 보이기 시작하더니, 이윽고 쭉 뻗은 해안선을 갖춘 육지로 변모해 나가고 있었다.

묵향과 아르티어스는 대족장이 옆에서 시끄럽게 떠드는 가운데서도 갑판에 서서 점점 커져가는 육지를 시원한 바람을 맞으며 바라보고 있었다. 하지만 묵향이 갑판에 서 있었던 것은 점점 커지는 육지를 바라보기 위함도 아니었고, 대족장의 연설을 듣기 위해서는 더더욱 아니었다. 그것은 바로 속을 뒤집어 놓는 뱃멀미 때문이었다. 밀폐된 선실로 내려가면 오히려 멀미가 더욱 심해진다는 것을 요 며칠간의 호된 경험으로 깨달았기에 갑판에 나와 있었던 것이다.

대족장은 길고도 긴 연설을 끝낸 후 아르티어스를 향해 납죽 엎드리며 천신의 이름을 외쳤다. 그러자 배에 타고 있던 모든 병사들도 무기를 높이 쳐들며 대족장을 따라 천신의 이름을 외쳐 대기 시작했다.

"탱게르! 탱게르! 탱게르! ……"

하지만 그 외침은 그것으로 끝난 것이 아니었다. 옆의 배에서도 탱게르를 외쳐 대기 시작했고, 또 그 옆의 배도 마찬가지였다. 잠시 후에는 선단에 승선하고 있는 모든 병사들이 아르티어스를 바라보며 탱게르를 소리 높여 외쳐 대고 있었다.

잔인한 해적들

 모든 병사들이 탱게르를 외쳐 대며 소란을 떠는 동안 선단은 천천히 해안선을 따라서 동쪽으로 이동하다가 해안에 마을이 보이자 그쪽을 향해 전속력으로 달려가기 시작했다. 겨우 50호(戶) 정도가 옹기종기 모여 있는 작은 어촌을 목표로 1백여 척의 배가 돌진해 들어 간 것이다. 곧이어 앞서 가던 배의 선수 부분이 해안의 모래사장에 걸리자, 그 배에 타고 있던 병사들은 모두들 탱게르를 외치며 앞 다투어 배에서 뛰어내렸다. 일부는 모래사장 위에 뛰어 내리기도 했지만, 대부분은 물 위로 뛰어 내렸다. 하지만 그들은 옷이 물에 젖는 것 따위는 신경 쓰는 것 같지도 않았다. 그들은 허리나 아니면 무릎까지 잠기는 바닷물을 박차고 괴성을 질러 대며 육지로 내달리기 시작했다.
 "우와와와와!"

묵향과 아르티어스가 뱃전에서 보니, 육지에 있던 사람들은 선단이 모습을 드러내자마자 허둥지둥 도망치는 모습이 역력했다. 그런데 그들이 하고 있는 모습이 또 가관이었다. 앞머리는 면도칼로 박박 밀어 버렸는지 반들반들 했고, 남은 머리카락을 괴상한 모양으로 위로 틀어 올려 상투를 만들어 놨다. 그리고 사내들은 웃통을 벗고 있었고, 아랫도리만을 꼭 어린아이 기저귀 차듯이 가리고 있는 놈도 있었다.

그들이 허둥대며 이리저리 뛰어 다니는 모습을 같잖다는 듯 바라보던 아르티어스가 도저히 참지 못하겠다는 듯 중얼거렸다.

"여기는 둥루젠보다 더 야만족들이 모여 사는 모양인데?"

그 말에 묵향은 창백한 안색으로 힘없이 대답했다. 그 지독한 고생을 해서 겨우 도착한 곳이 중원이 아니었기에 그의 얼굴에는 짙은 허탈감이 어려 있었다.

"그런 거 같네요."

"아무리 날씨가 좀 따뜻하다고 해도 하고 다니는 꼴이 저게 뭐냐? 사내놈들은 완전히 벌거벗다시피 하고 있잖아. 그건 그렇고 아무리 신과 함께 하고 있다지만 야만족들이라서 그런가? 거 상륙 한 번 화끈하게 하는군. 이건 꼭 전쟁하러 온 것 같잖아."

묵향은 아직도 속이 안 좋은지 아르티어스의 소매를 잡아끌었다.

"일단 좀 내리자구요. 도무지 속이 울렁거려서 못 살겠어요."

아르티어스는 깜빡 잊고 있었다는 듯 미안한 표정으로 말했다.

"그러자꾸나. 내가 잠시 잊고 있었다. 자, 빨리 내리자."

묵향은 배에서 뛰어내려 모래사장에 착지하자 그제서야 살 만한 듯 한숨을 푹 내쉬었다. 혈색이 조금씩 돌아오고는 있었지만, 거의 며칠 동안 생고생을 하고 난 후유증 탓인지 아직까지도 그의 안색은 창백하기 그지없었다.

"이제 좀 살 만하지?"

"예, 신기하게도 육지에 올라선 것뿐인데, 멀미가 그치는 것 같군요."

묵향의 말에 아르티어스는 당연하다는 듯 말했다.

"신기해할 것도 없다. 원래 뱃멀미라는 것이 그래. 유독 멀미가 심해 고생하던 놈도 육지에 발만 올려놓으면 그 순간 멀미가 그치거든. 하지만 그 반대 경우인 희한한 놈들도 있었지."

"반대라구요?"

"응, 배만 타면 펄펄 나는데, 육지에만 올라가면 맥을 못 추는 거야. 그뿐만 아니라 꼭 뱃멀미 하듯이 뱃속도 울렁거린다나? 그걸 육지 멀미라고 하더군. 아주 오랜 시간 배를 탄 호비트들에게 일어나는 특이한 증상이지."

묵향은 이제야 살 만한지 아르티어스의 말에 건성으로 대답해 주며, 주위를 두리번거리기 시작했다. 살고 있는 주민들이 하고 있는 꼴도 그렇지만, 여기저기 지어져 있는 집들도 중원식이 아니었다.

"젠장! 홀딱 다 벗고 사는 것을 보면 여기가 남만(南蠻)인가? 아니지. 그렇게 해서는 도저히 설명이 안 돼. 중원의 서남쪽이 남만, 그리고 그보다 훨씬 더 서쪽으로 가면 색목인이 산다고 책에서 봤는데……. 어어? 그런데 저게 뭐죠? 여기는 평범한 마을이 아니었나요?"

묵향이 이상하게 생각할 만도 했다. 해적들이 상륙하자 마을에서는 일대 소란이 벌어지기 시작했다. 해적선이 나타나는 그 순간, 요란한 타종 소리와 함께 노인들과 여자들은 아이들을 데리고 산 쪽으로 도망가는 것이었다. 그 중에는 일부 건장한 사내들도 보였다. 여기까지는 묵향의 예상대로였다. 하지만 놀라운 것은 70여 명의 어촌민들이 무기를 들고 쏟아져 나온 것이다. 그것도 아주 잘 만들어 놓은 진짜 무기를 가지고 말이다.

묵향은 순간 마교의 분타를 떠올렸다. 50여 호의 가옥에서 70여 명이 넘는 사내가 무장을 갖추고 있다는 말은, 마을에 있는 거의 대부분의 남자들이 무장을 갖추고 있다는 뜻이었다.

"이거 평범한 마을이 아니라 어딘가의 비밀 분타 같은 것이었나?"

묵향이 한눈에 척 봐도 잘 제련된 길고 늘씬하게 생긴 검을 가진 자들이 몇 명 있었다. 하지만 대부분 검보다는 창을 가지고 있었다. 어부들은 마을 입구에 장애물을 이용하여 수 명씩 짝을 이루어 대형을 유지하며 용맹스럽게 저항했다. 여기저기에서 피가 튀는 치열한 격전이 벌어졌다. 하지만 겨우 수십 명이 수백 명을 상대할 수는 없는 일이었다. 그리고 해적선단의 또 다른 배들이 하나 둘 해안가에 정박하기 시작하자 해적들의 수는 급속히 불어나고 있었다.

해적들이 무기를 들고 반항하는 어부들을 제압하는 과정에서 살육은 거의 일어나지 않았다. 해적들은 될 수 있으면 어부들을 생포하려고 노력했던 것이다.

한참 전투 광경을 보고 있던 묵향은 도무지 이해가 안 간다는 듯 아르티어스에게 말했다.

"거 참, 괴상한 마을이네요."

"별로 괴상할 것도 없다. 내가 태어난 곳의 호비트들도 저 정도의 무장을 하고 있었거든. 너도 봤잖냐? 치안 상태가 허술한 곳일수록 자체적으로 무장을 하는 것을 말이다. 그쪽에서는 보통 트롤이나 오크 같은 몬스터들 때문에 무장을 했었는데, 아마도 여기서는 저놈의 해적들 때문에 무장을 하는 거겠지."

묵향은 아르티어스의 말이 그럴 듯하다고 생각되었는지 쉽게 납득했다.

"그럴지도 모르겠네요."

하지만 해적질은 지금부터 시작이었다. 일단 마을의 저항을 분쇄한 후, 병사들은 여기저기 돌아다니면서 약탈을 하기 시작했다. 마을과 그 주변을 샅샅이 수색하며 먹을 것이나 사람들을 찾아내어 끌고 왔다.

"으아악!"

사방에서 비명 소리가 들려왔으며, 뭐라고 하는 말인 줄은 모르겠지만 심하게 발악하는 소리도 들려왔다. 묵향은 그 비명이 무엇을 뜻하는 것인지, 곧 알 수 있었다. 멀찍이 떨어진 위치였지만, 묵향의 시야에 들어 오는 곳에서 원주민 병사들의 만행을 직접 눈으로 볼 수 있었기 때문이다.

병사들 몇 명이 높게 쌓인 짚단들을 뒤지다가 그곳에 숨은 사람들을 찾아냈다. 마을 처녀 하나가 서너 명의 아이들과 함께 숨어 있었던 것이다. 처녀는 한사코 아이들을 보호하기 위해 발버둥을 쳤지만, 거친 병사들의 완력을 당해 낼 수는 없었다.

병사는 먼저 처녀를 끌어내고, 열세 살 정도 되어 보이는 아이도 끌어냈다. 그런 다음 병사들은 낄낄거리며 그들이 보는 앞에서 짚더미 속에 숨어 있던 남은 아이들을 창으로 찔러 죽였다. 피가 튀었고, 아이들의 애처로운 비명이 들려왔다. 병사들은 아이들이 죽는 광경을 보고 기절해 버린 처녀와 아이 한 명을 등에 업고 의기양양하게 해안가로 돌아왔다.

해안가에는 곧 열세 살 정도에서 40대 중반 정도로 보이는 남녀로 가득 찼다. 마을의 청년들은 방금 전까지만 해도 칼과 창을 들고 거칠게 저항했었음에도 불구하고, 포로로 잡힌 후에는 의외로 고분고분하게 앉아 있었다. 그들의 우울한 눈빛은 이미 모든 것을 포기한 듯 공허하기만 했다.

묵향은 병사들의 만행에 치를 떨었다.

"이들이 해적인 것은 알고는 있었지만…, 이렇게 잔인할 수가!"

옆에 서 있던 아르티어스도 눈살을 찌푸리며 중얼거렸다.

"쯧쯧, 하여튼 호비트란 것들은……. 내 오랜 세월 동안 수많은 몬스터를 봤지만 자신들의 동족을 이토록 잔인하게 죽이는 놈들은 아마 호비트를 따를 것들이 없을걸!"

노예로서 가치가 없다고 판단되는 사람들은 가차 없이 쳐 죽이며 길길이 날뛰는 병사들의 피에 굶주린 듯한 얼굴에서 지금까지 엄격한 규율을 지키며 험한 파도를 헤치고 나온 뱃사람의 모습을 찾는다는 것은 거의 불가능했다. 그들은 사방으로 뛰어다니며 숨어 있는 마을 사람들을 잡아들였다. 그러다가 발견한 사람이 힘없는 늙은이거나 아이들이면 가차 없이 죽여 버렸고, 건장한 젊은이라면 꽁꽁 묶어서 해변가 모래사장으로 끌고 왔다.

대족장 타르티는 만면에 미소를 띠우며 아르티어스에게로 다가왔다. 그는 함께 온 부하들과 땅바닥에 넙죽 엎드리며 뭐라고 외쳤다. 도중에 신을 뜻하는 '탱게르'라는 말이 여러 차례 나왔지만, 묵향은 이제 더 이상 대족장의 꼴도 보기 싫은 상태였다.

싸움을 하다 보면 상대를 잔인하게 죽이는 것은 있을 수 있는 일이었다. 그리고 전장에서 적의 사기를 꺾기 위해 일부러 잔혹하게 적을 죽이기도 했다. 그 대상에는 병사들뿐만 아니라 전장 근처에 살고 있는 일반 백성도 포함되었다.

옥영진 대장군의 휘하에서 몽고 침략전을 겪어 본 묵향은 패전한 쪽의 아녀자들이 어떤 꼴을 당하는지도 잘 알고 있었다. 물론 늙어서 노예로 쓸 수 없는 자들을 죽여 버리는 경우도 종종 있었다. 하지만 어떻게 아이들을 저렇게 처참하게 죽여 버릴 수 있단 말인가? 그것도 낄낄거리면서 말이다. 엎드려 있는 대족장의 뒤통수를 노려보는 묵향의 눈빛이 심상치 않음을 눈치 챈 아르티어스는 황급히 웃음을 흘리며 말했다.

"허허헛, 저 녀석이 식사를 마련해 준다는구나. 뱃멀미도 심하게 했으니, 뭘 좀 먹어야 힘을 차릴 수 있을 것 아니냐?"

사실 대족장은 식사 준비 얘기를 한 것이 아니라, 천신의 도우심으로 오늘 두둑한 수확을 올리게 되었음을 감사한 것이었다. 그와 더불어 오늘의 수확을 축하할 겸 천신께 제사를 지내고 싶다며 허락을 구한 것이다. 하지만 그것을 곧이곧대로 말했다가는 묵향이 어떻게 나올지 모르는 일이었기에, 식사 준비를 한다고 둘러 댄 것이다. 아르티어스는 묵향을 잡아끌며 말했다.

"자, 식사가 준비될 때까지 저기 앉아서 기다리자꾸나."

무려 4천 명에 가까운 병사들이 상륙한 후라 그런지, 작은 어촌 마을에 대한 노략질은 순식간에 끝이 났다. 어촌 마을의 해변가 모래사장에는 2백 명에 가까운 포로들이 잡혀 있었다. 하지만 모래사장에 모이기 시작한 것은 포로들만이 아니었다. 마을에서 약탈한 각종 물품들도 쌓이기 시작했다.

볏짚으로 만든 커다란 가마니들이 차곡차곡 쌓였는데, 그 속에는 대부분 쌀이 들어 있었다. 그 외에도 콩이나 수수, 보리 같은 곡식이 들어 있는 작은 자루도 있었지만, 말린 생선 같은 어촌에서 흔히 장만할 수 있는 것도 있었다. 그리고 닭이나 소, 개 같은 가축들도 병사들의 손길을 벗어날 수는 없었다.

병사들은 일단 마을의 약탈이 끝나자 느긋하게 식사 준비를 하기 시작했다. 그들은 먼저 가축들을 잡아서 가죽을 벗겨, 굽거나 삶았다. 곡식 종류는 장기간 보관할 수 있기에 문제될 것이 없었지만, 가축들은 보관하기도 어려웠고 배로 옮기기도 힘들었다. 사료를 공급하는 것도 문제였지만, 그 배설물을 처리하기도 귀찮았기 때문이다. 그렇기에 병사들은 곡식은 배로 실어 나르고, 가축은 눈에 띄는 대로 잡아먹는 것이었다.

그런데 적개심을 가지고 병사들이 하고 있는 꼴을 노려보고 있던 묵향이 도무지 이해가 안 가는 부분이 바로 여기서 나타났다. 사로잡힌 포로들 중 사내들 일부는 기회가 오면 도망치려는 듯한 저항의 뜻을 조금씩이나마 내포하고 있는 눈빛을 하고 있었지만, 여인들의 그것은 사뭇 달랐기 때문이다. 그녀들은 사로잡힌 지 얼마나 지났다고 아예 모든 것을 포기한 듯 순순히 병사들의 지시에 따르고 있었다. 심지어 일부 여인들은 병사들의 지시에 따라 요리까지 하고 있었다.

병사들이 식사 준비에 여념이 없는 동안, 아르티어스는 묵향을 설득하기 시작했다. 만약 잘못하면 묵향이 병사들을 몽땅 다 죽여 없애 버릴지도 모른다는 생각이 들었기 때문이다. 비록 병사들의 숫자가 4천이라고는 하지만 묵향이 마음만 먹는다면 충분히 가능한 일이었다.

아르티어스는 묵향이 저놈들을 다 죽여 버리도록 그냥 놔둘까? 하는 생각도 해 봤었다. 아마도 묵향은 매우 좋아할 것이다. 하지만 저런 쓰레기 같은 호비트들이라도 아직까지는 아르티어스에게 충분한 이용 가치가 있었다. 그리고 무엇보다 아르티어스가 걱정하고 있는 것은 울컥하는 마음에 4천 명이나 되는 같은 종족을 죽인 후, 묵향이 안아야 할 마음의 부담이었다.

"호비트들끼리 죽고, 죽이는 거다. 그런 것에 너무 신경 쓰지 말거라. 너하고는 아무런 상관도 없는 오늘 처음 본 호비트들이 아니냐?"

아르티어스의 말에 묵향은 발끈하며 소리쳤다.

"뭐라고요? 저게 안 보입니까? 도대체가 저것이 인간이 할 수 있는 행동이라고 생각하세요? 물론 저항하는 무리들과 싸움이 벌어질 수도 있고, 또 그들을 죽일 수도 있다고 생각해요. 또 다 늙은 노인들을 죽이는 것까지도 이해해 줄 수 있어요. 그런데 저런 아이들까지 죽이다니……. 방금 전에도 봤잖아요. 이제 겨우 젖먹이인

애를 엄마의 품에서 뺏어내서는 목을 비틀어 버리는 광경을 말이에요. 도대체 저게 인간이 할 짓이라고 생각하세요?"

순간적으로 아르티어스의 얼굴에 당혹감이 흘렀다. 아르티어스도 그 광경을 묵향과 함께 봤지만, 아무런 느낌도 없었기 때문이다. 그리고 몇천 년 전에 자신이 어렸을 때는 저것들이 하던 짓보다 더한 짓도 수없이 해 본 경험까지 있었다.

하지만 그렇다고 해서 아무도 아르티어스를 탓할 수는 없을 것이다. 왜냐하면 지상 최강의 생명체인 위대한 드래곤인 그의 시각으로 보자면 호비트와 개미는 아무런 차이점이 없었다. 그런 맥락에서 개미를 1백 마리 죽이는 것이나, 호비트를 1백 마리 죽이는 것이나 별반 다를 바가 없는 것이다. 그렇기에 아르티어스는 묵향보다는 훨씬 더 객관적인 시각에서 병사들의 행위를 판단할 수 있었다.

아르티어스는 잠시 머리를 굴린 후 묵향에게 말했다.

"저것도 다 저들의 삶의 방식이 아니겠냐? 네게는 네가 태어나고 자라며 배우고 또 만들어진 삶의 방식이 있듯이, 저들에게도 그런 것이 있는 거야. 보통 해적들은 아이들을 잘 죽이지 않지만, 그게 아이들이 가엾어서 그런 것은 절대로 아니란다. 따지고 보면 아이들을 노예로 팔아먹을 수 있기 때문이 아니겠냐? 만약 어린애를 노예로 팔아먹을 수 없다면 노인과 마찬가지로 쓸모없기는 마찬가지겠지. 겉으로 드러난 것만으로 사물을 판단하고, 또 감정에 휩쓸리는 것은 어리석은 짓이다."

아르티어스의 말에 묵향은 잠시 생각해 봤다. 사실 자신의 경우도 보통 사람들과는 다른 아주 색다른 삶을 살아오지 않았던가. 철이 들면서 기억이 나는 것은 모두 다 마교에서 피를 토하며 했던 수련이 전부였다. 그다음은 암살자로서, 그리고 그다음은 검객으로서 키워졌다. 그런 특별한 삶 속에서 그는 얼마나 많은 사람들을 지금까지 죽여 왔던가.

그가 여태껏 죽인 사람들이나, 또 앞으로 살아가며 어쩔 수 없이 죽여야 될 사람들이 반드시 악인이라고는 말할 수 없을 것이다. 하지만 자신이 지금까지 죽인 자들은 최소한 아이들이나 노약자와 같이 나약한 인물들은 아니었다. 모두들 자신의 몸을 지킬 수 있을 정도의 강력한 무공을 익힌 사람들이 대부분이었다.

역시 이해가 안 된다는 듯 고개를 흔들던 묵향은 뭔가를 생각했는지 곧 고개를 푹 숙였다. 생각해 보니 자신이 죽인 자들이 강력한 무공을 익히고 있다고는 하지만 그것은 다른 사람에 비해서 강력했다는 말이지, 묵향에 비해 강력했다는 말은 아니지 않은가. 묵향은 그런 이들을 파리 잡듯 몰살을 시킨 적도 있었다. 저 해적들이 노약자들을 학살한 것처럼 말이다. 그럼 자신과 저 해적들이 뭐가 다르단 말인가?

그리고 묵향이 여태까지 죽여 온 사람들이 모두 다 악인들이었나? 물론 만인으로부터 지탄을 받던 악인들도 있었다. 하지만 정파의 거목이라는 뇌전검황을 벤 것도 자신이었다. 그리고 국가와 민족을 위해서 최선을 다했던 많은 기사들도 자신의 검에 목숨을 잃어야 했다. 한참을 생각하던 묵향은 한숨을 푹 내쉬며 겨우 입을 열었다.

"아빠 말이 맞는 것 같네요. 난 저들을 심판할 권리가 없죠."

아르티어스가 왠지 허탈해하는 묵향을 다독거리고 있을 때, 사로잡힌 원주민 여인 몇 명이 음식물들을 가져오기 시작했다. 그녀들은 병사들의 눈치를 힐끔힐끔 보며 겁에 질린 표정으로 재빠르게 움직이고 있었다. 병사들이 만들어서인지 요리들은 약탈한 가축들을 통구이 해 놓은 것이 대부분이었다. 원주민 여인들은 열심히 음식들을 묵향과 아르티어스의 앞에다가 차려놓은 후 황급히 물러났다.

음식이 다 차려지고 나자, 대족장 타르티가 자신의 심복들과 함께 조심스럽게 다가왔다. 그는 예전에 묵향과 아르티어스가 자신의 성에 나타났을 때와 같이 그 앞에서 절을 하고, 뭔가 중얼중얼 읊어 대기 시작했다. 시간이 얼마간 흐르자 의식이 다 끝났는지 타르티는 납작 엎드려 아르티어스에게 경건한 표정으로 경배하고는 물러났다.

의식이 끝난 후, 아르티어스가 상 위에 놓여 있는 음식들을 집어 먹기 시작하자 원주민 소녀 둘이 겁에 질린 표정으로 주춤주춤 다가와 묵향과 아르티어스 옆에 자리를 잡고 앉았다. 아마 대족장 타르티가 시중을 들라고 시킨 모양이었다.

그녀들은 따끈하게 데워 놓은 술을 잔에 따른다든지, 나름대로 열심히 시중을 들기 시작했다. 안 그래도 출출했던 아르티어스는 차려져 있는 음식들을 먹으며 술을 호쾌하게 마셔 대기 시작했다. 그 때문인지 아르티어스의 시중을 들고 있는 소녀의 표정은 눈에 띄게 안정을 되찾고 있었다. 하지만 묵향의 시중을 들고 있는 소녀의 얼굴은 점점 더 창백해지고 있었다. 상대가 음식물은 물론이고 술에도 전혀 손을 대지 않고 있었기 때문이다.

물론 그녀 자신에게 뭔가 음탕스런 시선이라도 보내고 있었다면 혹 모르겠지만 상대는 다만 통째로 요리되어진 강아지 구이만을 슬픈 듯 멍한 시선으로 바라만 보고 있을 뿐이었다.

이때였다. 멀찍이서 그녀들의 행동을 힐끔거리고 있던 병사들 중 한 명이 자리에서 벌떡 일어섰다. 그는 조심스러운 태도로 묵향에게 다가와 뭐라고 정중하게 말한 다음 소녀를 일으켜 세웠다. 소녀는 처음에는 잠시 반항하는 듯했지만, 이내 체념한 듯 천천히 몸을 일으켰다. 그 소녀가 끌려가고 난 후, 빈 자리는 또 다른 소녀에 의해 다시 채워졌다.

"아아악!"

귀청을 찢는 듯한 비명에 묵향은 정신을 차린 듯 고개를 들어 그 소리가 들려온 곳을 바라보았다. 이런저런 생각 때문에 정신이 없었던 그였지만, 그곳을 한 번 바라본 것만으로도 방금 전에 무슨 일이 있었는지 금방 알 수 있었다. 그곳에는 방금 전까지 자신의 시중을 들고 있던 소녀가 목이 없는 시체가 되어 쓰러져 있었다. 그리고 그 옆에는 피 묻은 도를 닦고 있는 병사가 보였고, 그의 발치에는 소녀의 목이 나뒹굴고 있었다.

"내 이놈들을!"

이제는 도저히 참을 수 없다는 듯 살기에 찬 눈빛으로 묵향이 자리에서 벌떡 일어서는 순간, 뒤에서 아르티어스의 냉정한 목소리가 들려왔다.

"네가 만약 저 녀석을 죽인다면, 그놈과 뭐가 다르냐? 그 소녀는 너의 시중을 제대로 들지 못했기에 불성실의 죄를 물어 그자에게 죽임을 당한 거야. 그렇다면 너는 임무를 성실히 이행한 저 녀석을 무슨 이유로 죽이고자 하는 거냐? 잘못을 정확히 따진다면 그건 네 잘못이다. 네가 그녀의 시중을 받아들이지 않았기 때문이지."

묵향은 고개를 획 돌려 아르티어스를 바라보며 울부짖듯 소리쳤다. 그의 목소리는 울분을 참지 못하겠다는 듯 가늘게 떨리고 있었다.

"어떻게 그런 식으로 냉정하게 말씀하실 수가 있죠? 물론 제가 잘못하고 있을지도 모르죠. 하지만……?"

아르티어스는 그런 묵향을 바라보며 심드렁한 말투로 대답했다.

"왜냐하면 저놈들은 아직 쓸모가 있거든."

"어떤 쓸모 말이에요?"

아르티어스는 자신의 말을 묵향이 제대로 알아듣지 못하자 할 수 없다는 듯 차분히 설명을 해 주었다.

"만약 이곳이 우리가 생각한 중원이 아닐 때를 대비해서 다시 돌아갈 배편을 준비해 둘 필요가 있거든. 물론 지금 여기서 저놈들을 쓸어버리면 네 속이야 편하겠지만 그럼 돌아 갈 배편을 새로 구해야만 한단 말이야. 그러다 보면 또 어떤 일이 벌어질지도 모르는 일이고 말이다. 네가 정 저놈들을 없애고 싶다면, 나중에 쓸모가 없어진 후에 해도 늦지는 않을 게다. 안 그러냐?"

"좋아요. 그럼 빨리 떠나자구요. 여기 조금만 더 있다가는 내가 무슨 짓을 할지 나도 모르겠다구요."

"아, 알겠다. 그놈의 성질하구는. 아차, 잠시만 기다리거라."

아르티어스는 한쪽에서 따로 자신의 심복 부하들과 식사를 하고 있는 대족장과 몇 마디 주고받은 후 돌아왔다.

"그럼 가도록 하자꾸나."

하지만 묵향은 꼼짝도 하지 않고 대족장과 그 부하들이 모여 있는 곳을 노려보며 살기에 찬 음성으로 물었다.

"우리가 돌아올 때까지 여기서 기다리겠대요?"

"아니, 그렇게는 할 수 없다는구나. 아마 얼마 안 있으면 이곳 영지의 병사들이 몰려올 것이 분명하기 때문에 맞서 싸워 봤자 피해만 생긴다고 하더군. 그래서 이 주변을 여기저기 돌아다니면서 다른 마을을 털며 시간을 보내다가 한 달쯤 후에 다시 이리로 돌아오겠다고 했다."

아르티어스의 말에 그제서야 묵향은 발걸음을 옮기기 시작했다. 하지만 그의 흉흉한 눈빛으로 미루어 보아 한 달 뒤 대족장 타르티와 그의 부하들을 결코 가만 놔둘 생각은 아닌 것 같았다.

"그래요? 잘되었군요. 그럼 빨리 가죠."

"그러자꾸나."

묵향은 더 이상 그들의 꼴도 보기 싫다는 듯 뒤도 돌아보지 않고 달려가기 시작했다. 전력을 다해서 경공술을 전개한 것이었기에 거의 눈 깜짝할 사이에 묵향의 몸은 점점 작아져만 갔다. 그런 모습에 주위의 있던 병사들은 입이 쩍 벌어질 정도로 놀랐다. 하지만 정작 병사들보다 더 기겁한 인물은 따로 있었다.

아르티어스는 묵향이 이미 달려가 버린 지도 모르고, 서서히 허공으로 떠오르기 시작했다. 그의 몸에서는 찬란한 광채가 뿜어져 나오고 있었고, 은은한 서기가 어린 그의 얼굴은 마치 신이 하강한 듯 장엄하게 보이기까지 했다. 아르티어스는 주위를 한번 쭈욱 훑어본 후 준엄한 어조로 말했다.

"모두 듣거라!"

이미 주위에 있던 모든 둥루젠 병사들은 사시나무 떨듯 몸을 떨며 땅바닥에 납작 엎드려 있는 상태였다. 그들은 이구동성으로 외쳤다.

"예, 탱게르!"

"한 달 후에 이곳으로 오거라! 만약 내가 그때까지 오지 않는다면 3일간 기다린 후 돌아가도록 해라. 알겠느냐!"

"예, 명심하겠나이다, 탱게르!"

병사들의 대답이 마음에 든다는 듯, 아르티어스는 흐뭇한 미소를 지으며 천천히 뒤로 돌아보며 말했다. 내심 묵향이 자신의 이런 모습을 보며 존경하기를 바랐던 그였지만, 결과는……

"역시 뒷마무리는 깔끔…, 허걱! 어, 어디 갔지?"

당황해서 이리저리 둘러보던 아르티어스의 눈에 저 멀리 달려가고 있는 묵향의 뒷모습이 보였다. 마치 새가 날아가는 듯 엄청나게 빠른 속도로 사라지는 그 모습은 순식간에 하나의 점으로 보일 정도로 작아져 갔다.

"제, 젠장. 더럽게 빠르구먼. 저런 놈이 무슨 호비트야? 괴물이지."

아르티어스는 투덜거리며 급히 대족장이 선물한 금이 든 궤짝을 집어 들었다. 그리고는 아들이 달려가고 있는 곳을 향해 재빨리 달려갔다. 마법을 이용하여 최대한 몸의 무게를 가볍게 하고, 또 근력 증가의 마법에다가 빠른 속도로 달릴 수 있는 마법 등등 아르티어스는 일단 생각나는 대로 속도를 증가시킬 수 있는 모든 방법들을 동원하기 시작했다. 하지만 결과는 점점 더 멀어지고 있는 묵향의 뒤통수뿐이었다.

"같이 가자! 에구구구! 헥헥!"

서로 간의 거리는 너무나도 멀리 떨어져 있기에 아르티어스의 음성은 아예 들리지도 않을 것만 같았다. 아르티어스는 아예 달려가기를 포기하고 제자리에 서며 가쁜 숨을 몰아쉬었다. 도무지 달려서는 쫓아 갈 수가 없다는 것을 그제서야 깨달았던 것이다. 그렇다면 어떤 방법을 써야 할까?

이리저리 머리를 굴리던 아르티어스는 어쩔 수 없다는 듯 투덜거리며 천천히 하늘로 날아 오른 후 급격히 가속하여 엄청난 속도로 날아가기 시작했다.

"젠장! 땅바닥을 달려가는 놈을 쫓아가기 위해 날아가야만 하다니……."

아르티어스와 묵향이 사라진 후 한참이 지나자 대족장은 살그머니 고개를 치켜들었다. 아르티어스의 장엄한 모습에 놀라 얼마나 세게 땅바닥에 처박았는지 그의 얼굴은 온통 흙투성이였다. 조심스럽게 곁눈질로 주위를 살펴 본 타르티는 방금 전까지 허공에 몸을 띄우고 있던 천신의 모습이 보이지 않자 자신감을 얻은 듯 조금 더 고개를 들어 눈알을 굴려 대며 이리저리 살펴봤다. 물론 그 모든 행동은 혹시나 천신께서 아직 남아 계시다면 눈치 채지 못할 정도로 땅바닥을 향해 고개를 숙인 상태로 이뤄지고 있었다.

대족장은 상당한 시간이 흐르고 나서야 천신이 사라졌다는 것을 확신할 수 있었다. 그는 갑자기 몸을 일으켜 주위를 둘러보며 호탕하게 웃음을 터뜨렸다.

"크하하하핫, 모두 듣거라! 탱게르의 명을 받들어 나 타르티가

잔인한 해적들

명령하노라!"

 그 말에 아직도 겁에 질려 있던 병사들은 목소리 높이 외치기 시작했다.

 "탱게르! 탱게르! 탱게르!"

 광기마저 느껴질 정도로 천신의 이름을 외쳐 대는 병사들을 둘러보며 타르티의 가슴은 야망으로 가득히 부풀어 올랐다.

 '흐흐흐, 저 두 분의 탱게르만 잘 모신다면 둥루젠의 일통만이 아니라 천하를 제패하는 것도 이제 시간문제야. 드디어 내 평생의 숙원인 진을 깨부수고 둥루젠의 천하를 열 때가 왔음이다. 크하하하핫.'

 한참을 호탕하게 웃던 타르티는 천천히 두 손을 들어 병사들을 진정시켰다. 병사들의 외침 소리가 잦아들기 시작하자, 타르티는 근엄한 음성으로 외쳤다.

 "자, 빨리 식사를 마치고 출발 준비를 하도록 하라. 탱게르께 선택받은 우리들 앞을 가로막을 것은 아무것도 없을 것이다!"

 "우와와와와! 탱게르! 탱게르!"

 탱게르를 연호하는 병사들의 사기는 하늘을 찌를 듯했다. 그것을 보던 타르티는 웅심이 치솟는지 호탕하게 웃음을 터뜨렸다.

 "이제 탱게르와 함께 하는 우리를 막을 자가 감히 그 누가 있겠는가! 크하하하핫!"

 연신 호쾌하게 웃고 있는 타르티의 눈에는 벌써 천하를 호령하는 자신의 모습이 보이는 듯했던 것이다. 한참 동안 통쾌하게 웃음을 터뜨리던 타르티는 뒤에 서 있던 부하들을 바라보았다. 아르티어스 앞에만 서면 고양이 앞의 쥐와 같이 왜소해지는 타르티였지만 지금은 한 지역을 장악하고 있는 대족장의 풍모가 물씬 풍겨 나오고 있었다.

"해리바, 네게 선단을 통솔할 권한을 주겠다. 내가 본대를 이끌고 진격하면, 너는 해안선을 타고 본대를 따라 오도록 해라. 사로잡은 노예들과 식량을 배로 운반하고 출항 준비를 서두르도록 해라."

"옛, 알겠습니다. 그런데 어디로 행로를 잡으시겠습니까?"

타르티는 잠시 생각에 잠기며 주위를 두리번거렸다. 여기서 한 달 동안 죽치고 앉아서 기다리고 있을 수는 없는 노릇이기에 일단 출발 준비를 시킨 것이다. 하지만 파도에 밀려 예상했던 목적지에서 많이 남하한 상태였기 때문에 처음에 계획했던 행로는 지금으로서는 아무 짝에도 쓸모가 없었다.

보통 대규모로 출정을 하게 되면 내륙지방 깊숙이까지 노략질을 하는 경우도 있었지만, 통상의 경우 노략질은 해안을 따라가며 진행하게 된다. 그렇게 해야만 선단과 함께 이동할 수 있어서 여러모로 유리하기 때문이다.

사로잡은 노예나 약탈한 것들을 배에 적재하여 이동 속도를 높일 수도 있었고, 대규모의 적군이 나타나면 도망치기에도 편했다. 아무리 적군이 대군으로 몰려온다 하더라도 정찰만 확실히 하여 미리 포착할 수만 있다면 잽싸게 배에 탄 후에 대해(大海)로 빠져나가 버리면 끝이었기 때문이다.

문제는 어느 쪽으로 가야 좀 더 많은 수확을 올릴 수 있느냐 하는 것이었다.

'해안을 따라 북쪽으로 올라갈까? 아니면 남쪽으로 내려갈

까……. 허, 참. 고민되는군. 이럴 줄 알았으면 주술사도 데려오는 건데 잘못했어.'

이렇게 택일을 해야만 하는 경우, 주술사에게 천신의 뜻이 어떤지 물어본 후 결정하는 것이 관례였다. 하지만 지금 주술사도 없고, 또 천신도 없다. 천신이 워낙 갑작스레 떠나는 바람에 어디로 행보를 잡으면 될 것인지 물어볼 생각조차 못한 것이다.

타르티는 잠시 고민하더니 해리바를 바라보며 입을 열었다.

"해리바! 자네는 어디로 진격했으면 좋겠나?"

타르티의 질문에 해리바는 잠시 대답을 못하고 우물쭈물거렸다. 이렇게 민감한 사안을 일개 부하에 불과한 자신이 말하는 것은 상당히 위험 부담이 컸기 때문이다. 사실 해적질이라는 것이 어느 방향으로 가느냐에 따라 소득과 피해가 결정되는 경우가 비일비재한 것이 아니던가. 만약 자신이 가자고 한 방향에 적의 대군이 기다리고 있다면? 생각만 해도 끔찍한 사태가 벌어지게 되는 것이다.

그 때문에 보통 이런 중요한 사안을 결정할 때는 주술사에게 조언을 청하는 것이 뒤탈이 없었다. 그렇기에 해리바는 잠시 고민한 후 좋은 생각이 떠올랐다는 듯 타르티에게 자신의 생각을 말했다.

"대한, 점을 쳐 탱게르의 뜻을 따르는 것이 가장 좋을 듯합니다."

해리바의 말이 그럴 듯한지 대족장 타르티는 고개를 끄덕이며 승낙을 했다. 그러자 해리바는 곧 부하 병사들에게 지시를 내렸다.

"가서 애 밴 여자 하나를 끌고 오너라."

"옛."

몇 명의 부하들이 포로들 중에서 임산부를 찾아내기 위해 떠난 후, 해리바는 은근한 어조로 타르티에게 말했다.

"배를 갈라서 아들이 나오면 북진, 딸이 나오면 남하…, 어떻습니까?"

대족장은 잠시 고개를 갸웃거리는 듯 하더니, 곧이어 고개를 끄덕거리며 말했다. 탱게르께 둘 중 하나를 물어보는 게 꽤 좋은 방법인 듯했기 때문이다.

"어~, 그거 좋은 생각이군. 아주 좋은 생각이야."

혹시 여행 오셨나 보죠?

잘 구워지고 있던 사슴의 몸에서 기름이 흘러내려 모닥불 위로 떨어지며 지직거리는 소리를 냈다. 고기 익는 구수한 냄새에 아르티어스는 입맛을 쩝쩝 다시며 사슴을 꿰어 놓은 나무 작대기를 옆으로 약간 돌린 후 도저히 참지 못하겠다는 듯 말했다.

"이제 먹자!"

그러자 묵향은 무슨 소리를 하느냐는 듯 퉁명스럽게 대꾸했다.

"이거 겉만 익었지 속까지 익으려면 아직도 멀었어요. 조금만 더 기다리시라니까요."

"너 아직도 잘 모르는구나. 고기는 완전히 익힌 것보다는 조금 덜 익혔을 때가 가장 맛있다구. 한입 베어 물면 선홍빛 핏물이 살짝 흘러나올 정도가 제일 맛있다니까."

"아, 글쎄. 조금만 더 참으시라니까요. 설마 의리 없게 혼자 드실 생각은 아니시겠죠. 먹으려면 같이 먹자구요."

한참을 실랑이하던 그들은, 이윽고 고기가 어느 정도 익자 저마다 사슴 다리 한 짝씩을 뜯어 들었다. 두어 입쯤 뜯어 먹었을까? 어디선가 급하게 달려오는 발자국 소리가 들려왔다. 아르티어스는 사슴고기를 우물거리며 물었다.

"우음…, 이게 무은 소리냐?(이게 무슨 소리냐?)"

묵향은 못 들은 척 더욱 열심히 고기를 뜯고 있었다. 아무리 사슴이라고는 하지만, 아직 어린놈이라서 그런지 고기가 그렇게 많지 않았다. 그래서 양껏 포식을 하려면 먹는 속도를 올릴 필요성이 있었기 때문이다. 그런 묵향의 모습을 아르티어스는 사랑스러운 듯 그윽한 눈길로 바라봤다. 길게 기른 황금색의 머리카락, 앳된 얼굴. 그리고 저 박력 있는 식성까지…….

'에구, 어쩌면 저렇게 먹성이 좋을까? 보면 볼수록 귀엽…, 어어?'

자신이 잠시 바라보고 있는 사이 고기의 양이 팍팍 줄어들고 있었다. 안 그래도 여기까지 잘 모이지도 않는 마나를 끌어 모아 날아온다고 엄청난 에너지를 사용한 터라 몹시 배가 고픈 상태였다. 하지만 그런 자신을 배려해 고기를 양보해 줄 아들놈이 아니었던 것이다. 그때부터 아르티어스도 질세라 고기를 씹어 삼키는 속도에 박차를 가하기 시작했다. 아무래도 아들놈의 먹는 모습을 보니 딴 일에 신경 쓰고 있을 틈이 없었던 것이다. 아르티어스는 묵향보다 입이 크다는 장점을 십분 활용하여 고기를 거의 씹지도 않고 꿀꺽꿀꺽 삼키기 시작했다.

아들놈의 위장은 드래곤의 것을 떼다가 붙였는지, 한꺼번에 엄

혹시 여행 오셨나 보죠? 173

청난 양을 먹어치울 수 있었다. 그리고 또 먹지 않으려고 든다면 몇 날 며칠 동안 안 먹어도 끄덕도 하지 않았다. 그렇기 때문에 아르티어스는 필사적으로 먹어 대기 시작했던 것이다. 상황은 묵향도 마찬가지였다. 그동안 뱃멀미 때문에 먹지 못한 것을 만회하려는 듯 걸신들린 것처럼 먹어 대고 있는 중이었다. 뼈다귀까지 쪽쪽 핥아 가며…….

둘이 사슴고기에 온 정신이 팔려 있을 때, 무장한 병사 몇 명이 들이닥쳤다. 그들은 묵향이나 아르티어스가 여태껏 한 번도 본 적이 없는 특이한 갑옷을 입고 있었지만, 그들이 갖추고 있는 무장만은 여태껏 보아 왔던 것들과 크게 다르지 않았다. 아르티어스는 흥미롭다는 듯 병사들을 향해 눈길을 보냈지만, 여전히 손과 입은 고기를 먹는 데 열중하고 있었다.

병사들 중에서 한 명이 앞으로 쓱 나서며 낯선 이방인들을 향해 뭐라고 큰 소리로 지껄여 댔다. 그러면서 그는 길쭉한 검이 꽂혀 있는 검집을 일부러 흔들어 보이며 위협하는 것도 잊지 않았다. 하지만 상대방이 그것을 위협으로 받아들이지 않는다는 것이 문제였다.

"뭐라고 하는 거냐?"

아르티어스의 심드렁한 말에 묵향은 고기를 한껏 입 안에 머금은 채 대꾸했다.

"저에도 마해죠? 아바가 모르느 거스 제가 어떠게 아게서요?(전에도 말했죠? 아빠가 모르는 것을 제가 어떻게 알겠어요?)"

"젠장, 여기서는 또 말이 다르네. 거기서는 안 그랬는데, 이곳은 어찌 된 것이 가는 곳마다 언어가 다르냐? 야! 그건 그렇고 치사하게 혼자만 먹기냐?"

 아예 자신을 상대조차 안 하자, 말을 걸었던 병사는 잠시 황당한 듯한 표정을 짓더니 동료들에게 뭐라고 큰 소리로 외쳤다. 그러자 병사들은 큰 소리로 뭐라고 지껄여 대며 갑자기 달려들기 시작했다. 제일 앞쪽에 긴 창을 든 병사들이 서고, 그 뒤에 검을 든 병사들이 포진하는 것으로 보아 어느 정도 훈련을 받은 병사들임이 분명했다.

 "이런 젠장! 밥 먹을 때는 개도 안 건드린다고 했는데, 이것들은 뭐야?"

 묵향은 오랜만에 만끽하는 즐거운 식사를 방해받자 짜증난다는 듯 벌떡 일어섰다. 그리고 들고 있던 사슴 다리를 휘두르며 병사들을 그야말로 개 패듯이 패기 시작했다.

 퍽!

 "꾸에에엑!"

 "으억!"

 삽시간에 창과 검을 든 병사 다섯 명이 사슴 다리에 맞고 쭉 뻗어 버리자, 남은 병사들은 주춤주춤 뒤로 물러서기 시작했다. 아무래도 상대가 만만치 않다는 것을 깨달은 것이다. 일단 병사들이 주춤주춤 뒤로 물러서자 묵향은 더 이상 공격할 마음이 없었기에 고기 쪽으로 시선을 돌리다 다급하게 외쳤다.

 "이런, 젠장! 도와주지는 못할망정 혼자서 다 먹기예요?"

 묵향은 이미 전의를 상실한 병사들에게 더 이상 신경도 쓰지 않고 곧장 사슴고기를 향해 달려들었다. 자신들을 무시한 채 걸신들린 듯 와구와구 먹고 있는 이상한 옷차림의 이방인들을 잠시 어이 없는 표정으로 바라보고 있던 병사들은 쓰러져 있는 동료들을 일으켜 세워 꽁지가 빠지게 도망치기 시작했다. 하지만 그들은 그 와중에도 거친 음성으로 뭐라고 지껄여 대며 허세를 부리는 것 또한 잊지 않았다.

"꺼억! 잘 먹었다."

트림을 하며 이빨을 쑤시고 있는 아르티어스가 얼마나 얄미운지, 묵향은 들고 있던 뼈다귀를 땅바닥에 내팽개치며 신경질적으로 투덜거렸다. 바닥으로 내팽개친 뼈다귀는 얼마나 열심히 훑어 먹었는지 살점은 아예 보이지도 않았고, 거의 광택이 날 정도였다.

"이런 젠장, 설마 그렇게 아귀처럼 먹어 대다니……. 드래곤으로서 체면을 좀 생각하시죠."

아르티어스는 별소리 다 한다는 듯 여유 있게 이빨을 쑤시며 대꾸했다.

"쩝, 배고픈데 체면 따위나 생각하게 됐냐? 그나저나 너무 급하게 먹었나. 뱃속이 더부룩하네."

아르티어스의 말에 아직까지 허기를 못 채운 묵향의 이마에는 붉은 힘줄이 불끈 솟아올랐다.

"이, 정말 너무 하잖아요. 평소에 예쁜 아들이 어쩌구 저쩌구 말만 잘하시더니 어떻게 먹을 것 앞에서는 아예 안면 몰수할 수가 있는 겁니까? 그리고 사슴은 누가 잡았는데 내가 먹을 것도 없이 왜 그렇게 많이 잡수세요!"

묵향이 성질을 내며 바락바락 대들자 아르티어스는 치사하게 먹을 것 가지고 별 트집을 다잡는다는 듯한 표정으로 중얼거렸다.

"젠장, 사내자식이 치사하게 먹을 것 가지고 계속 그럴래! 그러는 너는? 그 덩치에 그 정도 먹었으면 됐지, 얼마나 더 먹어야 된다는 소리냐? 나야 원래 드래곤이다 보니 이 정도 먹지 않으면 체력 관리가 힘들단 말이다. 그리고 말이 나왔으니 말인데 절반 정도는 네가 먹었잖아!"

처음에는 약간은 미안한 표정으로 말하던 아르티어스였지만, 말을 하다 보니 점점 열이 받는지 서서히 언성이 높아지기 시작했다. 그런 아르티어스의 반응에 묵향은 어이가 없을 뿐이었다.

"절반이요? 절반씩이나 먹었으면 지금 내가 이런 말을 하겠어요. 삼분지 일 정도도 제대로 못 먹었다구요!"

묵향이 집요하게 말꼬리를 잡고 늘어지자 아르티어스는 겸연쩍은 듯 고개를 돌리며 작은 목소리로 중얼거렸다.

"젠장, 그 정도면 많이 먹은 거지. 웬만한 호비트는 그 반만 먹어도 배 터지겠다."

"그것도 호비트 나름이죠. 비겁하게 내가 배고파 하는 거 뻔히 알면서, 싸우는 틈을 이용해서 그렇게 많이 먹어 대다니……."

계속 묵향이 이죽거렸지만 아르티어스는 신경도 쓰지 않고 포만감이 느껴지는지 자신의 배를 쓰다듬으며 만족스러운 표정으로 말했다.

"허허헛! 그게 다 연륜 아니겠냐?"

"연륜 좋아하시네요."

묵향이 투덜거리고 있을 때, 아르티어스가 갑자기 자리에서 천천히 일어서서 주위를 둘러보더니 중얼거렸다. 지금까지 언쟁을 벌이느라 눈치 채지 못하고 있었는데, 말발굽 소리와 함께 수많은 사람들이 달려오는 듯한 발자국 소리가 들렸던 것이다. 물론 그 소리는 아주 작았기에 평범한 사람이라면 알아챌 수도 없었겠지만 아르티어스는 드래곤이 아닌가?

"어? 이건 또 무슨 소리야?"

하지만 묵향은 그 정도는 벌써 알고 있었다는 듯 퉁명스럽게 말했다.

"모르죠, 뭐. 아까 몇 대 맞은 놈들이 동료들을 끌고 오는지 말이에요."

묵향의 말에 아르티어스는 말도 안 된다는 듯 반박했다.

"동료라고? 그놈들이 무슨 산적 패거린 줄 아느냐? 동료라고 하게. 그놈들 하고 있는 복장을 봤을 때 어딘가에 소속된 정규군 같았단 말이다. 그리고 이 몰려오는 발자국 소리로 봤을 때 최소한 4백 명은 넘겠군. 산적 패거리가 그렇게 많이 떼 지어 돌아다닌다는 말은 들어 본 적이 없다."

안 그래도 사슴고기를 양껏 못 먹은 데 대한 앙금이 남아 있던 묵향은 계속 이죽거렸다.

"정확히 하면 5백 명 정도에 말 세 필이에요. 여기 오면서 못 봤어요? 해적도 4천 명씩 떼 지어 다니는데, 산적이 그 정도 안 될 이유가 없죠."

"그, 그런가?"

이곳 물정을 모르기는 아르티어스도 마찬가지였기에, 묵향의 말이 맞을지도 모른다는 생각이 들었다. 그런데 가만히 생각해 보니 오는 놈들이 병사인지 산적인지 따지고 있을 때가 아니었다. 병사건, 산적이건 귀찮기는 매한가지니까 말이다.

"그럼 빨리 자리를 옮기자. 여기 있어 봐야 귀찮기만 하지 않겠냐?"

그 말에 묵향은 아예 뒤로 벌렁 드러누우면서 비비 꼬인 어조로 말했다.

"가긴 어딜 간단 말이에요? 드래곤으로서 체력 관리를 하시려면 많이 드셔야 한다면서요. 사슴고기로는 요깃거리도 안 되셨을 텐데, 후식거리가 제 발로 찾아오고 있는데 얼마나 좋아요? 이야~. 아빠 오늘 먹을 복이 터졌네."

그 말에 아르티어스는 입맛을 다시면서 진지하게 생각하기 시작했다. 아르티어스는 묵향이 자신을 놀리기 위해 한 소리라고는 생각하지 못하고, 자신의 배를 바라보며 과연 5백 명이라는 먹을거리가 들어갈 수나 있는지 고민했던 것이다.

"글쎄……. 뭐, 호비트 고기가 그리 맛이 없는 것도 아니니 상관은 없겠지만, 아무리 내가 아무리 드래곤으로 현신한다고 해도 호비트 5백 명에 말 세 필이면 양이 좀 과한데?"

아르티어스는 그 말을 하며 묵향의 눈치를 힐끗 봤다. 먹으라면 뭐 못 먹을 것도 없겠지만, 아무리 그래도 호비트인 양자 앞에서 호비트를 먹는다는 게 영 마음에 걸렸기 때문이다. 하지만 돌아온 묵향의 대답은 전혀 그런 것은 신경도 쓰지 않는다는 식이었다.

"설마요. 등빨 좋고 위대(胃大)하신 드래곤께서 그 정도 양에 우는 소리를 하신다면 지나가는 드워프가 웃겠죠."

그제서야 아르티어스는 묵향이 자신을 비꼬고 있다는 것을 깨달았다. 아르티어스는 이제 더 이상 묵향과의 대화가 질린다는 듯 말을 돌렸다.

"그건 그렇고 계속 여기 있을 거냐? 얼마 안 있으면 저놈들이 도착할 텐데 말이다."

묵향은 슬쩍 옆으로 돌아누우며 힘없는 어조로 말했다.

"맘대로 하세요. 저는 허기져서 움직일 힘도 없네요."

계속된 묵향의 이죽거림에 아르티어스는 이제 될 대로 되라는 듯 그 옆에 털퍼덕 주저앉으며 투덜거렸다.

"이런 망할! 그래, 네 맘대로 해 봐라."

두두두두.

잠시 후, 요란한 말발굽 소리와 함께 기사(騎士) 셋이 5백여 명의 부하들을 이끌고 묵향이 있는 곳에 도착했다. 그들은 빠르게 주위를 포위하여 도주로를 차단했다. 포위망이 완성되자 기사들은 천천히 묵향 앞으로 말을 몰고 나섰다. 그런데 묵향이 보기에 기사들의 표정이 야릇하였다. 수상한 인물들이 있다는 보고에 도망치기 전에 체포하기 위해 사력을 다해 달려 왔건만 모닥불 주위에 여유롭게 앉거나 누워 있는 것을 보자 약간 허탈해 보이기까지 했던 것이다.

아르티어스는 그때까지도 이빨을 쑤시면서 주위를 흥미롭다는 듯 둘러보았다.

"호오, 여기 놈들은 상당히 복장이 특이하네? 방금 전에 봤던 녀석들도 그렇지만, 아주 독특해. 특히 말 위에 앉은 놈들의 갑옷을 보면 저게 방어를 위한 거냐? 아니면 허세를 부리기 위해 양옆으로 얼기설기 붙인 거냐? 되게 헷갈리네."

묵향도 기사들을 힐끗 쳐다본 후 중얼거렸다.

"글쎄요, 지금 그게 중요한 게 아니잖아요. 척 보니 단단하게 비끄러맨 것 같지는 않으니까, 아마 드시는 데는 큰 지장이 없을 걸요?"

"너는 저것들이 지금 먹을거리로 보이냐? 얘가 나하고 오래 다니더니 자기가 호비트라는 것을 잊어버렸나? 너! 아무래도 나한테 치료 좀 받아야 하겠다."

아르티어스가 손가락을 꺾어 우두둑거리는 소리를 내며 다가서자, 묵향은 반색을 하며 벌떡 일어섰다.

"오호, 오랜만에 저와 대련을 하시자는 건가요? 안 그래도 몸이 근질근질하던 참이었는데 잘됐네."

묵향의 반응에 아르티어스는 질겁을 하며 뒤로 주춤주춤 물러섰다. 트랜스포메이션한 이런 육체를 가지고 맞붙어 가지고는 도무지 상대 자체가 안 된다는 것을 잘 아는 아르티어스였기 때문이다.

"아, 아니다. 대련은 무슨 대련."

아르티어스와 묵향이 시답잖은 농담을 주고받자 주위를 둘러싸고 있던 병사들의 분위기가 험악해지기 시작했다. 이때 병사들 중 한 명이 앞으로 튀어나와 기사 앞에 무릎을 꿇고 앉아 뭐라고 한참 떠들어 댔다. 기사는 잠시 인상을 찡그리며 생각을 하는 듯하다 곧 고개를 끄덕였다. 병사는 고개를 숙여 인사를 한 후 천천히 아르티어스 쪽으로 걸어왔다. 그는 왠지 모르겠지만 사뭇 살기에 찬 모습이었다. 아르티어스에게 다가온 그 병사는 살기에 찬 눈빛을 흘리면서도 덤벼들지는 않고 나직한 어조로 뭐라고 한참 동안 중얼거리기 시작했다.

"저놈 뭐라고 하는 거예요?"

"글쎄다. 뭐 무기를 버리고 항복하라. 뭐 이런 소리가 아니겠냐?"

묵향은 병사의 말에 가만히 귀 기울여 들어 보려 했지만 도저히 알아들을 수 없었다. 하지만 그 말투에 담겨 있는 분위기나 감정은 대략적으로 눈치 챌 수 있었다. 묵향은 고개를 갸웃거리며 한참을 생각하다 아르티어스에게 말했다.

"아빠, 아마 한판 붙자고 저러는 거 아닐까요? 목소리를 자세히 들어 봐요. 은근슬쩍 살기가 느껴지는 것이 결코 대화를 원하는 그런 말투가 아니라구요."

"그, 그런가? 가만, 그렇다면 저놈이 지금 나를 째려보고 있는 것이 한판 붙자는 것이었어?"

묵향의 말을 듣고 보니 아르티어스는 이제야 이해가 간다는 듯 고개를 끄덕이며 덧붙여 말했다.

"그럼 아까부터 떠들어 대는 말이 다 욕이겠군. 이런 망할 자식! 감히 호비트 주제에 나한테 욕을 했단 말이지. 너 일루 와 봐. 아예 껍질을 벗겨 주마."

바로 그때, 지금까지 주저리주저리 뭐라고 읊어 대고 있던 병사는 말을 끝내고 아르티어스의 반응을 주의 깊게 살펴보고 있었다. 그런데 아르티어스가 자신을 향해 마치 강아지를 부르듯 손가락을 까닥거리며 덤비라는 손짓을 하자, 그는 심한 모욕감을 느낀 듯 얼굴이 시뻘게져서는 단숨에 검을 뽑아 들며 달려들었다.

"끼요오오옷!"

아르티어스는 급히 주문을 외운 후 앞으로 손을 쭈욱 뻗었다. 다음 차원 이동을 준비해야 할지도 모르기에 용언 마법은 쓸 수도 없었다. 하지만 서로 간의 거리가 너무 가까웠던 관계로 시간 여유가 없었기에 그가 사용할 수 있는 마법은 극히 제한적이었다. 순간 아르티어스의 손끝에서는 붉은 화염 덩어리가 엄청난 열기를 뿜어내며 앞으로 쏘아져 나갔다. 그리고 그 화염 덩어리를 온몸으로 받아 내야만 하는 돌진해 오던 병사의 얼굴은 화염을 뒤집어쓰는 그 순간 당혹과 고통으로 심하게 일그러졌다.

펑!

"크아아악!"

병사는 온몸에 불이 붙은 채, 고통에 몸부림치며 땅바닥을 데구르르 구르기 시작했다. 병사가 이상한 불덩어리에 당하는 것을 보자 말 위에 타고 있던 기사의 안색이 약간 일그러졌다.

"으음, 마사카 히노쥬쯔?"

기사는 슬쩍 말에 박차를 가하여 앞으로 나섰다. 왠지 냉혹한 듯한 눈길로 온몸에 불이 붙어 뒹굴고 있는 병사를 바라본다 싶은 순간, 흰 선이 번쩍 빛났다. 언제 뽑아 들었는지 그의 손에는 약간의 피가 묻은 검이 들려 있었다. 그리고 불이 붙은 몸으로 인해 괴로워하던 병사의 목은 어느 순간에 떨어져 나갔는지 땅바닥을 구르고 있었다. 기사는 병사의 시체에는 눈길조차 주지 않고 품에서 손수건을 꺼내 느긋하게 검에 묻은 피를 닦았다. 기사는 검을 검집에 집어넣은 후 천천히 앞으로 말을 몰아 나오며 차가운 어조로 말했다.

"오마이다찌 닌자까?"

부하의 목을 냉정하게 날려 버리는 광경을 봐서인지 묵향의 목소리는 치밀어 오르는 분노에 약간은 떨렸다. 평상시에 자신과 관련되지 않은 일에는 무관심했지만 부하만큼은 확실히 챙기는 묵향이었기에, 마치 벌레를 베듯 부하의 목을 날려 버린 기사의 태도가 아주 탐탁지 않게 느껴졌던 것이다.

"저 새끼, 뭐라고 하는 거예요?"

"내가 누누이 말했듯이 여기 말은 모른다니까. 그건 그렇고 여기는 정말 화끈한 곳인 모양이구나. 저렇게 박력 있게 부하의 목을 자르는 광경은 내 생전 처음이다."

정말 감탄을 했다는 듯한 아르티어스의 대답에 묵향은 인상을 찡그리다가 답답하다는 듯 투덜거렸다.

"젠장, 그럼 한 놈 잡아다가 말 좀 배워요. 편한 마법 놔두고 뭐해요? 답답해서 이거 살겠나."

하지만 아르티어스의 반응은 심드렁하기만 했다.

"허~참! 내가 또 그 짓을 귀찮게 해야만 하냐?"

"그럼 말도 안 통하는 데 계속 이런 식으로 다니자는 말씀이세요?"

묵향은 기사가 마음에 안 들었기에 그냥 박살 내 버릴까하는 생각도 했지만 한두 명도 아니고 수십, 아니 수백 명의 피를 볼지도 모른다는 생각에 마음을 바꿨다. 사실 한 놈 잡아다가 말을 배우는 것이 수백 명을 때려잡는 것보다는 훨씬 손쉬울 것이 아닌가? 묵향은 잠시 이리저리 생각해 보다 좋은 생각이 떠올랐다는 듯 말을 이었다.

"그게 귀찮으면 둥루젠 말로 해 봐요. 혹시 알아들을지도 모르잖아요."

"그럴까?"

설마하는 표정으로 아르티어스가 둥루젠 말로 뭐라고 외치자, 놀랍게도 상대에게서 반응이 있었다. 냉혹한 표정을 짓고 있는 기사 뒤편에 서 있던 병사 한 명이 기사 옆으로 다가와서 뭐라고 보고를 하는 것이었다. 그 후, 잠시 기사에게 뭔가 지시를 받은 병사는 아르티어스 앞으로 쓱 나서며 말을 건넸다. 비록 서툴기는 했지만 둥루젠 말이었다.

"너희들 해적이냐?"

아르티어스는 이곳에서 자신이 알고 있는 언어를 사용하는 자가 나오자 꽤 기분이 좋은 듯 곧바로 대답해 줬다.

"당연히 아니지. 네놈 눈에는 내가 해적질이나 할 분으로 보이냐?"

병사는 아르티어스의 말을 못 알아들은 듯 일순 당황해하며 되물었다.

"무, 무슨 말이냐? 천천히 말해라."

아르티어스는 한입거리도 안 되는 호비트 주제에 건방지게 위대한 드래곤인 자신에게 처음부터 반말을 지껄이자 처음과는 달리 슬그머니 기분이 나빠지기 시작했다. 그래서인지 죽여 버리고 대화할 만한 상대를 다시 찾는 게 좋지 않을까하는 생각도 들었지만, 그래도 이런 놈을 또 찾는 것 또한 귀찮은 작업이었기에 일단 참고 넘어갔다. 하지만 아르티어스의 눈동자는 이미 매섭게 변해 있는 상태였다. 아르티어스는 병사를 씹어 먹을 듯 노려보며 한 자 한 자 정확히 발음했다.

"당연히 아니다."

아르티어스의 살기에 찬 눈빛에 병사는 찔끔거리면서도, 맡은 임무가 있었기에 용기를 내어 계속 질문을 던졌다. 하지만 이미 그의 목소리는 상당히 주눅이 든 상태였다.

"그럼…, 뭐냐? 그리고 어떻게 닌자도 아닌데, 화염의 술법을 쓸 줄 아느냐?"

화염의 술법이라는 말에 아르티어스는 잠시 고개를 갸웃거렸지만 이내 알겠다는 듯 고개를 끄덕이며 대답했다.

"그 정도야 고삐 잡고 말 타기지."

아르티어스의 말은 둥루젠에서 흔히 쓰이는 표현이었다. 어릴 적부터 말을 타는 둥루젠에서는 양손을 다 놓고 말을 탈 줄 아는 것이 결코 자랑이 아니었다. 그런 자들이 고삐를 잡고 말을 탄다면 어떻겠는가? 병사는 아르티어스의 말을 이해할 수 없다는 듯 맹한 표정으로 질문을 던졌다.

"뭐? 고삐 잡고 말을 타? 당연한 말을 왜 하는 것이냐?"

아르티어스는 자신의 말을 제대로 알아듣지 못하는 상대에게 슬슬 짜증이 나기 시작했기에, 말투가 조금씩 거칠어지고 있었다.

"에잇, 젠장. 짜증나게 계속 똑같은 말 반복시키고 있어. 쉽다는 말이다. 쉽다는!"

그 순간 아르티어스의 눈에서 뿜어져 나오는 살기는 병사의 간담을 서늘하게 하는 차원을 넘어서는 것이었다. 무엇보다 병사가 주눅이 든 것은 5백 명이나 되는 병사의 창과 검에 포위되어 있으면서도 당당한 상대방의 태도였다. 또한 상대방이 입고 있는 옷은 비단으로 만든 것 같지는 않았지만 아주 하늘하늘한 것이 엄청나게 값비싼 천 같았다. 저 정도로 비싼 옷을 입고 있다면 상당히 높은 직위의 인물임이 분명하다고 지레짐작한 병사는 감히 아르티어스를 쳐다보지도 못하고, 필사적으로 용기를 내어 겨우 질문을 할 수 있었다. 하지만 그의 목소리는 이미 겨우 알아들을 수 있을 정도로 가늘게 바뀐 상태였다.

"그, 그렇다면 왜 여기 계세요?"

병사가 말투를 존댓말로 바꿨지만, 아르티어스의 기분을 돌려놓기에는 이미 때가 너무 늦어 있었다. 아르티어스는 이 답답한 대화를 빨리 끝내고 싶은 마음이 슬슬 들기 시작한 것이다. 물론 그 대가로 저놈들을 싸그리 다 뱃속에 처넣는 한이 있더라도 말이다. 아르티어스가 대답은 않고 자신을 어떻게 죽여 줄까 고민하듯 사납게 노려보고 서 있자, 병사는 당황한 듯 이성을 잃고 혼자서 주절거리기 시작했다.

"호, 혹시 여행 오셨나 보죠? 아, 그렇구나. 여행…, 여행 중이셨구나. 하지만 해적 때문에 여행하기가 쉽지는 않았을 텐데……?"

당황한 듯 한참을 횡설수설하던 병사는 나중에는 거의 들리지도 않을 정도로 혼잣말로 뭐라고 주절거리더니 사납게 노려보고 있는 아르티어스에게 꾸벅 인사를 하고는 황급히 뒤로 돌아서 가 버렸다. 병사가 자신의 진영으로 돌아가 버리자 묵향은 궁금하다는 듯 물었다.

"도대체 뭐라고 한 거예요?"

아르티어스는 자신도 잘 모르겠다는 듯 어깨를 으쓱하며 대답했다.

"글쎄다, 저놈이 싸가지 없이 반말로 슬슬 약을 올리잖아. 그래서 네 말대로 몽땅 다 뱃속에 집어넣어 버릴까 고민을 하고 있었는데, 혼자서 뭐라고 중얼거리더니 그냥 돌아가 버리네. 참, 명도 질긴 놈이지."

"그럼 이제 어떻게 하실 거예요?"

아르티어스는 기사가 탄 말을 연신 훔쳐보며 묵향에게 은근한 목소리로 말했다. 말을 하는 그의 입에는 이미 침이 가득 고여 있었다.

"네가 아직도 허기가 진다하니 그냥 다 해치워 버리고 우리 포식이나 할래?"

"글쎄요. 동족을 잡아먹기는 그렇지만, 기사 녀석이 타고 있는 저 말은 윤기가 도는 것이 꽤 맛있어 보이네요."

지금까지 둥루젠을 떠돌며 말고기를 먹는 것에 적응을 한 탓인지 묵향도 슬그머니 맞장구를 쳤다. 아르티어스와 묵향이 어떻게 할 것인지 고민하고 있을 때, 아르티어스와 대화를 나눴던 병사도 상관에게 보고를 하느라 정신이 없었다.

"말을 나눠 보니 대국(大國)에서 온 것 같습니다."

기사는 부하의 말에 흠칫 놀랐다. 하지만 곧 뭔가 이상하다는 듯 급히 질문을 던졌다.

"대국! 대국에도 닌자술을 쓸 줄 아는 사람이 있다니 정말 놀랍군. 그런데 생김새가 말로만 듣던 대국인하고는 좀 다른 것 같은데?"

상관의 질문에 잠시 당황한 표정이었던 병사는 급히 머리를 굴려 대답했다. 아르티어스의 살기에 질려 제대로 임무를 수행하지 못했기에 우물쭈물하다가는 질책을 받을 것이 뻔했다.

"옛, 제 생각으로는 대국 상인들과 함께 온 서역인인 것 같습니다."

"서역인이라? 흠······."

기사는 저쪽에 서서 쑤군거리고 있는 두 남녀를 잠시 쳐다본 후 병사에게 물었다.

"옷차림새를 보아하니 상인은 아닌 것 같은데?"

병사는 미리 생각해 두었는지 곧바로 대답을 하였다.

"옛, 저들은 그러니까···, 여행! 여행 중이라고 했습니다. 그것을 보면 상인들과 함께 저희 '야마토'로 유람을 온 대국의 귀족들이 아닐까 짐작됩니다. 제게 둥루젠 말을 가르쳐 준 해적에게 듣기로는 서역의 상인들이 대국에 정착해서 높은 벼슬을 하사받는 경우가 가끔 있다고 했습니다."

기사는 수하의 말이 그럴 듯한지 살짝 고개를 끄덕였다.

"흐흠, 그럴 수도 있겠군. 그러니까 여행 중이라고 했단 말이지?"

"옛! 한사코 여행 중이라고 우기는 것으로 보아, 아무래도 자신의 신분이 노출되는 것을 꺼려 하는 것 같았습니다."

기사는 잠시 생각해 보다 자신의 오른편에 서 있는 부하에게 물었다.

"오키타, 자네 생각은 어떤가?"

오키타는 혐오스럽다는 듯 묵향과 아르티어스가 잡아먹고 던져버린 사슴의 뼈를 힐끗 바라보며 입을 열었다. 이곳에서는 육류는 거의 먹지 않았다. 있다면 최하층 계급인 에타뿐이었다.

에타는 늙어서 쓸모없어진 소나 말을 잡아 가죽을 얻고, 그 부산물로 생긴 고기를 먹었다. 그렇기에 사슴고기를 먹었다는 것은 거의 에타와 같은 식생활을 가지고 있다는 표시였고, 그것은 바로 혐

혹시 여행 오셨나 보죠? 189

오의 대상이었다.

"옛, 아무래도 서역인이 여기까지 들어왔다면 고려를 통해서 왔지 않겠습니까? 그런 상황에서 저들을 여기서 죽여 버린다든지 하면 어쩌면 큰 문제로 발전할지도 모릅니다. 일단 성으로 압송하는 것이 좋지 않겠습니까?"

고다마는 자신에게 조언을 해 준 오키타에게 살짝 고개를 숙이며 말했다.

"많은 참고가 됐군. 좋은 조언을 해 줘서 감사하게 생각하네."

오키타는 황송하다는 듯 조금 깊숙이 고개를 숙여 답례를 하며 겸연쩍은 듯 말했다.

"별말씀을 다 하십니다, 고다마 상."

"아무래도 저들을 영주님께로 호송하는 것이 좋을 듯 하군. 저놈들이 대국의 귀족이든 아니면 간자(間者 : 첩자)이든 영주님께서 판단하시고 결정하시는 게 나을 것 같네."

이윽고 마음의 결정을 내렸는지 고다마는 통역을 할 수 있는 병사를 바라보며 명령했다.

"이봐!"

고다마가 부르자 병사는 즉시 고개를 깊숙이 숙이며 긴장한 목소리로 대답했다.

"옛!"

"저들에게 여행을 하시느라 피곤하실 텐데, 우리 영지로 가서 한 며칠 쉬어 가시면 어떻겠느냐고 물어봐라."

"옛!"

병사는 상관의 입에서 임무를 게을리했다는 질책이 나오지 않자 내심 안도의 한숨을 내쉬었다. 하지만 또다시 그 흉악한 눈빛의 이방인에게 말을 전해야 한다는 사실을 깨닫자 절망감을 느끼지 않을 수 없었다. 그러나 별수 있겠는가? 상관의 명령을 거역할 시에는 자신과 같은 쫄따구는 언제 목에 날아가도 이상할 것이 전혀 없었다. 그래서인지 아르티어스에게로 다가가는 병사의 모습은 엉거주춤 그 자체였다. 물론 자신은 어깨를 펴고 당당하게 걸어간다고 생각하고 있기는 하지만 말이다.

이방인들에게로 주춤주춤 걸어가는 병사의 뒷모습을 보면서, 고다마는 살짝 눈살을 찌푸렸다. 그때 그의 왼편에 서 있는 기사가 조심스러운 어조로 고다마에게 물었다.

"만약 저들이 청을 거절하면 어떻게 할까요?"

"그때는 곧바로 체포하라. 아무리 이쪽의 병사가 많다고는 하지만 상대는 화염의 술법을 쓸 줄 아는 자다. 그러니 절대로 방심하지 말도록!"

"옛!"

심드렁한 태도로 병사의 말을 한참 듣던 아르티어스는 묵향에게로 고개를 돌리며 물었다.

"저쪽에서 며칠 쉬었다 가라고 초대를 하는데, 어떻게 할까?"

"쉬어요? 어디서요?"

묵향의 질문에 아르티어스는 고개를 갸웃거리며 대답했다.

"글쎄다, 자신들의 영지라고 하는 것으로 봐서 꽤 높은 놈이 살고 있는 곳이겠지, 뭐."

"아빠 생각은 어떤데요?"

혹시 여행 오셨나 보죠? 191

그러자 아르티어스는 당연하다는 듯이 환히 웃으며 대답했다.

"뭘 어떻게 해? 한 며칠 쉬어가 달라고 저렇게 사정을 하는데, 가서 푹 쉬어 주면 되는 거지."

너무나도 태평한 아르티어스의 말에 묵향은 실소를 금치 못했다. 사실 아무리 5백 명이나 되는 병사가 있다고는 하지만 드래곤인 아르티어스에게는 눈에도 차지 않았던 것이다.

"킥킥, 아빠는 저 녀석들이 좋은 뜻으로 우리를 초청한다고 생각하시는 거예요? 우리를 포위하고 서 있는 저 병사들을 보시라구요."

묵향이 슬쩍 주위에 서 있는 병사들 쪽으로 눈길을 돌리자, 아르티어스도 병사들을 한차례 훑어봤다. 주위를 포위하고 있는 병사들은 무기를 겨눠 들고는 이쪽을 노려보고 있었다. 물론 이것은 병사들이 여기에 도착해 포위망을 구축한 뒤, 상관으로부터 새로운 명령을 받지 못했기에 생긴 결과였다.

"쩝, 뭐 그래 봤자 별일 있겠냐? 위대한 드래곤이신 내가 있는데 말이다."

"아빠는 몸속에 쌓인 마나가 거의 고갈됐다면서요. 아마 저놈들이 한꺼번에 덤벼들면 시답잖은 마법만 가지고는 곤란할 텐데……?"

계속 자신의 말꼬리를 잡고 늘어지는 묵향을 못마땅하다는 눈으로 힐끗 째려본 아르티어스는 퉁명스럽게 대꾸했다.

"에잇, 그래! 내 말을 정정하마. 호비트의 탈을 뒤집어쓴 괴물 같은 내 아들이 곁에 있는데 뭐가 걱정이겠냐!"

아르티어스의 말에 묵향은 살짝 눈살을 찡그리며 되물었다.

"그거 욕이에요? 칭찬이에요?"

아르티어스는 별걸 다 따진다는 듯 내심 투덜거렸지만 더 이상 묵향에게 트집을 잡히고 싶지 않은지 표정 관리를 확실히 했다.

"물론 칭찬이지. 어차피 정보를 얻으려면 높은 놈을 만나야 할 것 아니냐? 그런데 저쪽에서 초청을 해 주니 오히려 잘된 일이지."

묵향은 왠지 미심쩍다는 듯 아르티어스를 꼬나보았지만 더 이상 말꼬리를 잡기도 그랬기에 고개를 끄덕였다.

"그것도 그러네요."

"저들이 좋다고 했습니다."

병사가 다가와 보고를 하자 고다마는 뒤를 돌아보며 지시를 내렸다.

"그래? 잘된 일이군. 오키타."

"옛!"

"곧장 성으로 전령을 보내라. 수상한 야만인을 발견했다고 말이다. 그리고……."

지시를 하던 고다마는 잠시 말을 멈추었다. 자신이 직접 저들을 데리고 영주에게로 가고 싶었던 것이다. 만약 저들의 목을 벤다든지 한다면 자신이 직접 하고 싶었다. 아니면 최소한 구경만이라도 하고 싶었다.

'어쩌면 저렇게도 피부가 하얗고 매끄럽지? 저 가느다란 목을 자르면 어떤 기분이 들까? 그리고 저 야만인들도 목을 자르면 붉은 피가 흘러나올까? 어쩌면 피가 파란색일지도 몰라. 젠장, 이 좋은 기회를 해적 때문에 날리다니…….'

고다마는 아쉬운 듯 입맛을 다신 후, 말을 이었다.
"오키타, 수고스럽겠지만 자네가 저들을 성까지 데려가 주겠나?"
"옛."
고다마는 오키타에게 20명의 병사를 붙여 준 뒤, 병사들을 거느리고 서둘러서 동쪽으로 이동하기 시작했다. 자신이 소속된 미우다 영지의 동쪽에 위치한 고다이 영지에 해적들이 대규모로 상륙했다는 정보가 들어왔기 때문이다. 물론 해적들의 상륙 지점이 미우다 영지에서 2백 리가량 떨어져 있었기에 현재로서는 급박할 것이 없는 상태였다.

하지만 그렇다고 방심할 수는 없었다. 그들이 언제 미우다 영지 쪽으로 방향을 잡아 노략질을 하러 쳐들어올지 알 수 없기 때문이다. 그 때문에 고다마는 영주의 명령으로 동쪽 해안에 구축된 수비진을 보강하기 위해 달려가는 중이었다.

문도 못 여는 바보 드래곤

사내는 총총히 걸음을 옮겨, 무사들이 서 있는 앞에 도착했다. 무사들은 그 사내를 이내 알아보고는 깊숙이 고개를 숙여 인사를 했다. 무사들 중에서 가장 높은 자인 듯한 무사가 앞으로 나서며 사내를 맞이했다.

"어서 오십시오, 사메지마 상. 영주님께서 지금 기다리고 계십니다."

무사의 목소리는 아주 정중했다. 사메지마라는 사내의 직책은 민정담당관이라는 하잘 것 없는 것이었다. 하지만 그것은 겉으로 드러난 것일 뿐이었고, 그가 지닌 미우다 영지 내에서의 위치는 대단히 높은 것이었다.

그는 후지와라 영주의 가장 총애를 받는 가신들 중의 한 명이었고, 언제 어디서나 영주와 단독 면담을 청할 수 있는 세 명의 고문들 중 한 명이었다. 왜냐하면 그가 하는 일이 정보를 총괄하는 것이었기 때문이다.

무사는 뒤로 돌아 서며 문 앞에서 크게 외쳤다.

"사메지마 상께서 오셨습니다."

그러자 안에서 낮지만 아주 근엄한 목소리가 들려왔다.

"들라고 해라."

"옛."

무사는 얇은 창호지로 도배된 문을 드르륵 열어 주며 사메지마를 향해 말했다.

"어서 드시지요."

가볍게 무사에게 예의를 표한 사메지마는 실내로 들어서다 흠칫했다. 영주의 오른쪽 옆자리에 단정하게 앉아 있는 무사를 봤기 때문이다. 이제 서서히 백발이 늘기 시작하는 이 깐깐해 보이는 얼굴의 무사는 현재 미우다 영지의 모든 군사를 총 지휘할 수 있는 권한을 위임받은 장군이었다. 그는 얼굴 생김새만큼이나 잔인했지만 아주 뛰어난 장군이었다.

사메지마가 그를 보고 흠칫 놀랐던 것은, 그는 지금 여기 있어서는 안 될 사람이었기 때문이다. 해적들이 고다이 영지에 대규모로 상륙하여 약탈을 감행한 것이 오늘 정오쯤이었다. 그 사실을 전해 들은 후지와라 영주는 타다마사 장군에게 동쪽 해안선을 지키라고 급히 파견했다.

그리고 미우다 영지의 전 지역에서 동쪽 해안선을 보강하기 위해 지원군이 계속 보내지고 있는 상황이었다. 그런 상황에서 군사들을 총 지휘할 타다마사 장군이 왜 이곳에 있다는 말인가? 잠시 당혹스러워하는 사메지마의 귀에 후지와라 영주의 음성이 들려왔다.

"자네를 부른 것은 다름이 아니라 아주 급박한 전갈이 날아왔기 때문일세."

급히 정신을 차린 사메지마는 고개를 깊숙이 숙여 후지와라 영주에게 예의를 표하며 입을 열었다.

"예? 급박한 전갈이라니요."

"고다이 영지로 군사들을 파견해 달라는 요청일세."

"그, 그렇다면 우리들에게 해적들을 토벌하라는 것입니까?"

사메지마의 물음에 후지와라 영주는 가볍게 미간을 찌푸리며 대답해 주었다.

"토벌이라기보다는 고다이 영지에서 쫓아내라는 것이지. 상황이 급박하니 당장 군사를 파견해 달라는 거야."

후지와라 영주에게 이런 식의 압력을 가해 올 수 있는 것은 미우다 영지 남쪽에 위치한 겐페이 영지를 다스리는 미나모토 다카우지 영주뿐이었다. 미나모토는 3만에 가까운 정예 병력을 가진 겐페이 지역을 다스리는 대영주였다. 그리고 미나모토 대영주는 후지와라 영주의 첫째 아들을 볼모로 잡아 두었을 뿐만 아니라 자신의 딸과 결혼까지 시켜 두었다.

겉으로 보기에는 사돈지간의 맹방이었다. 하지만 실제로는 미나모토 대영주로부터 사사건건 간섭을 받는 속국이나 다름없는 취급을 당하고 있었다.

그제서야 사메지마는 군사를 총지휘할 타다마사 장군이 왜 이곳에 있는지 이해할 수 있었다. 아마도 후지와라 영주는 그 전갈을 받자마자, 타다마사 장군에게 급히 돌아오라고 전령을 보냈음이 틀림없었다.

"간자들의 보고에 따르면 해적들의 수는 거의 5천을 헤아린다고 합니다. 또한 대선단을 함께 운용하고 있기 때문에 우리 병사들만으로는 그들과 정면충돌을 하는 것은 너무 피해가 클 것으로 판단됩니다."

사메지마의 말에 후지와라 영주는 미간을 찡그리며 입을 열었다.

"그것을 난들 모르는 줄 아는가? 그러니까 자네와 대책을 의논하기 위해 부른 것이 아닌가."

후지와라 영주의 신경질적인 질책에 사메지마는 생각을 정리할 필요성을 느끼며 고개를 숙였다. 한참을 간자들이 보고한 해적들의 진격 방향과 미우다 영지의 군사력 등을 따져 본 사메지마는 고개를 들어 천천히 입을 열었다.

"지금은 모내기철입니다. 그런 만큼 병사들을 소집하는 것에 시간이 좀 필요하다고 핑계를 대면 어떻겠습니까? 그러면서 최대한 시간을 끌어야 합니다. 제가 이리로 오기 전에 들은 보고로는, 해적들은 지금 해안선을 따라서 동쪽으로 이동 중이라고 합니다. 현재의 진격 속도로 미뤄 봤을 때, 그들은 늦어도 일주일 이내에 고다이 영지를 빠져나갈 것 같습니다."

후지와라 영주는 사메지마의 말을 잠시 생각해 본 후 입을 열었다.

"흐흠, 좋은 생각이기는 하지만 모내기만 가지고는 명분이 너무 약해. 병사들을 소집하여 영지 접경 지역까지 보내는데 하루, 그리고 해적들이 있는 곳까지 가는데 이틀이면 충분하지 않겠나? 모내기를 핑계로 댄다고 해 봐야 하루 정도를 더 얻어 낼 수 있을 뿐이야."

사메지마는 미리 생각해 두었다는 듯 빙그레 웃으며 곧바로 입을 열었다.

"예, 바로 그 하루가 대단히 중요한 것입니다. 영주님의 말씀대로 해적들이 도착하는 데까지 4일이 걸릴 겁니다. 하지만 그동안 해적들이 그 자리에 가만히 있을 리가 없지 않습니까? 4일 동안 해적들은 이동할 테고, 그들을 따라잡으려면 최소한 하루, 어쩌면 2일 동안 행군을 해야 할 것입니다. 해적들을 따라잡았을 때, 해적들은 거의 고다이 영지를 빠져나가기 직전쯤이 되지 않겠습니까? 주군."

"과연, 그렇겠군. 그런 급박한 상황에서 하루의 시간이라는 것은 엄청난 도움이 되겠어. 하지만 그렇다고 해도 미야모토 대영주는 그들을 격퇴할 것을 명령했어. 아무리 빠져나가기 직전의 적이라고 해도, 싸워야 한단 말일세."

"그렇다면, 이렇게 하면 어떻겠습니까?"

"어떻게 말인가?"

"그때 타다마사 장군님께서는 단독으로 해적을 공격하지 마시고, 어떻게 해서든 고다이 영지의 군사들과 합동 작전을 벌이는 겁니다. 그렇게 되면, 고다이 영지측에서는 쉽게 해적들과 전투를 벌일 엄두를 내질 못할 것입니다. 왜냐하면 5천이나 되는 해적들과 전투를 벌이게 되면 당연히 자신들의 군사도 막대한 피해를 입게 되니까 말입니다."

기가 막힌 계책이라는 듯 후지와라 영주는 무릎을 탁 치며 기뻐했다.

"오호라, 그러니까 선택권을 그쪽에 주자는 말이군? 그렇게 되면 그들은 거의 다 빠져나간 해적들을 때려잡자고 피해를 입느니 그냥 놔두는 것을 선택할 가능성이 크겠지?"

"예, 바로 그것입니다. 주군."

후지와라 영주는 타다마사 장군에게로 시선을 돌려 명령을 내렸다.

"자네에게 병력 5천을 주겠다. 그럴 가능성은 없겠지만, 혹시라도 전투가 붙는다면 피해를 최소화 할 수 있도록 노력해 주게."

후지와라 영주가 동원 가능한 병력은 1만 2천이 고작이었다. 그런 상황에서 5천씩이나 되는 병력을 맡긴다는 것은 엄청난 신뢰의 표시였다. 타다마사 장군은 깊숙이 고개를 조아리며 힘차게 대답했다.

"옛, 주군!"

허리에 길고 짧은 두 개의 검을 찬 타다마사 장군이 병사들을 지휘하기 위해 밖으로 나가자, 사메지마는 목소리를 낮추어 후지와라 영주에게 새로운 정보를 보고했다.

"주군, 방금 전에 전령이 아주 재미있는 보고를 가지고 왔습니다."

"뭔가?"

사메지마는 생각할수록 재미있다는 듯 빙그레 웃으며 입을 열었다.

"옛, 동쪽 해안선을 방어하기 위해 이동하고 있던 고다마 장군이 이방인 남녀 둘을 발견하고 이곳으로 보냈다는 것입니다."

후지와라 영주는 놀랍다는 듯 두 눈을 동그랗게 뜨며 되물었다.

"이방인들이라고?"

"옛, 피부색이 새하얗고, 머리색도 색다른 이방인들이라고 합니다. 고다마 장군의 보고에 따르면, 그들은 한사코 여행 중이었다고 주장한답니다. 어쩌면 대국이나 혹은 다른 곳에서 온 간자(間者)인지도 모르지요."

후지와라 영주는 턱을 쓰다듬으며 잠시 생각을 하다가 사메지마에게 물었다.

"흐음, 여행 중이라고?"

"옛, 주군. 전령에게 물어 보니 행색으로 보아 남자는 꽤 지체가 높은 것 같고, 함께 있는 소녀는 하는 행동으로 보아 부인인지 하녀인지 잘 파악할 수 없었다고 합니다. 어쨌건 그들이 들어올 수 있는 통로는 후쿠오카밖에 없을 테니, 일단 후쿠오카에 잠입해 있는 간자에게 그들의 인상착의를 알리고 조사해 보라고 일렀습니다. 아마 조만간에 연락이 올 것입니다."

6살짜리 아이를 신부로 맞아들이는 경우도 있었기에, 소녀라고 한다면 물어보기 전에는 부인인지 하녀인지 분간할 수가 없는 것이다. 사메지마의 빠른 일처리가 마음에 드는지 후지와라 영주는 미소를 지으며 입을 열었다.

"알겠다. 그럼 확실한 정보가 나올 때까지 귀빈으로서 잘 대접하도록 해라. 하지만 감시는 철저히 하도록!"

"옛, 아주 감시가 용이한 방으로 배정을 해 놨으니 심려하지 마십시오. 그리고 혹시 이방인 소녀가 하녀일 경우를 대비하여 따로 머물 방도 마련하라 일러두었습니다."
 후지와라 영주는 용의주도한 사메지마의 조치에 만족스럽다는 듯 고개를 끄덕였다. 그리고는 궁금하다는 얼굴로 중얼거렸다. 영주도 이방인은 여태껏 만나 본 적이 없었기 때문이다.
 "흠, 이방인이라……. 도대체 어떻게 생겼는지 한번 만나 볼까? 아주 기대가 되는군."
 사메지마는 영주의 말에 다급한 표정으로 급히 입을 열었다.
 "하지만 그들 중의 한 명이 화염의 술을 쓴다고 합니다."
 후지와라 영주는 생각지도 못했던 말이 사메지마에게서 튀어나오자 깜짝 놀라며 되물었다.
 "화염의 술이라고?"
 "옛, 고도의 수련을 쌓은 닌자들이나 쓰는 술법이기에 주군께서 친히 그들을 만나신다는 것은 아무래도 위험하지 않겠습니까?"
 잠시 뭔가 생각해 보던 후지와라 영주는 사메지마를 바라보며 천천히 입을 열었다.
 "그건 내가 알아서 하겠다. 자네는 정보나 좀 더 모아 보도록!"
 "옛, 주군."

 "이리로 들어가시면 됩니다. 그럼 편히 쉬시기를."
 처음 만났을 때 아르티어스에게 접근하여 둥루젠 말로 통역을 했던 병사는 아르티어스와 묵향을 숙소로 안내해 준 다음, 얼른 머리를 숙여 인사를 한 후 뒤로 돌아섰다. 원래는 방까지 안내를 해야 마땅했지만 아르티어스의 첫인상이 워낙 흉흉했기에 조금이라도 같이 있기 싫었던 것이다.

병사는 혹시라도 아르티어스가 자신을 부를까 두려운지 도망치듯 황급히 사라져 버렸다. 병사가 가고 난 후, 아르티어스는 방 앞에서 고개를 갸웃거리며 묵향에게 물었다.

"이거 어디가 문이고, 어디가 벽이냐? 아니면 이게 전부 다 문인가? 내가 살다 살다 손잡이도 없는 이런 문은 처음 본다. 그나저나 이건 도대체 어떻게 여는 거야? 에이, 성질나는데 그냥 부수고 들어가?"

아르티어스가 은근히 짜증난다는 듯 투덜거리자 묵향이 천천히 앞으로 나서며 문을 살펴보았다. 그러자 문도 못 여는 드래곤이라는 말이 묵향에게서 튀어나올까 봐 아르티어스는 주위를 둘러보며 딴청을 피웠다.

"흐흠, 여기에 사는 호비트들은 여태껏 내가 봐 왔던 놈들과 비교했을 때, 상당히 특이한 문화를 지니고 있는 것 같군. 너도 오면서 봤잖냐? 성(城)도 아주 이상하게 만들어 놨고 말이다."

아르티어스의 말처럼 오키타의 안내를 받아 영주가 살고 있는 성으로 왔을 때 자신들이 알고 있던 성과는 너무나도 다른 모습에 그들은 두 눈이 휘둥그레졌었다. 날아오를 듯 아름답게 지어져 있는 내성은 아르티어스는 물론이고 묵향도 처음 보는 것이었다. 10미터는 됨직한 높은 성곽 위로 내성의 3층 누각이 아름답게 솟아올라 있는 성은 마치 하나의 예술품이었다.

하지만 그들이 진짜 놀란 것은 성안으로 들어갈수록 복잡한 구조였다. 돌로 치밀하게 쌓아 올린 성은 안으로 들어갈수록 더욱 방어가 용이하도록 설계되어 있었던 것이다. 그것을 보고 아르티어스의 마음이 얼마나 흐뭇했는지 모른다. 이곳도 결코 평화로운 곳이 아니라는 확신이 들었던 것이다. 그렇기 때문에 잘만 하면 이곳에서도 흥미진진한 하루하루를 만끽할 수 있다는 기대감에 내심 입이 찢어져라 웃었던 아르티어스였다.

그리고 성안으로 들어왔을 때, 내부 구조를 본 아르티어스는 눈살을 찌푸렸다. 밖에서 봤을 때를 생각한다면 성안에도 분명 두터운 벽들로 가로막혀 있을 것이라고 생각했었지만 실제의 모습은 그것과 아주 거리가 멀었기 때문이다. 빛을 싫어하는 뱀파이어가 사는 성처럼 어두컴컴한 좁은 복도가 마치 미로와도 같이 이리저리 뚫려 있었고, 그 복도의 양 옆으로는 희멀건 종이를 바른 문들이 쭉 연결되어 있었다.

아르티어스가 고개를 갸웃거리며 이상하다고 생각한 것은 어쩌면 당연한 일이었다. 그것은 그들을 안내한 병사가 성의 정문으로 들어온 것이 아니라 이들이 다른 영지의 간자들일 수도 있다는 가능성을 의식해 구석진 성벽을 따라 내성 가장 깊숙한 곳으로 곧장 들어왔기 때문이다.

아르티어스가 뭐라고 주절거리든 묵향은 신경도 쓰지 않고, 나무 창살에다가 얇은 종이를 발라놓은 문에 다가가 이리저리 살펴보다 곧 알겠다는 듯 입을 열었다.

"아! 이거, 미닫이 문이네. 아빠는 처음 보시죠? 이런 식으로 여는 것을."

드드드득.

문을 열고 안으로 들어서자 그곳에는 묵향도 처음 보는 형태의 방이 그들을 맞이했다. 자신과는 달리 묵향이 너무 쉽게 문을 열자 슬쩍 인상을 찡그리며 안으로 들어서던 아르티어스는 금이 든 궤짝을 한쪽에다 던져 놓고, 재미있다는 듯 주위를 두리번거리며 입을 열었다.

"호오, 여기는 주거 문화가 아주 독특하구나. 방바닥을 온통 짚으로 깔아놨을 뿐만 아니라 벽은 없고, 사방이 온통 문이네. 네가 태어났던 중원도 이런 식이냐?"

묵향은 무슨 소리를 하느냐는 듯 고개를 흔들며 주위를 둘러보았다.

"아뇨, 이런 식으로 벽이 없으면 여름에는 시원할지 모르겠지만 겨울에는 얼어 죽기 딱 알맞죠."

말을 하던 묵향은 짚으로 만든 바닥을 천천히 만져 보더니 이해가 간다는 듯 고개를 끄덕였다.

"아빠, 아마 여름 별장으로 사용하는 방인가 봐요. 그나저나 이거 굉장히 촘촘하게 잘 만들었네. 그리고 여름에 문을 전부 열어 놓으면 굉장히 시원하겠죠?"

그 말을 듣자마자 아르티어스는 한쪽 방문을 드르륵 열며 말했다.

"안 그래도 방구석도 좁은데 지금 열……?"

문을 열던 아르티어스는 뭘 봤는지 잠시 두 눈을 꿈벅거리다 도로 방문을 탁하며 닫았다. 옆방에는 검을 든 무사들이 우글우글 앉아 있었던 것이다.

"젠장, 설마 손님이 있을 줄은 몰랐네."

묵향은 피식 웃으며 아르티어스에게 빈정거렸다.

"아빠는 꼭 문을 열어 봐야 사람들이 있는 줄 아시나 보죠?"

아르티어스는 대꾸도 않고 반대편 문을 벌컥 열어 젖혔다. 하지만 그 방에도 무사들이 정좌를 하고 앉아 있었다. 인상을 찡그리며 다시 문을 닫으려던 아르티어스는 조금은 미안한 마음이 들었는지 둥루젠 말로 지껄였다.

"젠장, 갑자기 문을 열어 미안하네."

그러자 그들은 당황한 듯 잠시 허둥거리다 벌떡 일어나 아르티어스에게 깊숙이 머리를 숙이며 뭐라고 지껄였다. 무례했던 것은 자신인데 그들이 더욱 고개를 조아리자 아르티어스는 이해할 수 없다는 듯 고개를 갸웃거리며 도로 문을 닫았다.

별 웃기는 놈들을 다 본다는 듯 투덜거리던 아르티어스는 뭘 봤는지 인상을 찡그리며 묵향에게 한쪽 구석을 가리켰다. 그곳에는 이불이 가지런히 정돈되어 있었다. 이미 처음 방에 들어왔을 때의 흥미로움이 전부 사라진 아르티어스로서는 이젠 짜증만이 남아 있었다.

"근데 이 자식들은 손님 접대가 왜 이 모양이야? 우리들이 무슨 마구간지기인 줄 아나. 짚으로 대충 만든 방에서 자라고 하다니, 영 기분이 안 좋네."

아르티어스의 말에 묵향도 수긍이 간다는 듯 고개를 끄덕였다.

"글쎄 말이에요. 아무리 봐도 침대가 없는데 어디서 자란 말인지 모르겠네요."

"그건 그렇고 일단 쉬었으면 좋겠는데 어디에 앉지?"

연신 투덜거리며 이리저리 방 안을 둘러보던 아르티어스의 눈에, 방 한쪽에 쌓여 있는 쿠션 같은 것들이 보였다. 아르티어스는 그것을 집어 들며 중얼거렸다.

"젠장, 바닥이 더러우니 이것을 깔고 앉으면 되겠군."

쿠션을 가져다가 바닥에 깔고 그 위에 앉았지만, 아무래도 자세가 불편한 아르티어스였다. 불편한지 이리저리 몸을 뒤틀던 아르티어스는 쿠션을 벽 옆으로 옮긴 후 벽에 기대어 앉으며, 편안히 쿠션에 앉아 있는 묵향에게 물었다.

"넌 그러고도 편안하냐? 나는 도통 자세가 불편해서 원."

"글쎄요, 저는 내공수련 때 보통 이런 자세로 몇 시간씩 앉아 있기에 별로 불편한지 모르겠는데요."

바로 이때 방문 밖에서 간드러지는 듯한 여성의 나직한 목소리가 들려왔다. 설마 자신들의 방이라고는 생각지도 못한 두 사람이었기에 아예 대꾸도 하지 않았다.

잠시 후, 다시 한 번 간드러진 목소리가 들려오더니 스르륵 방문이 열렸다. 방문 밖에는 웬 여인이 꿇어 앉아 묵향과 아르티어스 쪽에는 눈길도 돌리지 않고 깊숙이 고개를 숙여 절을 했다. 두 사람이 멍하니 지켜보고 있는 동안 그녀는 자신의 발밑만을 보면서 방 안으로 살그머니 들어와서는 다시 꿇어 앉아 조용히 문을 닫았다. 그리고 살짝 뒤로 돌아앉더니 다시 머리가 바닥에 닿도록 절을 하는 것이었다.

절을 끝내고 그녀가 고개를 살며시 들었을 때, 그때서야 두 사람은 처음으로 그녀의 얼굴을 볼 수 있었다. 갸름한 얼굴에 귀엽게 생긴 소녀였다. 그녀는 무슨 말인가 하려다 아르티어스의 발을 보고는 깜짝 놀란 표정을 지었다. 하지만 놀란 듯 하던 표정과는 달리 그녀의 목소리는 매우 나긋나긋하기 그지없었다.

도대체 무슨 말을 하나 싶어 어리둥절해 있는 아르티어스와 묵향의 반응에, 그녀는 이들이 말이 통하지 않는 이방인들임을 그때서야 깨닫고, 살그머니 다가와서는 두 사람의 신발을 벗겨서 방문 밖에다가 내 놨다.

"아, 이제야 알겠네. 여기는 신발을 신고 생활하는 공간이 아닌 모양이네요."

놀랍다는 묵향의 반응과는 달리 아르티어스는 짜증난다는 듯 투덜거렸다.

"젠장, 내 살다 살다 신발을 벗고 들어오는 방은 또 처음이네. 그나저나 이거 도무지 말이 안 통하니 답답해서 죽겠구만."

"그러니까 누구 하나 붙잡아서 말을 배우시라니까요. 아까 통역했던 그 병사 녀석을 불러 달라고 하려고 해도 말이 통해야 불러올 것 아닙니까?"

"에잇, 젠장! 어떻게 이 차원에 와서는 가는 곳마다 미개한 호비트들의 말을 배워야 하는지, 귀찮게스리……."

아르티어스는 신발을 밖에다가 놔두고 들어오는 소녀에게 손가락을 까딱거리며 말했다.

"너, 이리 좀 와 봐."

그녀는 아르티어스가 하는 말을 알아들을 수는 없었지만, 손가락을 까딱거리는 모양을 보고 상대가 뭘 원하는지 알아챈 듯 조심스럽게 다가왔다. 아르티어스는 자신의 바로 앞에까지 다가온 소녀의 머리에다가 손을 올렸다. 그녀는 움찔했지만 아무 말 없이 가만히 앉아 있었다. 그것을 보고 옆에서 묵향이 살짝 눈살을 찌푸리면서 한마디 했다.

"일면식도 없는 사람에게 그렇게 다짜고짜 머리에다가 손을 올리면 어떻게 해요? 그건 아주 예의에 어긋나는 짓이라구요. 만약 어떤 놈이 내 머리에다가 그렇게 손을 올렸으면 대가리를……."

"시끄러워! 한참 정신 집중을 하고 있는 판에 옆에서 말 걸지 말란 말이야. 조금만 기다리고 있어."

얼마간의 시간이 지나자 아르티어스는 소녀의 머리에서 손을 뗀 후, 아무 말 없이 생각에 잠겼다. 언어를 배우는 과정에서 필연적으로 따라오는 상대가 지닌 과거의 기억들. 둥루젠의 언어를 배우면서 비참할 정도로 동물적인 그들의 삶을 읽었을 때도 아무렇지도 않게 넘어갔던 아르티어스였다. 하지만, 이번의 경우는 조금 달랐다.

전과는 달리 이번에는 오랜 시간 아르티어스가 가만히 앉아 있자 묵향은 약간 불안해졌다. 아르티어스의 언어를 습득하는 과정은 상대가 지닌 과거의 기억을 읽어서 해결하는 방식이었다. 그렇기에 단 한 번에 언어는 물론이고, 생활 습관과 관습 등 상대가 개인적으로 알고 있는 모든 지식까지도 흡수할 수 있었다.

이런 방법을 드래곤밖에 할 수 없는 것은 단시간에 쏟아져 들어오는 방대한 자료를 모두 기억하는 것도 문제였지만, 더욱 큰 문제는 상대의 감정 상태까지도 모두 여과 없이 전달되어 온다는 것에 있었다. 상대가 이제는 거의 잊어버린 과거의 기쁨이나 슬픔, 그리고 비참했던 기억이나 절망감까지도…….

드래곤이나 되니까 그 엄청난 정신적 충격을 견뎌 낼 수 있는 것이다. 하지만 이번 것은 조금 자극이 지나쳤는지 아르티어스도 할 말을 잊고 멍하니 앉아 있었다. 그것을 보고 묵향은 걱정스럽다는 듯 물었다.

"괜찮아요? 이번에는 마법이 실패한 모양이죠? 아니면 여기 말이 너무 복잡해서 이해하려면 좀 더 시간이 필요한 거예요?"
아르티어스는 길게 한숨을 내쉰 다음 애써 대답을 회피했다. 위대한 드래곤인 그가 한낱 호비트의 삶에 충격을 받았다고 말할 수는 없는 노릇이었다. 사실 예전에 유희 삼아 돌아다녔던 호비트 왕국에 있던 그 어떤 노예들도 이 소녀보다는 훨씬 나은 삶을 살 것이라고 아르티어스는 생각했다. 그만큼 소녀의 기억에서 파악한 이곳의 관습이나 풍속은 도저히 이해할 수 없을 정도로 자신의 상상을 초월했던 것이다. 그래서인지 그의 말투에는 씁쓸함이 묻어 있었다.
"그게 아니다. 따로 좀 생각할 것이 있어서……."
아르티어스는 자신의 앞에 무릎을 꿇고 앉아 있는 소녀에게로 시선을 돌리며 물었다.
"무슨 일이냐?"
그녀는 이 이국적인 생김새의 청년이 마치 이곳에서 태어난 사람처럼 유창한 이 지방 사투리로 말하자 깜짝 놀란 듯 두 눈이 휘둥그레졌다. 하지만 곧 고개를 조아리며 조심스럽게 대답했다.
"예, 저는 오키타 사마께서 보내신 하나코라고 합니다. 뭐든 필요하신 것이 있으시면 저를 시켜 주십시오."
"그래? 알겠다."
하나코라고 자신을 소개한 소녀는 고개를 숙이며 조심스럽게 물었다.
"저, 앞으로 두 분을 제가 모시려면 뭐라고 불러야 할지 가르쳐 주셨으면 감사하겠습니다."
아르티어스는 소녀의 말에 어깨를 으쓱거리며 약간 거만한 투로 말해 주었다.

"나는 위대하신 아르티어스라고 한다."

그 말에 하녀는 고개를 갸웃하며 중얼거렸다.

"아루테에스?"

아르티어스는 인상을 팍 찡그리며 하녀를 노려봤다. 그러자 옆에서 듣고 있던 묵향이 재미있다는 듯 킥킥거리며 빈정거렸다.

"아루테에스? 오, 이름이 괜찮은데요?"

"이런 젠장! 재미있기도 하겠다."

아르티어스는 언짢은 표정으로 묵향을 째려 본 뒤, 묵향을 손짓으로 가리키며 하녀에게 말했다.

"뭐 좋아. 아루테에스라고 불러라. 그리고 저놈 이름은 묵향이야. 아주 성질이 더러운 놈이지. 절대 겉모양에 속으면 안 돼. 알겠어?"

소녀는 잠시 난감한 표정으로 묵향의 이름을 중얼거려 보았다.

"무크향?"

이번에는 묵향의 인상이 팍 찌그러졌다. 하지만 자신의 이름을 제대로 발음하는 사람을 거의 만나 보지 못했던 묵향은 곧이어 생각을 바꿔 낄낄거리고 있는 아르티어스에게 말했다.

"묵향보다는 다크라고 해 봐요, 다크. 그편이 발음하기 쉬울 테니까."

묵향의 말에 아르티어스는 시큰둥한 표정으로 하나코에게 다시 이름을 가르쳐 줬다.

"이봐, 차라리 저놈 이름을 다크라고 불러라."

하나코는 곧 묵향에게 고개를 조아리며 말했다.

"옛, 다쿠 사마."
순간 묵향의 얼굴은 아까보다 훨씬 더 찌그러졌다.
"에잇, 이놈의 종족은 혓바닥이 짧나? 왜 이렇게 발음을 못하는 거야? 젠장, 다쿠가 뭐야, 다쿠가?"
투덜거리던 묵향은 어쩔 수 없다는 듯 하나코에게 신경질적으로 말했다.
"그래, 다크든 다쿠든 너 편한 대로 불러라."

젠장, 이제 겨우 4천 살인데

이제 대충 발음 문제에 대한 합의가 끝났기에 하나코는 깊숙이 절을 하며 말했다.
"아루테에스 사마, 다쿠 사마, 앞으로 잘 부탁드리겠습니다."
물론 아르티어스와 묵향의 인상이 팍 찌그러진 것은 말할 나위도 없었다. 하지만 하나코는 절을 하고 있는 상태였기에 그들의 얼굴을 볼 수 없었다. 하나코는 절을 끝내고 사근사근한 목소리로 물었다.
"먼 여행을 하셔서 피곤하실 텐데, 목욕 준비를 시킬까요?"
하나코의 말에 아르티어스는 묵향에게로 고개를 돌려 물었다.
"목욕을 하겠냐고 묻는데 어떻게 할래?"
묵향은 심드렁한 표정으로 대꾸했다.
"에이, 일주일 전에 했잖아요. 무슨 목욕을 그렇게 자주 해요?"

"너는 잘 모르겠지만, 여기서는 하루에 한 번씩 꼭 목욕을 하거든. 아주 광적일 정도로 청결한 족속들이 살지."

묵향은 놀랍다는 듯 아르티어스에게 되물었다.

"정말이에요? 무슨 목욕을 그렇게 자주 해요?"

"여기 여름은 아주 습하면서도 후덥지근하거든. 그래서 그런 습관이 생긴 모양이야."

"하지만 지금은 봄이잖아요. 그리고 이 정도면 깨끗한데 귀찮게 뭐 자주 목욕을 하고 그래요?"

중원에서나 크라레스에서도 어쩌다 생각나면 가끔 목욕을 하지 않았던가? 그런 묵향으로서는 하루에 한 번씩 목욕을 한다는 말을 도저히 이해할 수 없었다. 아르티어스는 묵향을 보며 혓바닥을 끌끌 차더니 하나코에게로 시선을 돌려 말했다.

"목욕은 됐으니까 그냥 물러가거라."

아르티어스의 말에 하나코는 난처한 듯 계속 목욕을 권했다.

"저…, 하지만 오키타 사마께서 손님들께 목욕하실 것을 꼭 권하라고 지시하셨습니다."

아르티어스는 살짝 인상을 찡그리며 하나코에게 물었다.

"오키타? 오키타가 어떤 놈인데 감히 목욕을 하라 마라 헛소리를 하는 거냐?"

"저 이런 말씀드리기는 죄송하지만, 오키타 사마께서 두 분의 몸에서 야릇한 냄새가 난다고 하셨습니다. 그래서……."

"야릇한 냄새라고?"

아르티어스는 즉시 하나코에게서 읽어낸 기억을 차근차근 되짚어 봤다. 곧이어 그의 머리 속에 작달막하게 생긴 무사 한 명이 하나코에게 거드름을 피우면서 명령을 하는 것이 떠올랐다.

"너는 손님들에게 목욕할 것을 반드시 권하도록 해라. 영주님을 뵙는 자리에서 그따위 노린내를 풍겨 댈 수는 없는 노릇이 아니냐!"
"옛!"
하나코를 바라보던 오키타는 미덥지 않은 듯 다시 엄중하게 명령을 내렸다.
"그리고 그들의 옷도 가져다가 깨끗하게 세탁해라. 만약 영주님께서 그들의 옷이 더럽다든지, 혹은 몸에서 냄새가 난다는 말씀을 단 한마디라도 하신다면 너는 절대 살아남지 못할 것이다. 알겠느냐?"
"옛, 명심하겠습니다."

"호오, 그런 일이 있었군."
혼자서 중얼거리던 아르티어스는 묵향에게 말했다.
"아무래도 목욕을 해야겠구나."
"왜요?"
"너하고 내 몸에서 냄새가 난다고 주장하는 개 코를 떼다 붙인 듯한 놈이 있어서 말이야."
아르티어스의 말에 묵향은 어리둥절한 표정으로 되물었다.
"뭐라고요?"
그러면서 묵향은 자신의 손을 들어 냄새를 맡아본 후, 아무런 냄새가 나지 않자 벌컥 화를 냈다.

"어떤 미친놈이 그딴 소리를 합니까? 내 몸에서 무슨 냄새가 난다고요."

"글쎄 그런 놈이 있다. 저 소녀를 생각해서 목욕을 해 주는 것이 좋지 않을까?"

묵향은 하나코를 힐끗 쳐다보며 퉁명스럽게 물었다.

"내가 목욕하는 것 하고 저 계집하고 무슨 상관이 있는데요. 아예 그놈의 잘못된 코를 잘라 버리는 것이 손쉽고 빠르죠."

"상관이 있지. 네가 목욕 안 하면 저 소녀의 목이 잘리거든."

대체 무슨 소리를 하느냐는 듯 잠시 어리둥절한 표정을 짓던 묵향은 순간 얼마 전의 일이 기억났다. 아르티어스의 파이어 볼에 맞고 옷에 불이 붙었던 병사가 떠올랐던 것이다. 그때 그의 상관은 불을 꺼서 부하를 구할 생각은 하지도 않고, 단칼에 병사의 목을 날려 버렸다.

부하의 고통을 조금이라도 덜어 주기 위해서 그랬을 수도 있다. 하지만 그것은 아닐 것이다. 왜냐하면 그런 것은 일단 불을 끈 후에 부하의 상태를 보고 나서 결정해도 늦지 않았기 때문이다. 사실, 그 병사의 화상은 생각만큼 그렇게 심하지 않았으니까 말이다. 그렇다면 결론은 부하의 고통을 덜어 주자는 것이 아니라, 아르티어스를 제압하는 데 실패한 것에 대한 처벌을 한 것일 것이다.

"여기는 목 자르는 것을 아주 좋아하는 놈들이 사는 곳인 모양이군요."

"유감스럽게도 그게 사실이야. 여기저기를 돌아다녀봤지만, 이렇게 죽음과 가까운 삶을 사는 호비트들은 이곳이 처음이다. 자, 목욕이나 하러 가자. 하녀의 목을 자르겠다고 선언한 그녀석의 목을 잘라 버린다면 우리도 그놈과 다를 게 없어지는 거잖니. 차라리 그냥 목욕 한번 해 주는 게 속 편하지."

묵향은 자리에서 일어서며 심드렁하게 중얼거렸다.

"그것도 그러네요."

묵향과 아르티어스는 하나코의 안내를 받아 목욕탕으로 갔다. 묵향은 하나코의 뒤를 따라가며 대단히 신기하다는 듯, 종종거리며 걸어가는 그녀의 뒷모습을 오랫동안 관찰했다. 그러다가 도저히 못 참겠다는 듯 아르티어스에게 물었다.

"도대체 걸음걸이가 왜 저래요? 그냥 쭉 앞으로 걸으면 될 것을, 왜 저렇게 종종걸음으로 걷는 거죠? 뒤따라가려니까 정말 속 터져 죽겠네."

짜증난다는 듯 투덜거리는 묵향을 보며 아르티어스는 피식 웃었다.

"옷 때문에 어쩔 수 없이 저렇게 걸을 수밖에 없는 거다."

"옷이 어때서요?"

"여기서 여자들이 입는 옷은 두 다리가 움직일 공간이 아주 적어. 그래서 저런 걸음으로 걸을 수밖에 없는 거지."

어이가 없다는 듯 고개를 설레설레 젓던 묵향은 혼잣말로 중얼거렸다.

"어떻게 저따위 옷을 입고 살 수가 있죠? 나 같으면 답답해서 걸을 때마다 짜증이 날 텐데."

"뭐, 습관이 되면 괜찮지 않겠냐? 이곳에는 여자가 입는 옷은 저런 것밖에 없으니까 선택의 여지도 없겠지만 말이다."

아르티어스의 말이 끝나자마자 하나코의 옷을 가리킨 묵향은 다짐하듯 말했다.

"저따위 옷을 나에게 입힐 생각은 아예 하지도 마세요. 아무리 아빠라고 해도 그때는 참지 않을 거라구요."

여태껏 묵향에게 여자용 옷을 많이도 가져다 입힌 아르티어스였기에 한 말이었다. 하지만 오히려 그게 역효과일 줄이야. 아르티어스는 말없이 고개를 끄덕이기는 했지만 내심으로는 아주 좋은 생각이라는 듯 묵향에게 이곳의 옷을 이것저것 입혀 보는 상상을 하기 시작했다. 한동안 상상을 하던 아르티어스는 묵향이 자신의 생각대로 잘 어울리자 기분이 좋은지 흐뭇한 표정을 지었다.

심드렁한 표정으로 하나코의 뒤를 따라가던 묵향은 왠지 온몸에 소름이 돋자 무의식중에 뒤를 돌아보았다. 그곳에는 아르티어스가 음흉한 얼굴로 자신을 바라보며 헤벌쭉 웃고 있는 것이었다. 묵향은 이유는 잘 모르겠지만 왠지 짜증이 나서 날카로운 어조로 쏘아붙였다.

"뭐가 좋아서 그렇게 징그럽게 웃는 거예요?"

아르티어스는 시치미를 떼며 정색을 하고 대답했다.

"아, 아니다. 그냥 하나코의 뒷모습이 너무 예뻐서 말이야. 네가 보기에도 특히 엉덩이가 기가 막히지 않니?"

"젠장, 늙었으면 나잇값을 하셔야죠. 쓸데없는 생각하지 말고 빨리 따라오시기나 하라구요."

묵향의 말에 아르티어스는 별다른 대꾸는 하지 않았지만 약간 기분이 언짢은지 나직한 음성으로 투덜거렸다.

"젠장, 이제 겨우 4천 살밖에 안 되었는데 늙은이라니? 아직도 팔팔하구만."

　미로처럼 복잡한 실내를 앞장서서 한참을 걸어가던 하나코는 어느 문 앞에 멈춰 섰다. 그리고는 살짝 뒤로 돌아서서 깊숙이 고개를 숙이며 사근사근한 어조로 말했다.

　"여기가 목욕탕입니다."

　하나코의 안내를 받으며 문 안으로 들어서자 작은 방이 나왔다. 그 방에는 또 다른 소녀가 한 명 대기하고 있었다. 그녀는 정중하게 아르티어스와 묵향에게 절을 한 후, 선반에서 깨끗한 수건 두 장을 꺼내 건네주었다.

　"먼저 이쪽에서 옷을 벗으시고, 반대편 문으로 나가시면 탕이 있습니다."

　그 소녀는 탈의실처럼 보이는 작은 방을 가리켰다. 아르티어스는 그 소녀의 말대로 탈의실로 걸어갔다. 그리고 묵향도 아무 생각 없이 아르티어스의 뒤를 따라 탈의실로 들어가려고 했다. 바로 이 때 그 소녀는 묵향의 옷깃을 살짝 잡아당기며 말했다.

　"손님은 저쪽입니다."

　"뭐라고?"

　그러자 그 소녀는 아르티어스가 들어간 남성용 탈의실 바로 옆에 있는 여성용 탈의실을 가리키며 말했다.

　"손님께서는 저쪽 탈의실을 이용해 주십시오."

　그제서야 묵향은 상대가 뭘 말하고자 하는지 대충이나마 이해할 수 있었다.

　"하기야, 비좁은 곳에 둘이 들어가서 옷을 벗을 이유가 없지."

　묵향이 옷을 벗고, 뒤쪽에 나 있는 문을 열고 들어가자 희뿌연 수증기 사이로 여태껏 알고 있던 것과는 완전히 다른 목욕탕이 그 모습을 드러냈다. 사람이 누워도 될 만큼 긴 나지막한 탁자가 몇 개 놓여 있었고, 한쪽 구석에는 나무로 만든 커다란 욕조가 놓여 있었다. 중원과 저쪽 세상에 있을 때는 시냇물로 씻거나 아니며 한 사람이 들어갈 정도의 작은 통에서 목욕을 해 본 경험밖에 없었던 묵향으로서는 목욕탕에 있는 욕조의 크기에 놀라지 않을 수 없었다. 욕조는 장정 20여 명이 함께 들어가 목욕을 할 수 있을 만큼 컸고, 이미 뜨거운 물이 가득 채워져 있었다.

"우와, 엄청나게 큰 욕조군. 들어가서 수영을 해도 되겠는데."

그러자 언제 들어왔는지 아르티어스가 옆에 서며 동감한다는 듯 맞장구쳤다.

"참내, 이건 물 낭비야. 한 사람이 들어갈 정도 크기면 되지. 이렇게 큰 탕이 필요할까? 원, 오우거가 목욕할 것도 아니고 말이야."

"글쎄요, 초대형 욕조 하나만 있는 것을 보면 여러 명이 한꺼번에 들어가서 목욕하는 방식인 모양인데요. 안 그래요?"

"뭐, 듣고 보니 그런 것도 같구나. 자 오랜만에 아들하고 오붓하게 함께 목욕이나 즐겨 볼까? 흐흐흐."

욕조에 들어서던 묵향은 눈살을 살짝 찌푸리며 말했다. 목욕물이 엄청나게 뜨거웠기 때문이다.

"이거 물이 조금만 더 뜨거웠다면 아예 사람 잡겠는데요?"

"글쎄다, 어쨌건 들어가 있으니 기분은 괜찮군."

한 10분 정도 지났을까? 갑자기 탈의실 쪽의 문이 드르륵 열리더니 웬 여자 둘과 덩치 좋은 중년 남자 둘이 들어왔다. 원래 목욕이라는 것은 혼자서만 하는 것으로 알고 있던 묵향에게 그것은 가히 충격적인 상황이었다. 물론 과거 자신의 노예였던 세린의 시중을 받으며 목욕을 했을 때도 있었지만, 그것은 묵향이 여자였을 때였지 않은가? 그리고 목욕하는데 무슨 시중을 들 것이 그렇게 많다고 저렇게 떼거리로 몰려 들어온단 말인가? 도무지 이해할 수 없는 일이었다.

목욕탕에 들어온 중년 남자들은 한쪽 구석에 무릎을 꿇고 앉았고, 여자들은 앞으로 나서며 묵향과 아르티어스에게 말을 걸었다. 그녀들은 나지막한 탁자를 가리키며 간드러지는 음성으로 말했다. 아무래도 여기에 사는 여자들은 모두 다 일부러 목소리를 곱게 발음하기 위해 노력을 하는 모양이었다.

"이쪽으로 오시지요."

하나코의 기억을 읽은 아르티어스는 그녀가 왜 그리로 오라는지 이미 알고 있었기에 묵향에게 탁자를 가리키며 말했다.

"저쪽에 가서 누워."

"왜요?"

"여기서는 목욕 후 안마를 받거든. 해 봐라, 아마 그런대로 기분 괜찮을 거다."

묵향은 아르티어스가 어떻게 그런 것들을 아는지 의심스럽다는 듯 고개를 갸웃거리며 물었다.

"아빠는 이런 식으로 목욕해 보신 적이 없잖아요. 그런데 어떻게 그렇게 잘 알아요?"

"물론 내가 받아 본 적은 없지만, 내가 말을 배운 그 하녀의 기억에는 이런 것들이 있더군. 그래서 아는 거지."

그제서야 묵향은 알겠다는 듯 수건으로 앞을 가리고 아무 말 없이 탁자 위에 엎드렸다. 아무리 하녀라고는 하지만 여자 앞에서 벌거숭이 모습을 그대로 보인다는 것이 왠지 쑥스러웠기 때문이다.

하녀는 묵향의 등에 꼼꼼하게 향유(香油)를 발랐다. 한참 동안 부드러운 손길로 묵향의 등 구석구석에 향유를 바른 그녀는 묵향에게 뭐라고 말하며 돌아누우라는 손짓을 했다. 묵향이 그냥 가만히 엎드려 있자 옆에 있던 아르티어스는 재미있다는 듯 킥킥거리며 말했다.

"빨리 돌아누우라고 하잖아!"

"젠장, 뭘 돌아누워요? 그냥 내가 바른다고 말 좀 해 줘요."

"어쭈? 너 하녀 목이 날아가는 거 구경하고 싶냐? 죄도 없는 하녀가 너 때문에 죽는다면 꿈자리가 아~주 좋을 거다. 그럼, 아주 상쾌하겠지."

아르티어스의 이죽거림에 묵향은 하는 수없이 투덜거리며 돌아누웠다. 아르티어스의 말이 진짜인지 거짓인지 알 수는 없었지만, 아무래도 자기 때문에 하녀의 목이 날아간다면 별로 기분이 유쾌할 수는 없을 것 같았기 때문이다. 가만히 생각해 보니, 자신이 지금 남자의 몸이라고는 하지만 그전에는 여자의 몸으로 오랫동안 살기도 했지 않은가? 거기에다가 이 나이에 손녀뻘도 안 되는 애들한테 몸 좀 보여 준다고 해서 뭐 어쩌겠는가하며 스스로를 자위하는 묵향이었다.

"에잇, 젠장!"

묵향이 투덜거리며 돌아눕자, 옆에서 기다리고 있던 하녀는 놀랐는지 눈이 휘둥그레졌다. 그녀가 받은 명령으로는 분명히 손님이 남녀 한 쌍이라는 말을 들었는데, 묵향이 남자라는 것을 알게 되자 깜짝 놀란 것이다. 더군다나 감히 상상하기에도 힘들 정도로 아름다운 미소년이었으니……. 하녀는 아마 자신이 잘못 들었나 하고 대수롭지 않게 생각했다.

하녀는 살짝 얼굴을 붉히며 다가와서는 더욱 은근한 손길로 묵향에게 열심히 향유를 바르기 시작했다. 그리고 은밀한 부분까지 그녀의 손길이 슬쩍슬쩍 미치자 묵향의 안색은 똥이라도 씹은 듯 찡그려졌다.

한동안 열심히 향유를 바르던 하녀의 얼굴이 갑자기 빨개지면서 의미를 알 수 없는 신음성과 함께 뭐라고 말을 했다. 그녀의 말을 들은 아르티어스는 킬킬거리며 웃기 시작했다. 쑥스러운 마음에 눈을 감고 있던 묵향은 번쩍 눈을 뜨고 왜 웃느냐는 듯 아르티어스에게 물었다.

"젠장, 갑자기 왜 웃어요? 어라? 저 여자는 향유를 바르다 말고 왜 저래?"

"큭큭큭, 와핫핫핫핫!"

묵향의 말에 아르티어스는 이제는 아예 숨이 넘어간다는 듯 배를 움켜잡고 웃었다. 한동안 웃던 아르티어스는 겨우 웃음을 멈추고 묵향의 질문에 대답해 주었다.

"킥킥, 하녀의 말이 너의 그것이 아주 훌륭하다는구나! 와핫핫핫."

아르티어스의 말을 이해할 수 없었던 묵향은 고개를 갸웃거리다 뭔가 느껴지는 것이 있어 자신의 사타구니를 바라보았다. 하녀의 손길에 자극을 받았는지 그의 신체 일부가 크게 팽창해 있었다. 얼굴이 시뻘게진 묵향은 얼른 몸을 뒤집어 엎드리며 내심 투덜거렸다.
 '빌어먹을, 자극을 받다 보면 그럴 수도 있는 거지, 저 망할 계집애는 혼자 보고 말지 그걸 밝혀 가지고 망신을 줘? 젠장, 이럴 줄 알았다면 목이 달아나게 그냥 놔두는 건데. 그리고 아빠도 그래! 말로는 사랑하는 아들이라며 온갖 감언이설을 늘어놓으면서 계집하고 맞장구를 치며 나를 비웃어? 성질나는데 남자 모습으로 확 바꿀까 보다.'
 하녀들이 향유를 바르고 뒤로 물러서자 여태껏 꿇어 앉아 있던 사내들 중의 한 명이 일어섰다. 그는 묵향의 몸을 천천히 안마하기 시작했다. 뜨거운 목욕 후에 받는 안마. 거기에다가 안마를 하는 사내는 성에 소속된 인물이라서 그런지 정말 대단한 실력의 소유자였다. 묵향은 자신의 의지와는 상관없이 전신의 근육들이 풀리며 온몸이 나른해지기 시작하는 것을 느꼈다. 난생 처음 안마를 받아 본 묵향은 기분 좋은 감탄사를 내지르며 말했다.
 "오우, 이 정도면 목욕을 하루에 한 번씩 할 만도 한데? 정말 기분 좋군……."
 하지만 이런 목욕을 무려 일곱 번씩이나 한 후에야 영주를 만나게 될 줄은 묵향도, 아르티어스도 이때는 전혀 알지 못했다.

 목욕을 끝내고 밖으로 나온 묵향은 주위를 두리번거리며 자신의 옷을 찾았지만, 옷은 그 어디에도 없었다.
 "아빠, 옷이 없어졌어요. 이거 어떤 새끼가 훔쳐갔지? 잡히기만 하면……."

묵향보다 조금 늦게 목욕을 마치고 뒤따라 나오던 아르티어스는 아들의 말에 빙그레 웃으며 말했다.
"없어진 게 아니라, 세탁을 하기 위해 가져간 거야."
아르티어스의 말에 묵향은 말도 안 된다는 듯 투덜거렸다.
"뭐라고요? 허락도 안 받고 남의 옷을 가져가도 되는 거예요?"
"흠, 뭐 여기 방식이 그러면 그러려니 해야지. 자, 대신 여기 있는 이 목욕옷을 입어라."
묵향은 아르티어스가 집어 준 목욕옷을 이리저리 뒤집어 보며 중얼거렸다.
"어라? 이거 가운하고 비슷하게 생겼네."
"생긴 것만 비슷한 게 아니라 용도도 비슷한 거다. 자, 가자."
묵향과 아르티어스가 목욕탕 밖으로 나오자, 처음에 그들을 안내해 왔던 하나코가 기다리고 있었다. 그녀는 촉촉하게 물기에 젖은 묵향과 아르티어스의 아름다운 모습에 잠시 황홀한 듯 바라보더니, 갑자기 정신이 든 듯 깊숙이 고개를 숙이며 떨리는 목소리로 입을 열었다.
"이쪽으로 오십시오."

이곳에서의 첫 식사는 묵향에게 있어서 가히 충격 그 자체였다. 목욕을 끝낸 후 하나코가 식사를 가져오자, 묵향은 가장 먼저 대나무로 만든 작은 젓가락을 집어 들며 추억에 잠겼다.
"호오, 여기서도 젓가락을 쓰네? 그런데 중원에서 사용하던 것보다는 길이가 엄청 짧구만."
하지만 일단 젓가락이 가져다준 추억에서 깨어나자, 곧이어 밥상에 놓여진 음식들이 묵향의 눈에 들어왔다. 그것을 보고 묵향은 기도 안 찬다는 듯 중얼거렸다.

"에게? 이게 뭐야?"

소꿉장난을 하는 것도 아니고, 이게 뭐란 말인가? 자신의 앞에 놓여진 작은 밥상에는 조그만 그릇들이 옹기종기 다섯 개가 가지런히 놓여 있었다. 밥 한 공기와 국 한 그릇. 그리고 구운 작은 생선 한 마리가 담긴 접시 하나. 얇게 무를 썰어 놓은 접시 하나. 마지막으로 작은 열매 같은 것이 담긴 접시 하나였다. 그리고 그것들은 모두 한 입에 다 털어 넣어도 될 정도로 양이 작았다.

"이걸 먹고 어떻게 배를 채우라는 말입니까? 안 그래요?"

묵향이 분개해서 말했지만, 아르티어스는 그의 말에 맞장구를 치지 않았다. 이미 하녀의 기억을 더듬어 본 그는 이 나라에서 살고 있는 사람들의 삶을 충분히 이해하고 있었기 때문이다. 아르티어스는 오히려 묵향에게 퉁명스럽게 대답했다.

"너는 도저히 이해하기 힘들겠지만, 여기 사는 놈들은 다 이렇게 먹어."

"그래요? 젠장! 어쩐지 여태까지 본 놈들이 몽땅 다 키가 작달막하더니, 다 이유가 있었군."

묵향은 투덜거리면서 젓가락질을 시작했다. 하지만 밥을 젓가락으로 뜨자 뭔가 이상하다는 것을 느낄 수 있었다.

"이거 쌀이 좀 이상한데요? 무슨 쌀이 이렇게 끈기가 있죠? 원래 잡으면 후두둑 떨어져야 정상인데······."

"여기 쌀은 모두 다 그러니까 투정하지 말고 먹어. 저 먼 옛날부터 여기 사람들은 이런 밥을 먹고 살았으니까 말이다."

"젠장, 아빠가 태어났던 그 세계는 딴 건 몰라도 먹는 것 하나는 별로 불만이 없었다구요. 어떤 면에서는 중원의 요리와 상당히 비슷한 부분이 있었거든요."

묵향이 계속 투덜거렸지만 아르티어스의 반응은 심드렁하기만 했다.

"그렇다면 거기로 돌아가자. 어디에 있는지도 모를 중원이라는 곳을 찾아 헤맬 이유가 없잖니?"

아르티어스가 그렇게까지 말하자, 묵향은 더 이상 대꾸하지 않고 열심히 음식을 먹어 대기 시작했다. 아무래도 음식 같은 사소한 문제로 중원으로 돌아가고자 하는 꿈을 포기할 수는 없었기 때문이다.

생선 뼈다귀마저 다 씹어 먹은 후에야 묵향은 아쉬운 듯 밥상을 물렸다.

"젠장, 괜히 입맛만 버린 것 같네. 뭐라도 더 먹어야 양이 찰 텐데."

식사가 끝나자 하나코는 뜨거운 김이 피어오르는 차를 가져왔다. 묵향은 차를 보고 반가운 듯 입을 열었다.

"이야, 여기서도 차를 마시네? 이게 얼마만이냐?"

단숨에 차를 마셔 버린 묵향은 빈 잔을 하나코에게 내밀며 외쳤다.

"한 잔 더!"

잔을 받아 든 하나코는 조용히 고개를 조아리며 뭐라고 말했다. 무슨 말을 하는지 당연히 알 수 없었던 묵향은 아르티어스를 바라보았다. 그러자 아르티어스는 딱하다는 듯 혀를 차며 묵향에게 설명해 줬다.
"쯧쯧, 차는 그렇게 마시는 게 아니야. 천천히 향을 음미하면서 마셔야지, 무식하게 냉수 마시듯 벌컥 들이켜다니."
아르티어스의 말에 묵향은 무슨 같잖은 소리를 하느냐는 듯 퉁명스럽게 대꾸했다.
"뭘 그렇게 따지고 그래요? 보니까 건더기도 없는데 그냥 마시면 되지."
원래 중원에서는 기름진 음식을 선호하기 때문에 식후에 차는 일상적으로 마시는 음료수나 다름없었다. 물론 상류층의 사람들은 예의를 따지며 차를 마시겠지만 묵향과 같은 서민들은 편하게 차를 마셨던 것이다. 묵향은 시답잖은 소리를 한다는 듯 투덜거리며 자리에 벌렁 드러누워 버렸다. 한참을 누워 있던 묵향은 고개를 갸웃거리며 이상하다는 듯이 중얼거렸다.
"어라? 처음에 봤을 때는 꽤 양이 작아 보였는데, 제법 든든하네. 거 참, 이상하군. 이게 보기보다 양이 많은 건지, 아니면 아까 사슴을 먹어서 그런 건가?"
배가 부르자 기분이 좋아졌는지 묵향은 히죽 웃었다.

화염의 술을 쓰는 닌자

　성내의 3층 중심부에 마련되어 있는 영주의 밀실에는 후지와라 영주와 그의 심복 부하 사메지마가 밀담을 나누고 있었다. 성내의 3층은 영주와 그의 가족이 머물고 있는 곳이었기에, 그 경비는 말할 수 없을 만큼 삼엄하였다. 그렇기에 3층에 들어올 수 있는 자는 오직 영주가 신뢰하는 최측근 몇 명에 불과했다. 그리고 밀실은 3층에서도 가장 깊은 곳에 자리하고 있었다. 영주는 아주 비밀스런 대화를 하고 싶었는지 자신의 경호대장만을 대동한 채, 사메지마와 밀담을 나누고 있었다. 그만큼 후지와라 영주는 사메지마를 믿고 있었던 것이다.
　"주군께서 그들을 직접 만나시는 것은 매우 위험합니다. 다시 한 번만 더 생각해 주십시오."
　"괜찮아. 일단 나는 그들을 만나기로 결정했네."

"주군의 뜻이 정 그러시다면, 며칠만 더 시간을 주십시오. 아무래도 좀 더 조사를 해 본 후에 그들을 만나는 것이 좋지 않겠습니까? 여기저기 첩자들을 보내 봤지만, 어디서도 그런 특이한 용모를 가진 이방인이 상륙했다는 보고는 없었습니다. 그리고 그들은 해적들이 사용하는 말을 할 줄 안다는 것은 상당히 수상하지 않습니까? 물론 아직까지는 해적들과의 연관성을 밝혀내지는 못했지만, 조금만 더 시간을 주신다면 증명해 낼 수 있을 것입니다."

사메지마의 말에 후지와라 영주는 턱을 가볍게 쓰다듬으며 입을 열었다.

"하지만 겨우 해적들의 말을 할 줄 안다는 것만으로 해적의 첩자일지도 모른다고 추측할 수는 없지 않겠나? 나는 두 가지 이유를 들어 그들이 해적일 가능성은 없다고 생각하네. 첫째, 그들은 해적과 용모가 완전히 다르다고 들었네. 해적들이 바보가 아닌 이상, 그렇게 눈에 띄는 용모의 첩자를 파견할 리는 없겠지. 그리고 둘째, 첩자는 원래 그들이 가고자 하는 침략로를 중심으로 배치하는 것이 정석이 아닌가? 그런데 해적들은 지금 북상하면서 노략질을 하고 있다고 자네가 보고했지 않나? 만약 저들이 해적의 끄나풀이라면 해적들은 이쪽으로 왔어야지. 안 그런가?"

물론 그들이 첩자가 아니라면 다행이겠지만, 마음을 놓기에는 사메지마의 마음이 너무 불안했다. 그렇기에 후지와라 영주는 괜찮을 것이라고 말했어도 사메지마는 자신의 생각을 굽히지 않았다.

"주군의 말씀이 옳습니다. 하지만 그렇게만 생각하기에는 너무나도 미심쩍은 구석이 있습니다."

"그래, 자네 생각은 뭔가?"

"예, 북쪽 해적들의 경우 왜구(倭寇)와는 달리 여태껏 동북 지방의 해안을 약탈하지 않았습니까? 그런데 이번에는 전례가 없을 정도의 큰 규모로 훨씬 남쪽으로 내려와서 고다이 영지에 상륙했습니다. 그리고 그것에 맞춰서 그 이방인들이 이곳에 나타난 것입니다. 뭔가 좀 이상하지 않습니까?"

후지와라 영주는 사메지마의 말을 듣다 뭔가 생각이 났는지 호쾌하게 웃었다.

"핫핫핫, 그 정도는 우연의 일치로 볼 수도 있지. 그건 그렇고, 해적들이 고다이 영지를 쓸어버린 것은 정말이지 통쾌한 일이었어. 안 그런가?"

"물론입니다. 거기에다가 해적들이 남하하여 이쪽 미우다 영지로 들어오지 않고, 북상한 것은 정말 다행스러운 일이었습니다. 이것도 다 주군께서 평소에 부처님을 열심히 섬기신 보답이 아닐까 생각됩니다."

잠시 말을 멈춘 사메지마는 다시 한 번 생각해 달라는 듯 안타까운 눈길로 후지와라 영주를 바라보며 말을 이었다.

"어쨌건 저에게 며칠만이라도 더 조사할 시간을 주십시오. 신분이 불분명한 자들과 주군께서 만나시는 것은 너무 위험이 큽니다. 혹시라도 그들이 주군의 목숨을 노리는 자객일 수도 있지 않겠습니까?"

"핫핫핫! 그만 두게나. 만약 그들이 자객이어서 내가 죽게 된다면, 그것도 다 내 운명이겠지. 어쨌든, 그들을 지금쯤 내가 만나 봐야 해. 더 이상 시간을 끌 수가 없거든. 만약 그들이 딴 곳을 둘러보겠다면서 떠나겠다고 하면 어떻게 할 건가? 그동안은 내가 일이 바쁘다든지, 혹은 사냥을 떠났다든지 해서 시간을 끌었지만 계속 미룬다면 그들이 이상하게 생각할 걸세. 그리고 정작 서로 간의 면담을 원하는 것은 그쪽이 아니라 이쪽이야. 안 그런가?"

확고한 후지와라 영주의 말에 사메지마는 더 이상 주군을 말릴 수가 없다는 것을 깨달았다. 사메지마가 아무 말 없이 가만히 있자 후지와라 영주는 잠시 그를 바라보더니 말을 이었다.

"현 상태로는 더 이상 이쪽의 세력을 키운다는 것은 불가능해. 이 상황을 역전시킬 수 있는 것은 오직 무역뿐이지. 비록 위험 부담이 크기는 하지만 무역이 얼마나 엄청난 이익을 가져다주는지는 자네도 알지 않는가?"

"물론입니다, 주군. 하지만 그만큼 잘못되었을 때의 위험도 큽니다."

끈질긴 사메지마의 만류에 후지와라 영주의 오른편에 앉아 있던 무사가 심히 불쾌하다는 듯 퉁명스러운 어조로 끼어들었다. 물론 이런 식으로 후지와라 영주가 하고 있는 대화에 끼어든다는 것은 대단히 무례한 일이었지만, 그는 그만한 자격이 있었다. 왜냐하면 그는 후지와라 영주의 둘째 아들이자, 영주의 경호대장이기도 했기 때문이다.

"사메지마 상께서는 경호대장인 저를 못 믿으시겠다는 겁니까? 설혹 그들이 고도의 훈련을 받은 자객이라 할지라도 제가 있는 한 아버님을 어떻게 할 수는 없을 겁니다."

그 말에 사메지마는 난처한 듯 두 손을 흔들며 말했다.

"그건 오해이십니다, 요시나가 상. 제가 염려하는 것은 그런 것이 아닙니다. 외국과의 무역은 간바쿠의 인허를 받은 공식 무역상이 후쿠오카에서만 할 수 있다는 덴노(天皇) 폐하의 칙령이 내려져 있습니다. 그렇기 때문에 밀무역을 하다가 발각되면 주군께서는 '무법자'로 선포될 것이며, 그것은 곧 후지와라 가문의 파멸을 의미합니다. 이런 상황에서 저들이 진짜 대국에서 온 상인인지도 확실하지 않은데, 그들과 면담을 하신다는 것은 너무나 위험천만한 일이라는 것입니다."

사실 이 무역법을 반포한 인물은 영주들의 수장인 간바쿠였다. 하지만 그는 자신의 이름으로 법을 반포하는 것보다는 덴노의 이름을 빌리는 편이 훨씬 더 강력한 구속력을 지니고 있다는 것을 잘 알고 있었기에, 반쯤은 꼭두각시나 다름없는 덴노의 허가를 받아냈던 것이다.

권력을 장악한 간바쿠는 자신의 세력을 굳건하게 유지하기 위해, 또 새로운 세력이 일어나는 것을 방지하기 위해 무역을 독점하고자 했다. 토지에서 얻어지는 수입은 뻔한 것이었기에 어느 정도 예측할 수 있었지만, 외국과의 무역은 얘기가 달랐다. 아무리 작은 영지를 가진 영주라도 무역을 하기만 한다면 엄청난 병사들을 키울 수 있는 돈이 생기기 때문이다. 그만큼 무역에서 얻어지는 이익은 엄청난 것이었다.

하지만 아무리 간바쿠의 세력이 강성하다고 하더라도 전국에서 몰래 행해지는 밀무역을 단속하기는 힘들었다. 그렇기에 간바쿠는 고려의 조정과 밀약을 맺게 된 것이다. 모든 무역을 고려와 하는 대신, 고려는 강력한 해군력을 바탕으로 외해에서 간바쿠의 인허를 받지 않은 밀무역선을 단속하는 조건이었다. 동북부의 모든 해

상 무역권을 휘어잡고 싶었던 고려는 물론 이 조건에 반대할 리 없었다. 이 양자 간의 합의에 의해 만들어진 것이 새로운 무역법이었다.

무역법이 반포된 후, 간바쿠는 해상 무역을 완전히 장악할 수 있었다. 왜냐하면 공식 무역상을 선택하는 것은 바로 그였기 때문이다. 그는 후쿠오카의 영주를 믿을 수 있는 사람으로 배치한 것도 모자라, 공식 무역상들까지 통제했다. 후쿠오카 영지에서 제출된 선박의 입출항 자료와 화물 적재 내역서, 그리고 무역상으로부터 제출받은 입출항 자료와 상품 거래 내역서를 비교하여 꼼꼼히 따졌기에 착오란 있을 수 없었다.

후지와라 가문이 멸망할 수도 있다는 말에 요시나가는 잠시 주춤거렸다. 그렇기에 사메지마가 이렇게까지 조심스러웠던 것이다.

사실 후지와라 영주도 몇 번인가 자신의 심복을 상인으로 가장시켜 공식 무역상의 인허를 받으려고 했지만 번번이 실패했었다. 그것은 타 영주들의 세력이 커지는 것을 두려워한 간바쿠가 철저히 자신이 믿는 사람들에게만 인허를 내렸기 때문이다. 그렇기에 후지와라 영주는 위험을 무릅쓰고라도 대국과의 밀무역을 하려고 하는 것이다. 왜냐하면 후지와라 가문의 영지를 탐내는 남쪽의 미나모토 대영주에게 대항을 하려면 밀무역 말고는 아무런 대안이 없었다. 미나모토 대영주가 다스리는 겐페이 영지는 후지와라 영주의 미우다 영지보다 훨씬 더 클 뿐만 아니라 기름진 땅이었기 때문이다.

충격을 받은 듯 잠시 주춤거리고 서 있던 요시나가는 자신이 너무 주제넘게 나섰다는 것을 곧 깨닫고, 깊숙이 고개를 숙이며 사메지마에게 사과했다.

"사메지마 상, 제가 너무 경솔하게 생각했던 것 같습니다. 죄송합니다."

사메지마는 흔쾌히 사과를 받은 후, 껄껄 웃으며 입을 열었다.

"요시나가 상께서는 아직 젊고, 또 패기가 있으십니다. 무사가 자신의 실력을 얕잡아 보는 말을 들었을 때 발끈하는 것은 너무도 당연한 일이죠. 특히나 요시나가 상처럼 뛰어난 검술을 익힌 검객이라면 두말할 나위도 없겠지요."

사메지마의 말에 요시나가는 물론이고, 후지와라 영주도 만족스럽다는 듯 미소를 지었다. 아들에 대한 칭찬은 자신에 대한 칭찬과 같으니까 말이다. 하지만 후지와라 영주는 짐짓 못마땅하다는 듯 요시나가를 꾸짖었다.

"상대가 하고자 하는 말의 요지를 명확히 이해하지도 못한 상태에서 화부터 내다니, 좀더 인내심을 키우도록 해라. 이런 혼란기에 끝까지 살아남으려면 첫째도 인내, 둘째도 인내, 셋째도 인내할 줄 알아야 한다. 알겠느냐?"

후지와라 영주가 이렇게까지 말하는 것은 첫째 아들인 요시스네가 미나모토 대영주에게 볼모로 잡혀가 있기에, 어쩌면 둘째 아들인 요시나가가 자신의 뒤를 이을지도 모른다고 생각했기 때문이다. 그것을 잘 알고 있는 요시나가는 시원스럽게 대답했다.

"옛! 명심하겠습니다, 아버님."

후지와라 영주는 사메지마에게로 시선을 돌려 은근한 어조로 말했다.

"자네가 걱정하는 것도 당연한 일이야. 만약 내가 무역에만 관심이 있었다면, 그들을 만나지 않았을 걸세."

후지와라 영주의 말에 사메지마는 어리둥절한 표정으로 물었다.

"예? 그건 무슨 말씀이십니까?"

"그 이방인들이 최고급 닌자들이나 쓴다는 '화염의 술'을 사용한다는 보고를 들었기 때문이지. 만약 그들이 나를 없애기 위해 온 닌자라면 결코 고다마 앞에서 화염의 술을 쓰지 않았을 거야."

자신이 보고한 내용이었기 때문에 이방인들이 화염의 술을 쓸 줄 안다는 것을 잘 알고 있는 사메지마였다. 하지만 그렇기 때문에 더욱 불안한 마음이 들었던 것이다. 어쩌면 화염의 술을 대놓고 쓴 것 자체가 함정일 수도 있었다.

"그건 그렇습니다. 하지만······."

후지와라 영주는 사메지마가 무슨 말을 하려는지 잘 알고 있었기에 그의 말을 끊으며 자신의 생각을 말했다.

"물론 자네가 걱정하는 것처럼 그들이 진짜 대국의 상인이 아닐 수도 있지. 하지만 그 나름대로 쓸모가 있네. 지금 겉으로 보기에는 간바쿠가 권력을 쥐고 있는 것 같지만, 간바쿠의 힘이 모든 지방 영주들을 통제하기에는 턱없이 모자라다는 것 또한 사실이지 않은가? 이런 때에 그들에게서 화염의 술을 배울 수만 있다면, 아니면 그들을 내 가신으로 얻을 수만 있다면 그 얼마나 큰 힘이 되겠나?"

"오오, 거기까지 생각하고 계셨습니까?"

단호한 음성으로 후지와라 영주는 계속 말을 이었다.

"일단은 그들을 만나 보기로 하세. 오키타에게 들으니 그들 중의 한 명은 우리말을 아주 능숙하게 구사한다고 하더군. 그러니 우선 만나 보고 은근히 그들의 의중을 떠보면 어떻게 해야 할지 가닥이 잡히겠지. 그 대신 요시나가 너는 수하들로 하여금 내 주위의 경비에 만전을 기하도록 해라."

"옛!"

사메지마는 경비를 강화하라는 말에 안심이 되는지 환하게 웃으며 입을 열었다.

"현명하신 판단이십니다, 주군."

두 사람은 그 후로도 오랫동안 밀담을 계속 나눴다.

잔대가리의 대결

 따사로운 햇살이 내리쬐는 늦은 오후, 사메지마는 알현실에서 후지와라 영주에게 한창 해적에 대한 보고를 하고 있었다. 이때 밖에서 경비 무사가 조심스럽게 들어와서 절을 하며 보고했다.
 "오키타 상께서 이방인들과 오셨습니다."
 "흠, 아무래도 자리가 자리인 만큼 자네는 옆방에서 무사들과 함께 있는 것이 좋겠군. 혹시 필요하면 부를 테니, 대화는 잘 듣고 있게."
 이것은 혹시라도 이방인이 자객일 경우를 대비한 조치였다. 만약 그들이 자객이라면 이곳에서 대판 싸움이 벌어질 수도 있었다. 그렇기 때문에 후지와라 영주는 자신이 가장 아끼는 두뇌를 보호하고자 한 것이다.

"여기서 잠시만 기다려 주시오."

오키타는 아르티어스에게 말한 뒤 먼저 영주의 알현실로 들어갔다. 처음에 오키타는 이 이방인들이 어떻게 이쪽의 말을 한마디도 못하면서, 이 드넓은 야마토를 통역관 한 명 대동하지 않고 여행할 수 있었는지 조금 이상하게 생각했었다. 하지만 그의 의문은 곧이어 풀렸다. 이방인 중 한 명은 아주 유창하게 야마토어를 구사할 수 있는데도 그것을 일부러 숨기고 있었다는 것을 하녀로부터 전해 들었기 때문이다.

그런데 특이한 것은 이방인이 상당히 여성스러운 어투를 사용한다는 것이었다. 오키타는 아르티어스가 하녀의 기억을 읽어 말을 배웠다는 것을 알 도리가 없었다. 그렇기에 그는 야마토 여자에게 배웠기에 그런가? 하고 생각할 뿐이었다.

오키타는 후지와라 영주의 앞에서 넙죽 엎드려 절을 했다. 그러자 후지와라 영주는 예법에 따라 가볍게 고개를 끄덕여 답례를 했고, 그 후에야 오키타는 고개를 들어 이방인들이 알현실 밖에 대기하고 있음을 보고할 수 있었다.

"이방인들을 들라고 할까요?"

후지와라 영주가 고개를 살짝 끄덕이자, 오키타는 고개를 뒤로 돌려 나직한 목소리로 명령을 내렸다.

"대국 상인들을 들여보내라."

하지만 이방인들은 곧바로 들어오지 않았다. 오히려 밖에서 두런거리는 듯한 실랑이를 벌이는 소리가 들려오기 시작했다. 후지와라 영주는 살짝 미간을 찌푸렸고, 기겁을 한 오키타는 후지와라 영주에게 허락을 구한 후 밖으로 나가봤다. 그곳에는 아르티어스

잔대가리의 대결

와 경비 무사 사이에 작은 실랑이가 벌어지고 있었다.

"무슨 일이냐?"

"옛, 저들이 몸수색 받기를 한사코 거부하고 있습니다."

오키타는 잠시 미간을 찌푸리며 경비 무사에게 질책하듯 물었다.

"저분들은 외국인이다. 먼저 왜 몸수색을 꼭 해야만 하는지 그 이유를 설명해 드렸나?"

경비 무사는 곧바로 대답했다.

"옛, 오키다 상."

"흐음, 그래?"

오키타는 아르티어스에게로 시선을 돌리며 정중하게 말했다.

"경비병의 설명을 들었다면, 꼭 몸수색을 해야만 한다는 것을 알았을 거요. 영주님을 만나기에 앞서 몸수색을 하는 것은 우리들의 오랜 관습이요. 협조해 주시기 바라오."

아르티어스는 오키타의 말에 심드렁한 표정으로 말했다.

"그건 잘 알고 있지. 그것도 다 영주를 암살로부터 보호하자는 뜻이라는 것을 말이야."

"예, 그러니……."

아르티어스는 슬쩍 손을 들어 보이며 말했다.

"그렇다면 내 한 가지 물어보겠네. 내가 영주를 죽이고자 마음을 먹었다면, 무기가 없다고 못 죽일 것 같나?"

오키타는 일순 당혹감을 느끼지 않을 수 없었다. 상대는 화염의 술을 고도로 익힌 무사였다. 부하 한 명이 이 이방인의 손에서 쏟아져 나온 불덩어리에 당하는 장면을 두 눈으로 똑똑히 보지 않았던가.

"성공할 수 있을지 없을지는 잘 모르겠지만, 어쨌건 귀하가 그런 마음을 품고 있다면 무기가 있고 없고는 큰 제약 사항이 안 될 것 같소."

아르티어스는 상대가 그렇게 대답을 할 줄 알았다는 듯, 느긋한 어조로 말했다.

"바로 그거야. 우리 쓸데없는 일에 서로 신경전을 벌이지 말자 이 말이지. 믿건 안 믿건 자네의 자유! 그리고 내가 여기에 온 것은 영주가 나를 만나기를 원했기 때문이지, 내가 만나기를 원했기 때문이 아닐세. 이런 식으로 귀찮게 한다면 내가 구태여 영주를 만날 이유가 없지 않겠나? 나도 갈 길이 바쁜 사람이라구."

아르티어스는 미련 없이 자리를 뜨는 척했다. 이것도 다 하나코를 통해 습득한 지식 덕분이었다. 만약 이런 식으로 아르티어스가 그냥 떠난다면 입장이 곤란해지는 것은 오키타였다.

최악의 경우 일처리가 미숙하다는 이유로 목이 떨어질 수도 있는 것이다. 그러니 잘 생각해서 판단하라는 듯한 말에 오키타는 다급히 아르티어스를 붙잡으며 말했다.

"너무 성급하게 이러지 마십시오. 예법에는 어긋나겠지만, 영주님께 허락을 한번 구해 보겠습니다."

당황한 듯한 오키타의 만류에 아르티어스는 심드렁한 표정으로 입을 열었다.

"좋을 대로 하게. 다만 너무 기다리게는 하지 않았으면 좋겠군."

급히 실내로 들어갔던 오키타는 잠시 후 밖으로 나왔다. 그는 모든 일이 잘 풀렸다는 듯 환히 웃으며 말했다. 하지만 그의 이마에는 얼마나 긴장했는지 식은땀이 흐르고 있었다.
"영주님께서 허락하셨습니다. 자 안으로……."

알현실은 한쪽 면이 30보 정도, 높이가 5보 정도쯤 되는 정사각형의 방 두 개로 구성되어 있었다. 그리고 방과 방 사이는 문턱이 있었고, 위쪽 방 쪽에는 한 뼘 정도의 높이로 야트막한 단상이 설치되어 있었다. 영주는 그 단상 위에 거만하게 앉아 있었고, 그의 오른편에는 비단옷을 입은 젊은 무사가 영주를 호위하듯 서 있었다. 그리고 아르티어스가 들어온 아래쪽 방에는 여섯 명의 무사가 좌우로 셋씩 무릎을 꿇고 조용히 앉아 있었다.

영주는 여태껏 보아 왔던 이 지방 사람들과 같이 땅딸막하고, 옆으로 쫘악 퍼진 인물이었다. 이곳 특유의 복장 때문인지, 아니면 진짜 그런 것인지는 모르겠지만 배 부분이 불룩한 것이 뱃살이 상당한 듯했다. 하지만 그런 우스꽝스러운 모습과는 달리 허리에는 고풍스러운 두 개의 검을 차고 있었다.

후지와라 영주는 오키타와 함께 들어오는 이방인들을 향해 날카로운 눈길을 보내고 있었다. 오키타는 아래쪽 방에서 넙죽 엎드리며 후지와라 영주에게 정중히 절을 한 후, 고개를 들었다. 현재 그의 직위로는 위쪽 방 쪽으로 갈 수 없었기 때문이다.

묵향과 아르티어스는 오키타가 하는 행동을 뒤에서 모두 지켜봤지만 따라하지는 않았다. 그들은 영주에게 인사조차 하지 않은 채 그대로 방 중앙에 털썩 앉아 버렸다.

경호대장 요시나가는 자신의 아버지가 이방인들에게 모욕을 당했다고 느꼈는지, 인상을 찡그리며 검을 뽑아 들 듯하며 소리쳤다.

영주의 앞에서는 그 누구도 감히 검을 뽑을 수는 없었다. 그렇게 했다가는 오히려 요시나가의 목이 떨어지게 될 수도 있었다. 그가 설혹 영주의 아들이라고 할지라도…….

"무엄하다! 어찌 감히 예를 올리지 않는 것이냐?"

요시나가의 호통에 아르티어스 좌우로 무릎을 꿇고 앉아 있던 경호 무사들의 눈빛 또한 흉흉하게 바뀌었다. 마치 요시나가의 명령만 떨어진다면 저 무엄한 이방인들을 당장이라도 밖으로 끌어내어 목을 벨 기세였다.

바로 이때, 영주의 제지가 있었다. 영주의 목소리는 생긴 것과는 달리 매우 굵고 사내다운 것이었다.

"멈춰라! 오랜만에 귀한 손님이 오셨는데 이 무슨 무례한 짓이냐?"

영주의 말에 요시나가는 반쯤 뽑았던 검을 즉시 집어넣었다. 잠시 요시나가를 눈빛으로 달랜 후지와라 영주는 호탕하게 웃으면서 입을 열었다.

"핫핫핫! 외국에서 오신 분들인데, 구태여 사소한 예의를 지킬 필요가 뭐가 있겠소? 자, 복잡한 격식은 잊고, 우리 술이나 한잔합시다. 역시 예나 지금이나 분위기를 부드럽게 하는 데는 술이 최고가 아니겠소?"

후지와라 영주는 알현실 밖을 향해 외쳤다.

"술을 가져오너라."

그러자 미리 대기라도 하고 있었는지, 곧바로 하녀의 대답이 들려왔다.

"옛!"

잔대가리의 대결

명령을 내린 후지와라 영주는 아르티어스와 묵향의 좌우에서 마치 포위라도 하는 듯 무릎을 꿇고 앉아 있는 경호 무사들에게 밖에서 대기하라는 지시를 내렸다. 경호 무사들은 일순 당황했지만 후지와라 영주의 옆에 서 있는 요시나가가 고개를 끄덕이자 지체 없이 밖으로 물러났다. 무사들의 뒷모습을 보며 후지와라 영주는 아르티어스에게 너무 마음에 두지 말라는 듯 껄껄 웃으며 호쾌하게 말했다.

"핫핫핫, 우리 쪽의 관습은 너무 딱딱한 것이 흠이오. 너무나도 체면을 중시한단 말이지요. 그러다 보니 충성스러운 부하들이 가벼운 술자리에서 오간 별 쓸데없는 대화를 가지고도 내가 모욕을 당했다고 생각하고, 가끔 문제를 일으켜서 골치를 썩인 것이 한두 번이 아니었소. 사실 두 분은 이쪽 관습에 익숙하지 못한 외국에서 오신 분들이 아니오? 그러니 이쪽 예의를 모르는 것은 당연한 것! 미리 부하들을 물리지 못한 점, 내 사과하리다."

후지와라 영주의 말에 아르티어스는 아무 생각 없이 고개를 끄덕였다.

'짜식, 보기보다는 꽤 세심하군' 하면서 말이다. 하지만 신기한 듯 알현실을 둘러보던 아르티어스는 방 밖에서 무사들이 험상궂은 얼굴로 자신들을 바라보고 있고, 좌우 옆방에서도 인기척이 느껴지자 곧 후지와라 영주가 한 말의 의미를 알아챌 수 있었다. 그러니까 까불면 죽을 수도 있다는 은근한 협박이었던 것이다.

아르티어스는 후지와라 영주를 같잖다는 듯 쳐다보며 내심 중얼거렸다.

'빌어먹을, 역시 호비트는 첫인상이 중요해. 처음 척 봤을 때 왠

지 쪼잔하고, 소심한 놈인 것 같더니 그게 맞았군.'

하지만 아르티어스는 내색은 하지 않고 후지와라 영주를 가볍게 떠보았다.

"호오, 그런 의미에서 경호 무사들을 물린 거라면 이 옆방에 있는 병사들도 물러가라고 하는 것이 맞지 않겠소? 종이를 바른 문 하나를 사이에 두고 있는데, 그들이 이쪽의 대화를 못 들을 리가 없지 않겠소."

순간 후지와라 영주의 안색이 잠시 굳어지는 듯했지만, 곧 그는 더욱 호탕하게 웃으며 말했다.

"하하핫! 물론이오. 하지만 영주를 호위하기 위해 옆방에 병사들이 대기하고 있는 것은 아주 오래된 관습이자 그들의 임무지요. 그렇기에 그들을 물러나라고 할 수는 없는 노릇이오. 대신 그들은 이 방에 없는 것이고, 그렇기에 여기서 오고 간 대화를 '들을 수도 없는 것'으로 되어 있소. 그러니까 두 분에게 무례를 범할 문제의 소지는 없다는 말이지요. 이상하게 들릴 줄은 알겠지만 이쪽 관습이 그러니 이해해 주시오. 무슨 말인지 아시겠소?"

아르티어스는 후지와라 영주의 말에 속으로 코웃음을 쳤다. 이미 하나코의 모든 기억을 본 아르티어스였기에 영주가 잔대가리를 굴려 한 말이라는 것을 금방 알 수 있었다. 하지만 내색하지는 않았다.

사실 저따위 무사들이야 몇 명이 있건 아르티어스에게 있어서 한주먹 거리도 안 되었기 때문이다. 그것보다 열심히 잔대가리를 굴리는 영주와의 대화가 의외로 재미있었던 아르티어스는 환히 웃으며 맞장구를 쳐 주었다.

"호오, 그런 관습이 있는 줄은 미처 몰랐소. 영주님의 따뜻한 배려에 감사하오."

그 후, 후지와라 영주와 아르티어스는 따뜻하게 데운 술을 마시며 이런저런 사소한 대화를 주고받았다. 하지만 한 지방을 다스리는 영주가 이런 쓸데없는 대화나 나누자고 아르티어스를 청했을 리가 없지 않은가? 후지와라 영주는 분위기가 무르익자, 슬슬 본론으로 들어가기 시작했다.

"이 일대를 여행하고 있었다고 부하에게 들었소. 그래, 여행의 결과는 만족스러우셨소?"

아르티어스는 후지와라 영주가 왜 여행이라는 말을 꺼냈는지 아무리 생각해도 이해할 수 없었다. 둥루젠 말을 주고받았던 병사가 자신의 눈빛에 질려 상대가 여행을 한다고 대충 얼버무렸다는 것을 아르티어스가 알 리 없었기 때문이다. 후지와라 영주가 한 말의 진의를 파악할 수 없자 아르티어스는 그저 빙그레 미소 지으며 두리뭉실하게 대답했다. 왜냐하면 아르티어스는 아직까지 영주가 무엇 때문에 자신들을 보자고 청한 것인지 짐작조차 하지 못했기 때문이다.

"글쎄올시다, 아직 여행이 끝난 것이 아니니……."

중간에 말을 멈춘 아르티어스가 영주의 눈치를 슬쩍 살피자 후지와라 영주는 내심 눈살을 찌푸렸다. 상대가 결코 만만치 않았던 것이다. 하지만 후지와라 영주는 내색하지 않으며 마치 궁금하다는 표정으로 계속 질문을 던졌다.

"핫핫핫, 내가 너무 성급했던 같소. 사실 영지를 다스리는 영주의 신분만 아니리면 이곳저곳을 돌아다니며 수많은 나라들을 가

보고 싶을 정도로 난 여행을 아주 좋아하오. 그러다 보니 대국 상인인 것 같다는 부하의 보고에 얼마나 기뻤는지 모르오. 분명 무역을 하다보면 겪었을, 수많은 신기하고 재미있는 이야기를 마음껏 들을 수 있을 것 같아서 말이오."

"그거야 그렇지요."

그저 빙그레 웃으며 대답은 했지만 아르티어스의 심사는 편치 못했다. 그러니까 저 영주 놈은 자신에게 재미있는 이야기나 해 달라고 부른 것이 아닌가? 위대하신 드래곤인 자신이 저런 뚱땡이를 위해 이야기꾼 노릇이나 해야 한다는 생각에 기가 막혔다. 하지만 영주는 그런 아르티어스의 마음도 모르고 계속 말을 건넸다.

"내 수하에게 듣기로는, 그대가 화염의 술을 쓴다면서요?"

아르티어스가 말없이 고개를 끄덕이자 후지와라 영주는 기대에 찬 눈빛으로 계속 물었다.

"화염의 술은 닌자의 최고급 기술들 중의 하나라고 들었는데, 귀하는 어디에서 그것을 배웠소?"

아르티어스는 이미 후지와라 영주가 말하는 화염의 술이라는 것이 자신이 전에 쓴 파이어 볼이라는 것을 알고 있었다. 하녀의 기억 속에는 전설이나 회자되는 닌자에 대한 여러 가지 이야기들이 있었던 것이다.

화염의 술은 그 이야기 속에 자주 등장하는 닌자의 기술들 중의 하나였다. 아마도 영주는 파이어 볼에 대한 보고를 듣고 그것이 화염의 술이라고 착각하고 있는 것 같았다.

물론 상대가 원하면 그까짓 1사이클 정도의 마법은 얼마든지 가르쳐 줄 용의도 있었다. 하지만 최대한 값을 끌어올리기 위해 슬쩍 튕겨 보는 아르티어스였다.
"당신이라면 그걸 알려 주겠소?"
후지와라 영주는 껄껄 웃으며 말했다.
"그럴 줄 알았소. 그렇다면 내 한 가지만 더 물어봅시다. 아무리 생각해도 그대는 평범한 대국의 상인 같지는 않단 말이오. 도대체 정체가 뭐요? 혹시 나를 속일 생각일랑은 그만 두시오. 무역을 하는 평범한 상인이 고도의 닌자술을 익힐 리는 없지 않소?"
아르티어스는 대국(大國)이라는 말에 정신이 번쩍 드는 것을 느꼈다. 후지와라 영주가 말하는 대국이라는 것이 혹시 아들 녀석이 말하는 중원을 말하는 것이 아닐까하는 생각이 들었기 때문이다.
"혹시 대국이라는 게 중원, 그러니까 송을 말하는 것이오?"
잠시 생각을 해 보던 후지와라 영주는 고개를 끄덕이며 대답했다.
"물론이오. 당신들이 중원이라고 부르는 곳은 여태껏 수많은 나라들이 세워진 드넓은 땅이지 않소. 우리 야마토와는 달리 몇백 년마다 국가 이름이 계속 바뀌니, 이쪽에서는 그냥 대국이라고 부른다오. 그러면 모두 다 알아듣지요."
'호오~, 이걸 어쩐다?'
후지와라 영주의 말에 아르티어스는 마음이 복잡해지는 것을 느꼈다. 생각 외로 중원은 바로 코앞에 있었던 것이다. 그리고 송을 알고 있는 것을 보면 차원 이동에 따른 시간차도 거의 없는 것 같았다.
만약 묵향이 이 사실을 안다면 굉장히 좋아하겠지만 한동안 망설이는 아르티어스였다. 이왕 여기까지 왔으니, 새로운 풍물을 보면서 아들과 좀 더 여행을 하고 싶었던 것이다.

'중원은 이제 바로 코앞인데, 여기서 시간을 조금 지체한다고 큰 일이야 나겠어?'

순간적으로 생각을 정리한 아르티어스는 약간 난처한 듯한 표정을 지으며 영주에게 말했다.

"설마 화염의 술을 보고 그렇게까지 생각을 할 줄은 몰랐소. 사실 무역을 하다 보면 호신술도 필요하지 않겠소. 대국에서 내가 거래하던 고객 중에서 엄청난 세력을 지닌 인물들도 있었는데, 화염의 술은 그들 중 한 명에게 배운 것이오."

후지와라 영주는 구미가 당긴다는 듯 약간 몸을 앞으로 내밀며 급히 되물었다.

"엄청난 세력이라고요?"

"그렇소. 중원에는 무예를 광적으로 숭상하는 무림이라는 집단이 있다는 것을 영주께서는 혹시 알고 계시오?"

아르티어스는 차원 이동을 하기 전에 아들에게서 대충 중원의 일을 들은 게 있기에, 그것에 약간 살을 덧붙여서 후지와라 영주에게 얘기한 것이다. 후지와라 영주는 잠시 생각하는 듯하더니 대답했다.

"조금은…, 그런 소문은 들은 것 같소."

"바로 그 무림에 있는 문파들 중에서도 가장 큰 문파의 수장을 내가 잘 알고 있소. 그 지닌 바 힘이 얼마나 강력한지 모두들 마교라고 부르며 두려워하는 문파의 수장을 말이오."

후지와라 영주는 마교가 무술인들이 모인 도장 같은 것으로 생각하고, 아르티어스가 허풍을 떤다고 생각했다. 하지만 확실한 것은 대국에도 닌자를 키우는 도장이 있다는 것이다. 그것은 후지와라 영주에게 충격적인 사실을 알려 주고 있었다. 이곳 야마토에서의 닌자들은 작은 촌락을 구성하여 그 기술을 전수했다.

그렇다 보니 닌자들은 아주 폐쇄적이었고, 또 그 수도 아주 제한적이었다. 하지만 이방인의 말을 들어 보니, 대국에서는 아예 도장까지 차려놓고 닌자를 대량으로 육성하고 있는 모양이었다. 하지만 아무리 대량으로 육성한다 해도 그런 고급 기술을 상인에게 까지 가르쳐 줄까? 의심스러워지는 후지와라 영주였다.

"흠, 하지만 그들이 어찌 그렇게 굉장한 닌자술을 상인인 귀하에게 가르쳐 줬는지 도무지 이해할 수 없구려."

아르티어스는 그까짓 1사이클 화염 마법이 뭐가 그렇게 대단하다고 계속 말꼬리를 물고 늘어지는지 짜증이 날 정도였다. 여기서도 둥루젠에서처럼 신을 사칭한 연출을 한번 해 볼까 생각도 했지만 이내 포기했다. 그러면 오랜만에 하는 유희가 너무 재미가 없어지기 때문이다.

"뭘 모르시는구려. 내가 알고 있는 마교라는 단체가 지닌 힘은 웬만한 나라는 일순간에 쓸어버릴 만큼 가공할 만한 것이오. 그렇기에 그 거대한 세력을 유지하려면 엄청난 액수의 돈이 필요하지요. 그건 귀하도 독립된 영토를 다스리는 영주시니까 잘 알고 있을 것 아니오."

후지와라 영주는 약간 미심쩍은 듯한 눈길로 아르티어스를 보았다. 물론 영토를 다스리는 데 엄청난 돈이 필요하다는 사실에는 동감을 하고도 남았다. 그 역시 현재 그것 때문에 골치를 썩고 있으니까 말이다. 하지만 아무리 그래도 그렇지, 겨우 몇십 명의 무술 도장 같은 것이 어떻게 국가급의 무력을 지닐 수 있다는 말인가?

아르티어스는 도저히 못 믿겠다는 듯한 후지와라 영주의 말에 손가락으로 묵향을 가리키며 한 가지 제안을 하였다.

"좋소, 내 말을 잘 이해하지 못한 모양인데, 그럼 우리 아이한테 시험을 해 보면 명확히 알 수 있지 않겠소? 비록 저렇게 연약해 보여도 마교 내에서는 꽤 알아주는 실력을 지니고 있다오."

후지와라 영주는 저 아래쪽에서 열심히 술을 마시고 있는 아름다운 소녀를 말없이 바라봤다. 아무리 봐도 닭 한 마리 잡기 힘들 듯한데, 그 엄청난 무력 단체에서 인정받는 실력을 가지고 있다고?

한동안 묵향을 바라보던 후지와라 영주는 더 이상 시간을 끌 필요도 없다는 듯 나직한 어조로 말했다.

"야스다!"

그와 동시에 알현실 옆쪽의 문이 스르륵 열리며 웬 건장한 무사가 한 명 들어왔다. 그 무사가 나온 문 뒤편으로는 20여 명은 족히 되어 보이는 무사들이 단정하게 꿇어앉아 있는 것이 보였다. 야스다는 후지와라 영주에게 깊숙이 고개를 조아리며 대답했다.

"부르셨습니까? 주군."
"그래, 자네가 저 소녀의 실력을 한 번 알아 봐 주겠나?"

지금까지 옆방에서 엿듣고 있던 야스다였기에, 주군이 뭘 원하는 것인지 잘 알고 있었다. 그렇기에 그는 고개를 숙이며 즉시 대답했다.

"옛!"

아르티어스는 아래쪽에서 술만 마시고 있는 묵향에게 슬쩍 말했다.

"애야, 저 녀석 손 좀 봐 줘라."
"손 좀 봐 주라구요?"
묵향은 안 그래도 심심하던 차에 잘됐다는 듯 반색을 하며 벌떡 일어섰다. 저 뚱땡이하고, 아르티어스가 둘이서만 열심히 대화를 나누고 있었기에 하품이 다 나올 지경이었다. 그것도 그가 알아듣지도 못할 언어로 얘기를 나누고 있으니 끼어들 수도 없는 입장이었다. 그러다 보니 애꿎은 술만 열심히 마시고 있었던 것이다. 묵향이 너무 의욕적으로 일어서자, 아르티어스는 다급한 표정으로 급히 말했다.
"제발, 적당히 해라. 응? 반쯤 죽여 놓고 대화하자고는 할 수 없잖나?"
"에이, 젠장. 좋다 말았네. 알았어요."
야스다는 후지와라 영주의 허락을 받아, 알현실에서 무술 대련을 하기로 했다. 알현실의 아래쪽 방은 대련을 할 수 있을 만큼 넓었기에 구태여 술자리를 밖으로 옮길 필요가 없었다. 그 둘의 비무는 거의 순식간이라고 해도 좋을 만큼 빠른 시간에 끝나 버렸다. 너무나도 빨리 끝나 버려 구경을 했던 후지와라 영주조차도 얼이 빠진 상태였다. 야스다는 자신의 경호 무사들 중에서도 제법 괜찮은 실력의 무사였다. 그런데 어떻게 그런 그가 맨손의 소녀에게 순식간에 묵사발이 날 수가 있다는 말인가?
후지와라 영주는 잠시 멍한 상태로 두 사람의 비무를 다시 떠올려 보았다.

비무를 하기 위해 자리를 잡은 야스다의 몸에서는 전혀 긴장감이 느껴지지 않았다. 아마도 그 나름대로의 자신감 때문이리라. 하지만 그것은 그의 앞에 서 있는 소녀 또한 마찬가지였다.

야스다는 일단 예의상 자신의 소속을 밝혔다. 무사들끼리 싸울 때 자신의 소개를 하는 것이 관례였기 때문이다. 야스다는 약간 나직하면서도 장중한 어조로 말했다.

"나는 영주님의 경호대원 야스다라고 하오. 그리고 무술은 사사키 겐지 선생으로부터 북진일도류를 전수받았소. 오늘 영주님의 명령으로 그대와 공식 대련을 하게 된 것을 영광으로 생각하오. 설혹 그대에게 패해 쓰러진다 한들, 단 한점 후회도 없을 것이오."

상대가 뭔가 중얼거리는 것을 보고, 묵향은 전에도 이런 일이 있었음을 떠올렸다. 아마도 여기서는 싸우기 전에 슬그머니 욕설을 퍼부으며 상대의 신경을 긁어 대는 것이 통상적인 순서인 모양이었다. 뭐, 그렇다면 이쪽에서도 못해 줄 것은 없었다. 묵향은 상대와 같은 표정, 같은 어조로 중얼거렸다.

"먼저 기회를 줄 테니 헛소리 지껄이지 말고 빨리 손을 써! 네놈이 얼마나 우물 안 개구리였는지 내가 오늘 뜨거운 맛을 보여 주마. 하기야, 내가 진심으로 상대한다면 내년 오늘이 바로 네놈 제삿날이 될 테니 그건 참아 주지. 젠장, 아빠가 말리지만 않았으면 팔다리뼈 하나는 아작을 내 줄 텐데……."

묵향이 은근슬쩍 상대를 도발하는 말을 지껄이는 것을 보고, 아르티어스는 기가 막힌 듯한 표정을 지었다. 전에 자신도 저것이 욕설을 퍼붓는 것인 줄 착각하고 '파이어 볼'로 상대편 무사를 반쯤 구워 놨지 않았던가. 하지만 그게 아니었다. 이쪽에서는 싸우기 전에 자기소개를 하는 특이한 관습이 있는 모양이었다. 물론 그것을 처음 듣는 묵향이나 아르티어스는 '욕설'로 오해했던 것이고…….
 야스다는 상대가 자신의 소개를 마칠 때까지 침착하게 기다렸다. 이윽고 알아들을 수는 없었지만, 상대의 소개가 끝난 듯하자, 그는 천천히 검을 뽑아 들었다. 그런 다음 검을 뽑아 상대를 향해 중단자세로 겨눴다. 하지만 검 뒤편으로 보이는 소녀는 바로 코앞에 진검(眞劍)이 겨눠져 있는데도 너무나 여유만만 한 표정이었다. 그것이 오히려 야스다의 기분을 더럽게 하고 있었다.
 '아무래도 뜨거운 맛을 좀 봐야겠군.'
 야스다는 일단 상대에게 주의를 환기시킬 겸, 또한 자신의 실력도 과시할 겸해서 선제공격을 하기로 결심했다. 손잡이를 쥐고 있는 손에 약간의 힘이 더 보태지자 검은 야스다의 의지를 담아 은빛 곡선을 아름답게 그려냈다. 그리고 야스다가 검을 날리는 그 순간, 묵향도 몸을 움직였다. 그와 동시에 뭐가 어떻게 되었는지 야스다의 검은 방 한쪽을 구르고 있었고, 그 검의 주인은 이미 큰 대자로 뻗어 버렸다.

 약간의 시간이 흐른 후, 그제서야 정신을 차린 후지와라 영주는 가볍게 손바닥을 치면서 놀랍다는 듯 아르티어스에게 말했다.
 "저, 정말 대단한 실력이오. 귀하가 자랑을 할 만도 하겠소이다."
 "뭐, 저 정도를 가지고……."
 야스다는 비틀거리며 일어서더니 바닥에 나뒹굴고 있는 검을 집어 거칠게 검집에 밀어 넣었다. 그런 다음 넙죽 엎드리며 후지와라 영주에게 비통한 어조로 말했다.
 "아무리 손님이라고는 하지만, 여자에게 패해 주군의 체면에 먹칠을 했습니다. 제게 셋푸쿠를 허락해 주십시오."

셋푸쿠라는 말에 영주는 화가 났는지 신경질적인 목소리로 말했다.

"뭐라고? 네놈이 셋푸쿠를 할 자격이 있다고 생각하는 것이냐? 에잇, 멍청한 놈, 코지! 당장 이놈을 밖으로 끌어내도록 해라."

후지와라 영주의 노성이 터지자 곧바로 옆방에서 한 명의 무사가 달려 들어와 야스다를 밖으로 끌어내려고 했다. 그러나 야스다는 끌려 나가면서도 후지와라 영주를 바라보며 비통한 음성으로 외쳤다.

"영주님, 제발 저에게 셋푸쿠를 허락해 주십시오. 영주님, 제발!"

여유로운 얼굴로 술을 마시고 있던 아르티어스는 셋푸쿠라는 말에 흥미로운 표정을 지었다. 그가 하녀의 기억을 통해 알고 있는 셋푸쿠라는 것은 할복자살(割腹自殺)을 의미하는 것으로서, 무사로서는 대단히 명예로운 죽음이었다. 그리고 셋푸쿠를 했을 경우 그가 지은 모든 잘못은 없었던 것으로 처리되었다.

아마도 저들은 묵향이 사내가 아닌 여자라고 오해하고 있는 모양이었다. 하녀의 기억을 통해 읽은 이 나라의 여자에 대한 대접은 거의 인간 이하였다. 그런 여자에게 패한 무사에게는 그 어떤 변명의 여지도 없었다.

단 한 번도 자신의 배를 갈라 자살하는 광경을 본 적이 없었던 아르티어스는 도대체 저 호비트가 어떤 방식으로 배를 가를 것인지 흥미진진할 수밖에 없었다. 하지만 아르티어스는 애써 호기심을 억제했다. 한동안 편안하게 이곳에서 지내기 위해서는 지금은 그럴 때가 아니었기 때문이다. 그렇기에 아르티어스는 내심 안타까운 마음을 억누르며 후지와라 영주에게 말을 건넸다.
"말씀하는 도중에 끼어드는 것 같아서 좀 미안하지만…, 뭔가 좀 잘못 알고 계시는 것 같군요. 저 아이는 '여자'가 아니라 내 아들이라오."
순간 후지와라 영주는 황당하다는 듯한 표정으로 묵향을 바라봤다. 저렇게 이국적인 아름다운 미인이 아르티어스의 아들이라는 것이 도무지 믿어지지가 않았던 것이다.
"아, 아들이오?"
"예, 아들이죠. 그리고 제 아들놈의 밑에 있는 수하들의 숫자만 수만 명은 족히 된다고 들었소. 조그마한 무술 수련장과 마교를 동급으로 취급하시면 곤란하지요."
아르티어스의 말에 후지와라 영주는 내심 혼비백산하지 않을 수 없었다.
"수, 수만 명이란 말이오?"
수만 명의 수하를 거느리고 있다면 그건 더 말할 필요도 없이 영주급 정도의 실력자라는 말이었다. 그것도 순수하게 무술만 닦는 문파에서 그 정도 위치에 올라갔다면, 그 무술 실력은 더 이상 말할 필요도 없지 않겠는가? 영주는 새삼스레 아래쪽에 앉아서 태연하게 술잔을 기울이고 있는 미소년의 얼굴을 다시 한번 바라봤다. 후지와라 영주는 알현실 밖을 향해 외쳤다.
"야스다에게 들라 하라."
잠시 후, 야스다는 창백한 안색으로 조심스럽게 알현실로 들어와 고개를 조아렸다. 후지와라 영주는 못마땅하다는 눈초리로 야스다를 쏘아보며 외쳤다.

"뭣 하고 있는 것인가? 당장 저 소년에게 대련을 하는 영광을 베풀어 주셔서 감사하다고 해야 할 것 아닌가?"

알현실 밖에서 아르티어스와 후지와라 영주 사이에 오고 가는 말을 들었던 야스다로서는 마치 꿈을 꾸는 것만 같았다. 셋푸쿠로서도 용서받을 수 없을 정도로 최악의 치욕적인 패배가, 이방인의 말 한마디에 이렇게 뒤바뀔 수 있단 말인가? 야스다는 소년에게 고개를 숙이며 정중하게 말했다. 그의 목소리에는 계집에게 패했다는 치욕감은 사라지고 오히려 고수와 겨뤄 봤다는 만족감이 묻어나왔다.

"대련을 해 주셔서 영광입니다."

묵향은 상대가 무슨 말을 하는지 몰랐지만, 일단 인사를 하며 하는 말이었기에 좋은 뜻으로 해석했다. 그렇기에 그는 미소로 대답을 대신했다. 말로 해 봐야 통하지도 않을 테니까 말이다.

후지와라 영주는 서로 간에 사과와 답례가 오고 가는 것을 지켜본 후, 분위기 전환을 위하여 일부러 호탕하게 크게 웃음을 터뜨리며 말했다.

"으핫핫핫! 내가 아무래도 상대를 잘못 선택한 것 같소. 역시 사람은 외모만으로 판단할 수는 없다는 것을 이번에 뼈저리게 느꼈소. 귀하 아들의 실력을 얕잡아본 점 사과드리오."

"별말씀을……."

이방인들을 바라보는 후지와라 영주의 눈빛에는 순간 월척을 낚았다는 듯한 득의의 빛이 스치고 지나갔다. 하지만 아르티어스의 말을 곧이곧대로 믿을 수도 없었던 후지와라 영주는 간자를 하나 붙이는 것이 좋을 것 같다는 생각이 떠올랐다. 빠르게 머리를 굴린 후지와라 영주는 아르티어스에게 말했다.
"내 사죄의 표시로 귀하의 아드님께 몸종을 하나 붙여 드리고 싶소. 몸종이 없으면 여행을 다니시기 불편하시지 않겠소. 그리고 이곳 야마토에서는 몸종을 거느리지 않는다면 체면이 서지 않는다오."
"흠, 몸종이오?"
후지와라 영주는 알현실 밖을 향해 조금 큰 소리로 외쳤다. 옆방에 있는 부하들에게 들으라는 뜻이었다.
"가서 마사코를 데려 오너라."
그러자 얇은 창호지 문 뒤편에서 "옛"하는 소리가 들렸다. 그런 후 영주는 아르티어스에게 약간 은근한 어조로 말을 이었다.
"원래가 집안에는 종이라는 것이 필요한 법이고, 특히나 계집종은 아주 쓸모가 많지요. 식사와 옷가지를 챙겨 줘야 할 테고, 식사를 할 때나 술을 마실 때도 옆에서 시중을 들게 할 수 있소. 그리고 밤에는 잠자리 시중까지 들게 할 수 있으니 아주 다목적이라고 할 수 있죠. 그래서 내 오늘의 비무를 기념하기 위해 당신의 아드님에게 계집종을 한 명 선물하고 싶은 것이오."
아르티어스는 아주 재미있다는 듯 빙그레 웃으며 예의를 표했다.
"아들놈을 대신해 감사를 드리오."
"별말씀을……. 꽤 총명한 아이니 쓸 만하실 거외다. 그리고 좀 쉬시면서 시간이 되면 무역을 하시면서 겪었던 재미있는 이야기나 가끔 들려줬으면 좋겠소."
한동안 이곳에 얹혀 살 구실도 생겼고, 그사이에 저 영주 놈을 가지고 노는 재미도 쏠쏠할 것 같았다. 그래서 아르티어스는 매우 만족스럽게 대답했다.

"하여간 주신다니 고맙게 받겠소."

두 사람은 화기애애한 분위기에서 한동안 즐겁게 대화를 나누었다.

묵향, 청혼을 받다

이방인들이 물러가고 난 후, 영주는 옆방에서 대기하고 있던 사메지마를 불러들였다.
"어떻던가?"
사메지마는 자신이 꿈을 꾸었던 것이 아닌가 생각하는 듯 도저히 못 믿겠다는 투로 입을 열었다.
"정말 놀라운 이방인들이었습니다. 만약 아루테에스라는 이방인의 말이 사실이라면, 주군께 상당한 도움이 될 것입니다."
후지와라 영주는 자신도 그렇게 생각한다는 듯 가볍게 고개를 끄덕였다.
"그렇겠지, 나도 그렇게 생각했네. 하지만 그들의 말을 곧이곧대로 믿을 수도 없는 일이 아닌가? 허~참, 다른 사람의 말을 믿을 수 없다는 것은 너무나도 큰 비극이야."

후지와라 영주는 자신은 마음껏 거짓말을 하면서 남에게는 거짓말을 할 수 없게 만들 수 있다면 얼마나 좋을까하고 생각해 보는 것이었다.

"그렇습니다, 주군. 하지만 사안이 사안인 만큼 백 번 조심해도 모자랄 일이지요. 그런 의미에서 마사코는 최선의 선택이었습니다. 아마 한 달도 채 지나지 않아서 그녀는 그들의 모든 것을 알아낼 수 있을 것입니다. 그만한 능력이 있는 아이니까요."

마사코는 미래에 대국과의 무역을 할 것에 대비해서 키운 다섯 명의 아이들 중의 한 명이었다.

그들은 집중적으로 대국어(大國語)와 고려어(高麗語)를 교육받았다. 그리고 상당한 수준의 무술 교육까지 받고 있었다. 필요시에는 어떤 때라도 간자(間者)로 활용할 수 있도록 하기 위해서였다. 하지만 그 아이들 중에서 만족할 만한 수준까지 대국어를 익힌 사람은 단 둘뿐이었다. 그들 중에서 하나가 마사코였다.

하지만 그 사실을 수많은 병사들이 엿듣고 있는 이 자리에서 떠벌일 수는 없는 일이었다. 그렇기에 사메지마는 대략적으로 자신의 뜻을 영주에게 전한 것이다. 하지만 영주는 그것만으로는 만족할 수 없었는지, 걱정스러운 안색으로 말했다.

"흠, 하지만 마사코만 믿고 있을 수는 없는 노릇이 아니겠나? 좀 전에 그 이방인과 말을 나눠 보니 결코 녹녹한 인물이 아니더군. 처음에는 이쪽 말을 전혀 모르는 듯 능청을 떤 그들이 아닌가? 자칫하면 우리가 역정보에 걸려 낭패를 볼 수도 있다는 말일세."

사메지마도 후지와라 영주의 의견에 찬동한다는 듯 고개를 끄덕였다.

"예, 주군. 현명하신 판단이십니다. 그럼 어떻게 하는 것이 좋겠습니까?"

"믿을 만한 사람을 뽑아 대국으로 보내든지 해서라도 정확한 정보를 알아 보게. 그들이 말하는 마교라는 것이 정말 그렇게 힘이 엄청난 단체인지 하는 것도 알 겸해서 말이야."

영주의 말에 사메지마는 난감한 표정을 지었다.

"그건 대단히 어렵습니다, 주군. 간바쿠가 새로운 무역법을 선포한 후, 사실상 무역은 고려만을 대상으로 이뤄집니다. 사람을 파견한다고 해도 고려에서 대국으로 들어갈 방법은 사실상 없습니다. 왜냐하면 무역을 독점하려는 고려에서 우리 야마토의 사람들이 대국 상인과 만나는 길을 완벽하게 차단하고 있기 때문입니다."

후지와라 영주는 가볍게 눈살을 찌푸리며 사메지마에게 질책하듯 말했다. 시도해 보지도 않고, 지레짐작으로 안 된다고 대답을 한 것이 몹시 못마땅했던 것이다.

"자네는 완벽이라는 단어를 믿나?"

영주의 말에 사메지마는 고개를 움츠리며 자신의 잘못을 시인했다.

"죄송합니다, 주군. 제가 너무 생각이 짧았던 것 같습니다."

그제서야 후지와라 영주는 사메지마를 향해 빙그레 웃어 보이며 입을 열었다.

"모든 수단과 방법을 가리지 말고 대국 상인들과 접촉을 하게! 어쩌면 우리 후지와라 가문의 존폐가 달릴 수도 있는 사안이야?"

대답을 하는 사메지마의 음성에는 반드시 해내고야 말겠다는 결연한 의지가 담겨 있었다. 사메지마로서도 이 일이 얼마나 중요한 것인지는 충분히 알고 있었던 것이다.

"옛, 즉시 사람을 뽑아 파견하도록 조치를 하겠습니다. 그런데 최대한 빨리 정보를 얻을 수 있도록 하기 위해서는 많은 비용이 들 것인데……."

"그건 내가 재무담당인 아사무에게 조치를 해 두겠네. 그까짓 돈이야 얼마가 들어도 상관없으니 말이야. 그 대신 철저하게 정보를 입수하게. 서둘다가 자칫 천추의 한을 남길 수 있을지도 모르니까 말일세."

단호한 후지와라 영주의 명령에 사메지마는 고개를 숙이며 힘차게 복명했다.

"옛, 주군의 뜻에 어긋나지 않도록 반드시 임무를 완수하도록 하겠습니다."

사메지마의 힘찬 대답에 흡족한 듯 후지와라 영주는 만족스런 표정으로 천천히 화제를 바꿨다.

"그건 그렇고 자네는 그 다쿠라는 이방인이 계집이라고 보고하지 않았나?"

순간 사메지마는 당혹스러운 얼굴로 말을 더듬으며 대답했다.

"그게…, 도무지 저로서도 이해가 안 가는지라……. 주군께서도 그 아름다운 미모를 보시지 않으셨습니까?"

"허, 나도 도무지 믿기지 않는다는 말이야. 혹시 그들이 내 체면을 세워 주기 위해 거짓말을 한 것일까?"

"설마, 감히 주군께 곧 들통 날 그런 거짓말을 할 리가 있겠습니까? 아무리 예의가 없는 야만인이라고 해도 말입니다."

후지와라 영주는 아무리 생각해도 모르겠는지 미간을 찡그리더니 사메지마에게 명령을 내렸다.

"흐음~. 자네가 한번 조사해 보게."

영주의 명에 사메지마는 깊숙이 고개를 조아리며 대답했다.

"옛, 그들이 벌써 몇 번인가 목욕을 했다고 하니, 그곳에 배치되어 있는 하녀에게 자세히 알아 보도록 하겠습니다."

사메지마는 마사코가 며칠 지나지 않아, 이방인들의 모든 것을 파헤칠 수 있을 것이라고 생각했다. 하지만 다음 날 마사코의 보고를 들은 사메지마는 기가 막힐 수밖에 없었다.

"뭐라고?"

"옛! 도무지 알아낼 길이 없었습니다."

사메지마는 도저히 믿기지 않는다는 표정으로 마사코를 바라보며 물었다.

"어떻게 그럴 수가 있단 말인가?"

"그들의 용모로 봤을 때, 대국인이 아닌 서역인이 분명하지 않습니까? 그러니 그 둘은 자신들끼리 대화할 때는 서역 말을 쓰는 것 같았습니다. 그러니 제가 아무리 정신을 집중해서 엿들어도 도저히 그들의 말을 이해할 수가……."

"이런, 바보 같은! 그렇다면 너를 투입한 것이 허사가 아니냐?"

사메지마가 벌컥 화를 내자, 마사코는 바닥에 넙죽 엎드리며 고개를 조아렸다.

"임무를 완수하지 못한 소녀를 처벌해 주십시오."

답답한 듯 턱을 쓰다듬으며 좌우로 왔다 갔다 하던 사메지마는 잠시 후, 흥분이 가라앉자 부드러운 목소리로 입을 열었다.

"네 잘못이 아니니 용서를 빌 이유는 없다. 한눈에 봐도 그들이 서역인임이 분명한데 서역어를 할 줄 모르는 너를 붙인…, 나의 실책이다."

한참 말을 하던 사메지마는 황급히 말을 끊었다가 자신의 실수라고 덧붙였다. 그들에게 마사코를 붙인 것은 후지와라 영주였다. 하지만 그걸 입 밖에 낼 수는 없었다. 그것은 바로 후지와라 영주의 무능을 욕하는 것이 되기 때문이었다. 사방이 창호지로 뚫려 있으니, 누군가가 엿들을 수도 있었다. 잘못하면 목이 날아가는 것이다.

"이왕 이렇게 된 것 어쩔 수 없지. 그럼 앞으로 어떻게 한다?"

사메지마는 이방인들의 정체를 알아내기 위해 고민을 하기 시작했다. 사메지마가 고민을 하고 있는 동안 마사코는 무릎을 꿇고 단정히 앉은 채로 끈기 있게 상관의 명령을 기다렸다. 바로 이때 밖에서 굵직한 목소리가 들려왔다.

"민정담당관님, 영주님께서 급히 찾으십니다."

"그래? 알겠다, 곧 찾아뵙겠다고 전해라."

"옛."

사메지마는 더 이상 생각할 여유가 사라지자, 마사코를 향해 지금까지 생각해 낸 것 중에서 가장 그럴듯한 것을 말했다.

"너는 곧장 가서 무술 수련장을 참관하실 생각이 있는지 물어보고, 그들을 그곳으로 데려오너라."

"옛!"

마사코가 방 밖으로 나가자, 사메지마도 영주에게 가기 위해 천천히 방을 나서며 중얼거렸다.

"흐흐흐, 그렇다면 한번 덫을 놔 봐야겠군. 그런 다음 그놈들이 외부와 연락을 주고받는지 지켜보면 될 것이 아닌가? 그들 주위에 닌자를 네 명 정도 붙여 놓으면 충분할 거야. 만약 놈들이 간자라면 조만간에 그 꼬리가 잡히겠지."

사메지마는 짐짓 아주 중요한 곳을 보여 준다는 듯 조심스러운 어조로 아르티어스에게 말했다.
"여기가 무술 수련장입니다."
아르티어스와 묵향은 사메지마의 안내를 받아가며 무술 수련장 여기저기를 구경했다. 영주의 병사들을 훈련시키는 곳이라서 그런지, 무술 수련장의 규모는 상당히 컸다. 궁술 수련장, 창술 수련장, 기마 수련장, 검술 수련장 등 여러 구역으로 나뉘어져 있는 각 수련장에서는 병사들이 무술 사범의 지도를 받으며 구슬땀을 흘리고 있었다. 하지만 묵향이나 아르티어스가 보기에 훈련에 여념이 없는 병사들의 실력은 영 아니올시다였다.
아르티어스와 묵향이 기마 수련장에 도착했을 때, 병사들은 말을 타고 달려가며 검을 휘둘러 장대 끝에 매달아 놓은 짚단을 베는 훈련을 하고 있었다. 훈련의 목적이야 뻔한 것이었다. 말을 타고 달려가며 적의 목을 베는 훈련일 것이다. 병사들이야 비 오듯 땀을 흘리며 연습을 하고 있었지만, 고도의 무공을 익힌 묵향에게 있어서 그건 아이들 장난이나 다름없는 것이었다. 묵향은 도저히 참지 못하겠다는 듯 아르티어스를 향해 궁시렁거렸다.
"여기 말고 딴 데를 좀 보여 달라고 해 봐요. 이거 영~, 유치해서 못 봐 주겠네."

"네가 보기에도 좀 그렇지? 네 밑에 있던 팔시온이나 뭐 그런 놈들 보다가 저 놈들 보자니 정말 한심하구먼. 알았다, 내 이 원숭이 놈에게 물어보지."

자랑스러운 표정으로 기마병들의 훈련을 지켜보고 있는 사메지마에게 아르티어스는 은근슬쩍 물었다.

"이봐, 사메지마 상. 이런 거 말고 좀 더 대단한 볼거리는 없나? 여기 있는 병사들의 실력도 꽤 좋은 듯하지만, 아무래도……."

아르티어스의 말에 사메지마는 드디어 덫에 걸렸다고 내심 쾌재를 불렀다. 사실 무술 수련장은 보안이 철저한 영지의 중요 거점 중 한 곳이었다. 수련장의 시설이나 병사들의 훈련 모습을 보면 영지 병사들의 질과 수를 어느 정도 짐작할 수 있기 때문이다. 하지만 확실히 저 둘의 표정을 봤을 때, 이 정도는 양에도 안 차는 모양이었다.

'만약 이들이 간자라면 도대체 어디서 보낸 것일까? 미나모토? 이시와라? 아니야……. 그들이 저렇듯 눈에 띄는 이방인을 간자로 보낼 이유가 없지. 그렇다면 혹시 간바쿠가 보낸 것일까? 흠, 나중에 두고 보면 알겠지.'

사메지마는 짐짓 시치미를 떼며 입을 열었다.

"핫핫핫, 아무래도 병사들의 훈련 모습이 귀하들의 눈에는 차지 않았던 모양이군요. 그렇다면 사사키 겐지 선생을 만나 보시겠습니까?"

"사사키 겐지? 그자는 뭐 하는 사람이오?"

"예, 북진일도류의 달인이시지요."

그제서야 아르티어스는 알아들었다는 듯 고개를 끄덕였다.

"흠, 북진일도류라. 혹시 어제 내 아들한테 패한 무사도 북진일도류를 배웠다고 말한 것 같은데, 내가 잘못 들은 거요?"

"아, 맞습니다. 바로 그 무사를 가르친 분이죠."

사메지마가 말하는 자의 실력이 대충 짐작이 되자, 아르티어스는 시큰둥한 표정으로 입을 열었다.

"그 무사의 실력을 보아하니, 스승의 실력도 그리 뛰어난 것처럼 생각되지는 않는데……."

"그 무슨 실례의 말씀을, 사사키 겐지 선생은 영주님께서 특별히 초빙해 온 아주 이름 높은 검객이십니다. 연 수입이 무려 5백 코쿠나 나오는 토지까지 하사하시고, 이곳 성내에 도장을 열게 하셨소. 그분이 여기 정착한 지 겨우 4년 정도밖에 되지 않았기에 어제와 같은 결과가 나왔을 뿐이죠."

아르티어스는 그렇다면 얘기가 달라진다는 듯 흥미로운 표정으로 사메지마를 보았다.

"호오, 그렇다면 기대가 되는데?"

사메지마는 성안에 마련되어 있는 작은 무술 도장으로 묵향과 아르티어스를 안내했다. 무술 도장 안에는 20여 명의 청년들이 땀에 흠뻑 젖은 채 목검을 휘둘러 대며 검술 수련에 여념이 없었다. 그들을 보던 사메지마는 자부심 어린 어조로 말했다.

"여기에서 수련하는 대부분의 청년들이 우리 영지 내에서 촉망받는 인재들이지요. 모두들 뛰어난 집안의 자제들이거든요. 아마 10년도 채 안 되어 우리 영지를 이끌어 갈 기둥들로 성장하게 될 겁니다."

묵향이 같잖다는 듯 빙글거리며 주위를 둘러보고 있을 때, 청년들을 지도하고 있던 한 젊은이가 목검을 쥔 채 다가왔다. 그는 사메지마를 보고는 반갑게 인사를 하며 물었다.

"사메지마 상이 아니십니까? 여기는 어쩐 일이십니까?"

그러자 무술 수련장에서 왠지 자신들을 얕보는 듯한 아르티어스의 말에 자존심이 상했던 사메지마는 약간은 상기된 표정으로 물었다.

"사사키 선생은 어디에 계신가?"

"스승님께서는 지금 자리에 안 계십니다. 혹시 전하실 말씀이라도 있으십니까?"

사메지마는 안타까운지 내심 한숨을 내쉬었다. 하지만 그런 감정을 얼굴에 드러내지는 못했다. 어쨌건 지금 두 사람은 영주의 귀한 손님이 아닌가?

"그게 아니라 여기 계신 손님들이 도장을 구경하고 싶다고 하셔서 모시고 왔다네. 두 분 다 영주님의 귀하신 손님이시거든."

사메지마는 약간은 낙담한 표정으로 뒤로 돌아서려 했다. 자신이 믿고 있던 사사키 선생이 없다면 더 이상 이곳에 있을 이유가 없었기 때문이다. 그런데 그런 사메지마의 표정을 오해라도 했는지 그 젊은이가 빙그레 웃으며 입을 열었다.

"혹시 검술을 배우시려고 하시는 건가요? 스승님께서 안 계실 때는 제가 문하생들을 가르치고 있으니 큰 문제는 없을 것 같습니다만."

젊은이가 그렇게 생각한 것도 무리는 아니었다. 자신이 모시는 사사키 겐지 스승은 이 일대뿐만 아니라 야마토 전역에서도 꽤 알

아주는 실력자였다. 그렇기에 일반인의 출입을 금하는 성내에 도장을 열기 전에는 수많은 젊은이들이 그에게 한 수 가르침을 받기 위해 몰려들었을 정도였다. 그리고 이 젊은이는 스승이 여기에 자리를 잡기 훨씬 전부터 그에게서 배운 수제자였던 것이다.

"그건 아닐세. 둘 다 상당한 실력자들이니까 말이야."

"실력자라구요?"

젊은이는 묵향과 아르티어스를 새삼스럽다는 듯 다시 한 번 바라봤다. 이방인임이 확실한 생김새. 특히나 황금빛 머리카락을 허리까지 길게 늘어뜨린 소녀는 너무나도 아름다웠다. 젊은이는 자신도 모르게 침을 꿀꺽 삼킨 후에, 묵향과 아르티어스에게 말했다.

"이쪽으로 오셔서 천천히 구경하시지요. 혹시 구경하시면서 다과라도 드시겠습니까?"

그 말에 아르티어스는 됐다는 듯 손사래를 치며 나지막한 목소리로 입을 열었다.

"다과는 됐고, 술이나 있으면 주게나. 목이 컬컬하구만."

아르티어스는 아무 생각 없이 한 말이었지만, 그게 젊은이가 듣기에는 그렇지 않았던 모양이었다. 젊은이는 노기를 억누르며 대답했다.

"술…, 이라구요? 실례하지만, 여기는 신성한 수련장입니다. 술 따위를 준비해 놓지는 않습니다."

그 말에 아르티어스는 기분이 팍 상했다. 드래곤으로서 떵떵거리며 살다가 여기 오니까, 왜 이렇게 싸가지 없게 구는 놈들이 많은지……. 순간 아르티어스의 머리에 기가 막힌 생각이 떠올랐다. 안 그래도 심심해 죽겠는데, 이 싸가지 없는 놈을 제물로 삼아 재

미나 보면 어떨까? 잽싸게 머리를 굴린 아르티어스는 일부러 퉁명스럽게 대꾸했다.

"그런가? 별로 대단한 것을 수련하는 것 같지도 않은데, 되게 까다롭게 구는구만. 역시 실력도 없는 것들이 이것저것 따지는 게 많단 말이야. 뭐 없다면 별수 없지. 그럼, 과자라도 주게."

아르티어스의 말을 듣고, 젊은이는 더 이상 치솟는 화를 참을 수가 없었다. 아르티어스의 말은 도장의 문하생은 물론이고, 자신의 스승까지 싸잡아서 욕을 하는 것이었기 때문이다. 하늘같은 스승님을 욕하는 놈을 어떻게 가만히 놔둘 수 있다는 말인가? 젊은이는 이들이 영주의 손님이라는 것도 잊을 만큼 화가 머리끝까지 치밀었다.

"그렇게 잘났으면 실력으로 증명해 봐라!"

아르티어스는 젊은 호비트가 자신이 던진 먹이를 덥석 무는 것을 회심의 미소를 짓고 바라봤다.

'역시 하녀의 기억을 읽은 것은 너무나도 잘한 일이었어. 호비트의 관습만 안다면 가지고 노는 것은 식은 죽 먹기보다 더 쉽단 말이야.'

아르티어스는 슬쩍 묵향에게로 시선을 돌리며 말했다.

"애야, 쟤가 방금 나에게 뭐라고 했는지 아냐?"

아르티어스의 말에 묵향은 별 관심도 없다는 듯 시큰둥하게 대답했다.

"글쎄요. 왜 갑자기 화를 벌컥 내는 거죠?"

"네가 너무나도 예뻐서 첫눈에 반했다고, 혹시 자신하고 결혼할 수 없겠느냐고 묻더구나."

아르티어스의 말에 묵향은 기가 막힐 수밖에 없었다. 그리고 더불어 아르티어스가 뭐라고 대답했는지도 몹시 궁금했다. 무슨 대답을 들으면 저렇게 화가 나서 펄펄 뛰게 되는 것일까?

"그래서 아빠가 뭐라고 대답했기에 저 자식이 저러는 거예요?"

"뭐라고 대답하기는, 이 녀석은 내 아들이기에 당신과는 결혼할 수 없다고 했지. 그랬더니 저놈이 펄펄 뛰면서 그러는구나. 사내자식이 재수 없게 계집애처럼 생겨가지고 사람 헷갈리게 한다고 말이야."

능청스러운 아르티어스의 말에 묵향은 화가 머리끝까지 치밀어 올라서 외쳤다.

"뭐, 뭐라구요? 이런 빌어먹을 새끼가! 누구는 좋아서 이 꼴을 하고 다니고 있는 줄 알아?"

그러자 아르티어스는 젊은이를 향해 능청스레 말했다.

"우리 애가 그러는데, 꼴값 떨지 말고 가만히 있으래. 쉽게 말해, 그 정도 얄팍한 실력을 믿고 까불지 말고 찌그러져 있으라는 거지."

아르티어스의 말을 들은 젊은이는 잠시 멍하니 서 있었다. 도저히 생각지도 못했던 이방인의 말에 정신을 차리기 어려울 정도의 모욕감을 느꼈던 것이다. 치솟는 분노에 치를 떨던 젊은이는 이내 싸늘한 안색으로 이방인 소녀를 째려보기 시작했다.

그것을 옆에서 지켜보고 있던 사메지마는 기가 막힐 수밖에 없었다. 사태의 진전을 옆에서 지켜보고 있던 그는 일견 말려야 한다는 생각도 했다. 하지만 그는 말리지 않았다. 왜냐하면 저 소녀는 어제 영주의 무사를 박살 냄으로써 주군의 체면에 먹칠을 한 상태였다. 그것을 복수할 수 있는 절호의 기회가 아닌가? 저 젊은이는 어제 싸운 야스다보다 몇 등급 높은 검객이었다. 그리고 또 한편으로는 저 아름다운 미소년의 진정한 실력이 어느 정도인지 확인하고 싶다는 마음도 조금이나마 있었다.

사메지마가 묵인하고 있는 가운데 일은 일사천리로 진행되고 있었다. 젊은이는 목검을 묵향에게 던져 주며 분노에 찬 어조로 중얼거렸다.

"계집이라고 봐 주지 않을 테니 각오해라."

그런 다음 묵향의 앞에 목검을 들고 서서 낮은 어조로 분노를 억누른 채 말했다. 어찌 되었건 공식 시합에는 예법을 무시할 수 없었기 때문이다. 하지만 그의 목소리는 치솟는 분노 때문인지 약간 떨리고 있었다.

"나는 사사키 겐지 선생님의 수제자 유스케라고 하오. 아직 수련하는 중이지만, 스승에 대한 무례는 참을 수 없기에 그대에게 승부를 청하는 바이오."

묵향은 더 이상 참을 수 없다는 듯, 상대의 말이 채 끝나기도 전에 이죽거렸다.

"새꺄! 알아듣지도 못할 욕 그만하고 빨리 덤벼! 반쯤 죽여 줄 테니까."

곧이어 벌어진 대결에 사메지마는 경악감을 감출 수 없었다. 복수를 해 줄 거라고 믿어 의심치 않았던 유스케는 제대로 검을 휘둘러보지도 못하고, 묵향의 목검에 머리통을 정통으로 맞고 뻗어 버린 것이다. 이미 뻗어 버린 상대를 묵향은 무자비하게도 목검으로 녹신녹신하게 두들겨 패기 시작했다.

그 모습에 사메지마는 치를 떨 수밖에 없었다. 이미 상대가 패했음에도 불구하고 무자비하게 두들겨 패다니, 저 소년의 잔인한 행동은 사메지마가 알고 있는 무사도(武士道)로서는 도저히 이해를 할 수 없었다. 사메지마의 뇌리에 묵향은 아주 잔인한 소년으로 각인되는 순간이었다.

퍽! 퍽! 퍽!

"새꺄! 주제 파악을 해야지. 그 실력으로 내 앞에서 까불어? 오늘 어디 한번 죽어 봐라!"

잠시 입을 쩍 벌린 채 경악하고 있던 사메지마는 정신을 수습하자마자 아르티어스에게 사정하듯 말했다.

"아루테에스 상, 아드님을 좀 말려주십시오. 저러다가 사람 잡겠습니다."

박력 있게 패고 있는 묵향의 모습을 좋아라 보고 있던 아르티어스는 마지못해 묵향에게 말했다.

"얘야, 좀 봐줘라. 그 녀석이 상처를 크게 입으면 내가 영주를 볼 낯이 없잖냐?"

그 말에 묵향은 잠시 손을 멈추었다가 손에 힘을 주어 모질게 한 대 더 두들겨 팬 후, 목검을 던져 버리고는 손을 탈탈 털면서 말했다.

"언제 아빠가 그런 걱정한 적 있어요? 에잇, 젠장. 기분전환이라도 할 겸해서 왔다가 기분만 잡쳤네."

이따만큼 큰 사케

 묵향과 아르티어스는 무사의 안내를 받으며 자신들의 방에 도착했다. 드르륵 방문을 열자 깨끗하게 정돈된 방 안의 모습이 보였다. 묵향은 방 안으로 들어서며 아르티어스에게 퉁명스럽게 말했다.
 "젠장! 나, 본래 모습으로 되돌아갈래요."
 "뭐, 뭣? 갑자기 왜 그러냐? 아들아."
 "이런 모습을 하고 있는 것도 다 아빠께 효도한다는 일념으로 하고 있는 거였다구요. 그런데 그런 빌어먹을 놈한테까지 계집애 같다는 둥 모욕을 당하면서까지 이러고 다녀야 하겠어요? 아빠도 한번 생각을 해 보시라구요."
 "에…, 그러니까……."
 아르티어스는 잠시 대꾸할 말을 찾다가 일단 이 자리를 벗어나는 것이 급선무라는 결론을 내렸다.

대꾸할 말을 찾을 길도 없을뿐더러, 또 그놈의 싸움도 순전히 재미로 자기가 붙인 것이 아닌가. 이럴 때는 묵향의 신경질이 가라앉을 때까지 시간을 끄는 것이 최선의 방법이었다. 아르티어스는 짐짓 인상을 찡그리며 다급한 목소리로 말했다.

"잠시만 기다리거라. 내 화장실에 좀 갔다 와야겠다. 그 얘기는 나중에 하자꾸나."

아르티어스는 모든 것을 시간이 해결해 줄 것으로 믿으며 쏜살같이 도망쳐 버렸다. 그 때문에 묵향은 하릴없이 아르티어스를 기다려야만 했다. 다른 데 정신을 돌릴 만한 것도 없는 데다가 협상을 해야 할 상대자마저 화장실에 가 버렸으니 어쩔 것인가?

묵향은 멀뚱멀뚱 천장만 보고 있다가, 무럭무럭 솟아오르는 짜증을 더 이상 참지 못하고 밖에다가 대고 외쳤다.

"마사코!"

"하이!"

곧이어 나긋나긋한 대답 소리가 들리더니, 문이 드르륵 열리며 마사코가 살그머니 들어와서는 공손히 무릎을 꿇고 앉아 말했다.

"난노 요우데스까?"

"젠장! 무슨 소리를 지껄이는지 알 수가 있어야지."

바로 그때, 묵향의 머리에 둥루젠처럼 여기서도 술을 사케라고 한다는 것이 떠올랐다. 안 그래도 답답한 김에 술을 마시고 싶다는 뜻을 전하려고 부른 것이었기에 묵향은 지체 없이 말했다.

"마사코, 사케! 사케 가져와. 알았어? 사케 말이야."

발음이 이상하여 주인이 뭘 말하는 것인지 알아들을 수 없었던 마사코는 고개를 갸웃거리며 나긋나긋한 어조로 되물었다.
"싸케? 모우 이찌도 하나싯데 쿠다사이."
"이런 젠장할! 사케 말이다. 사케."
그러면서 묵향은 손으로 술을 마시는 것 같은 시늉을 했다. 마사코는 묵향이 손을 입으로 가져가며 싸케라고 하자, 그제서야 묵향이 술을 원한다는 것을 알았다.
"쇼-쇼- 오마찌 쿠다사이."
마사코는 부드러운 어조로 대답한 후, 곧장 밖으로 나갔다. 홀로 남겨진 묵향은 고개를 갸웃하며 중얼거렸다.
"이런 젠장, 제대로 전달되었는지 모르겠네. 하기야 조금만 기다려 보면 알겠지. 그건 그렇고, 아버지는 화장실 간다면서 왜 이렇게 안 와?"
잠시 후 마사코는 살며시 문을 열더니 작은 상에다가 술과 약간의 안줏거리를 가지고 들어왔다. 묵향은 술잔을 보더니 기가 막힌다는 듯 투덜거렸다.
"젠장! 이 콩알만 한 잔으로 어떻게 마시라는 말이야? 술병도 작고, 술잔도 작군. 이걸로 술 마시다가는 속 터져서 죽겠다."
어이가 없었는지 한숨을 내쉬던 묵향은 마사코에게 다시 말했다.
"헤이, 이봐. 이거보다 좀 더 큰 술잔 없어? 젠장, 좀 더 큰 술잔 말이다."
한동안 의사소통을 시도해 봤지만, 도무지 전달할 방법을 찾지 못한 묵향은 끓어오르는 짜증을 억지로 참으며 중얼거렸다.
"내가 앓느니 죽지."

이따만큼 큰 사케 277

묵향은 더 이상 마사코와 대화하기를 포기하고 곧장 술병을 집어 들었다. 술병은 엄청나게 뜨거웠다. 묵향은 급히 내공을 끌어올려 손을 보호했다. 하지만 묵향이 그런 식으로 무공을 사용할 줄 안다는 것을 알 턱이 없는 마사코는 화들짝 놀라며 급히 작은 수건을 건넸다. 아마도 뜨거우니 이것을 감고 술병을 잡으라는 말인 것 같았다.

묵향은 그것을 본체만체한 상태에서 그 뜨거운 술을 입속에 그냥 털어 넣었다. 하지만 술병은 주둥이가 좁아서 그런지 정말 감질나게 흘러 나왔다. 묵향이 술을 마시는 모습을 옆에서 지켜보며 마사코의 눈은 점점 더 커지고 있었다. 보통 사람이 저렇게 마셨다가는 입 안에 화상을 입기 딱 좋다는 것을 알고 있었기 때문이다.

"에잇! 젠장. 이거 감질나서 마시겠나!"

묵향은 오른손으로 술병을 잡은 채, 투덜거리더니 갑자기 왼손을 획 휘둘렀다. 그와 동시에 마사코의 눈은 더 이상 커질 수 없을 만큼 화등잔만 해졌다. 저 아름다운 소년이 수도(手刀)로 술병의 목을 날려 버렸기 때문이다.

물론 오랜 시간 수련을 쌓은 인물이라면 그 정도는 어렵지 않을 것이다. 또, 마사코도 자신이 알고 있는 몇몇 인물들이 자신의 힘을 과시하기 위해 정신 집중을 하고는 기합성을 내지르며 병목을 날리는 장면을 몇 번인가 본 적도 있었다. 그렇지만 저 소년처럼 전혀 힘도 안 들이고 마치 장난치듯 잘라 버리는 것 같은 모습은 결단코 본 적이 없었다.

"헉!"

마사코는 낮은 비명 소리를 질렀다. 그제야 그녀는 잘려 나간 술병의 끝부분을 봤던 것이다. 그것은 명검(名劍)으로 자른 듯 매끈하게 잘려져 있었다. 마사코는 짐짓 쓰레기라도 치우듯 그것을 주워들었다.

하지만 묵향은 마사코에게 신경도 쓰지 않고 술병의 목을 날려버린 후, 곧장 그것을 입으로 가져갔다.

꿀꺽, 꿀!?

묵향은 아쉬운 듯 입맛을 다시며 목이 날아간 술병을 옆에 내려놓고 투덜거렸다.

"이런 젠장, 어떻게 된 게 한입거리도 안 되냐? 이봐, 마사코!"

"하이."

묵향은 뭔가를 껴안듯 두 팔을 앞으로 끌어안는 시늉을 하며 마사코에게 말했다.

"이따만큼 큰 사케!"

하지만 마사코는 묵향이 하고자 하는 말을 이해하지 못해서 고개를 갸웃거릴 뿐이었다. 물론 상대가 술을 원한다는 것은 알았지만, 저 몸짓이 뭘 뜻하는지 도무지 이해가 가지 않았던 것이다.

묵향은 잠시 생각하다가 이번에는 다른 방법을 동원했다. 술이 가득 찬 큰 술통을 원했지만, 도무지 알아듣지도 못하니 이번에는 양이 아닌 숫자로 승부하기로 한 것이다. 마사코의 눈앞에 열손가락을 쫙 펴 보이며 말했다.

"이봐, 사케 이만큼!"

마사코는 잠시 망설이는 듯했다. 주인이 뭘 원하는 것인지 이제 명확해졌지만, 아무래도 그 많은 술을 어떻게 혼자 마신단 말인가? 사실 엄청나게 퍼마시는 남자도 있기는 했다. 하지만 저 여려 보이는 묵향의 모습을 보며, 마사코는 설마 그만큼 많은 술을 마실 수 있을 거라고는 감히 상상도 할 수 없었다. 그렇지만 어쨌건 자신의 주인이 하는 명령이었기에 마사코는 고개를 숙이며 대답을 해야 했다.

"하이, 와카리마시타."

마사코가 밖으로 나간 후, 묵향은 낄낄거리기 시작했다.

"히힛, 진작에 이렇게 했으면 될 것을, 이런 쉬운 방법을 몰라서 여태껏 술 한 방울도 못 먹었다니 말이야."

한 20분 정도 흘렀을까? 마사코는 낑낑거리며 커다란 술항아리를 하나 들고 들어왔다. 거친 문양에 싸구려처럼 보이긴 했지만, 어쨌건 항아리에는 술이 가득 들어 있었고, 마시기 좋게 적당히 데워져 있었다.

"오오오, 그래! 내가 원한 게 바로 이거였어. 바로 이거였다구."

묵향이 항아리를 받아들고 좋아하는 모습을 보며, 마사코는 자신이 제대로 주인의 뜻을 이해했다고 생각하며 가볍게 한숨을 내쉬었다.

묵향은 그때부터 기분 좋게 술을 마셔 대기 시작했다. 안 그래도 목을 잘라 버린 술병이 하나 있으니, 좀 더 큰 술잔을 달라는 둥 그딴 주문은 할 필요도 없었다.

"망할 놈, 아무리 내 모습이 이래도 그렇지. 그걸 대놓고, 계집처럼 생겨서 헷갈린다고 사람 속을 긁어 대다니. 에잇, 젠장! 영주에게 신세지고 있지만 않았으면 아예 가죽을 벗겨 놓는 거였는데……."

안 그래도 오랜만에 마시는 술인 데다가 적당히 화까지 난 상태였기에 묵향의 술 마시는 속도는 놀라움을 넘어서서 마사코를 경악하게 만들기에 부족함이 없었다.

바로 이때, 문이 약간 열리며 아르티어스의 눈이 보였다. 아르티어스는 묵향의 눈치를 보기 위해 살짝 문을 연 것이었지만, 안에서 묵향이 한창 술을 마시며 좋아라 하고 있자 문을 활짝 열고 씩씩거리며 들어왔다. 아르티어스는 묵향의 뒤통수를 세차게 후려갈기며 말했다.

"술을 구했으면 나를 불렀어야 할 거 아냐? 네 녀석은 효심도 없냐? 혼자서만 마시고 있게."

"호오, 화장실 가신 거 아니었어요? 무슨 화장실을 반 시진 동안이나 계시다니 꽤 덩어리가 컸나 보죠?"

대답할 말이 궁색해진 아르티어스는 애꿎은 마사코에게로 시선을 돌리며 외쳤다.

"이봐, 큰 잔 하나 가져와라. 크면 클수록 좋다."

"하이."

마사코가 대답과 함께 방밖으로 나가자 아르티어스는 묵향에게 물었다.

"그런데 술을 어디서 구했냐?"

"마사코 보고 사케 달라니까 그냥 가져다주던데요? 근데 해적 놈들도 술을 사케라고 부르고, 여기서도 사케라고 하는 것 같더라구요. 양쪽 다 이런 독특한 술을 담가 먹는 걸 보면 아주 흥미롭지 않아요?"

묵향의 말에 아르티어스는 한숨을 푹 내쉬며 말했다.

"이렇게 무식할 수 있다니……. 그건 해적 놈들이 이곳에서 술을 노략질해 갔기 때문에 그런 거야."
"아! 그래서 여기나 거기나 다 사케였군요."

마사코가 새로운 주인들의 술시중에서 벗어난 것은 무려 네 항아나 되는 술을 나른 후였다. 마사코는 욱신거리는 팔을 주무르며, 묵향이 잘라 버린 술병을 가지고 사메지마에게로 달려갔다.
사메지마는 마사코가 소중한 물건이라도 되는 듯 조심스럽게 내민 것이 잘라진 술병인 것을 보고 이맛살을 찌푸리며 퉁명스럽게 물었다.
"이게 뭐냐?"
"옛, 오늘 저의 주인님이 수도를 이용하여 가볍게 자른 것입니다. 이런 식으로 거의 힘도 들이지 않고 잘랐습니다."
마사코의 설명을 듣고 사메지마는 입을 쩍 벌릴 수밖에 없었다. 마사코의 손짓은 분명히 수도로서 이 술병을 잘랐다는 것을 뜻하고 있었다. 하지만 이게 수도로 자른 것이라니? 어떻게 무기도 사용하지 않고 술병을 이렇게도 매끄럽게 자를 수 있는지 사메지마는 도저히 이해할 수가 없었다.
"다쿠라는 소년은 상상도 할 수 없을 만큼 가혹한 훈련을 받은 병법자(兵法者 : 무예 수련자)인 것 같았습니다. 소녀가 알기로는 웬만한 수련 정도로는 그만한 나이에 그 정도 수준의 무예를 익힐 수가 없기 때문입니다."
마사코의 설명에 사메지마는 혀를 내두를 수밖에 없었다. 그 붉은 머리의 청년이라면 몰라도, 어떻게 그런 미소년이 저토록 가공할 만한 무예를 익힐 수 있단 말인가?

"놀랍군. 내일 사사키 선생을 불러서 한번 확인을 해 봐야겠어. 도대체 어느 정도 수련을 쌓으면 이렇듯 술병을 손으로 무 자르듯 자를 수 있는지 말이야. 하여튼 내가 예상한 것보다 훨씬 무예가 고강한 것만은 사실인 것 같군. 수고했다, 마사코."

"별말씀을 다 하십니다, 사메지마 사마. 제 의무를 다했을 뿐입니다."

사메지마는 잘린 술병 조각을 이리저리 살펴보며 마사코에게 다른 질문을 던졌다.

"그래, 여태껏 오랫동안 시중을 들었는데 혹시 그들의 약점 같은 것은 발견한 것이 없나? 여자를 밝힌다든지, 혹은 돈을 좋아한다든지 말이야."

"이방인들이 둘 다 술을 아주 좋아한다는 것 외에는 아직까지 알아낸 것이 없습니다. 사실 그들은 한 방을 쓰고 있지 않습니까? 만약 그들 중에 한 명이 저와 베게를 함께하고 싶다고 해도 한 방을 쓰고 있는 이상 힘들 것입니다."

사메지마는 쳐다보던 술병 조각에서 시선을 떼어 마사코를 바라보며 입을 열었다.

"흐음, 그것을 미처 생각하지 못했군. 당장 그들이 각방을 쓸 수 있도록 조처해 주지."

"옛, 그리고 돈 말씀이온데……."

"돈? 돈이 왜?"

"아루테에스라는 그 붉은 머리의 이방인이 가지고 온 궤짝 말입니다."

"그래, 나도 알고 있다. 별로 대수롭지 않은 듯 방에다가 던져놓고 돌아다니기에 별로 신경을 쓰지 않았는데, 뭐 특별한 점이라도 발견했나?"

"옛, 그들이 자리를 비운 틈을 타서 살짝 열어 봤습니다. 그랬더니 놀랍게도 그 안에 금덩어리가 잔뜩 들어 있었습니다."

사메지마는 이해할 수 없다는 듯 급히 되물었다.

"금? 금이 말이냐?"

"예, 자세히는 알수 없으나 대략 보기에는 1천 냥(兩)은 족히 되어 보였습니다."

"네가 잘못 본 것은 아니냐? 아루테에스 상은 아주 가볍다는 듯한 손으로 가볍게 껴안고 다니던데, 어떻게 금이 자그마치 1천 냥이나 들어 있을 수 있다는 말이냐? 그 정도면 두 사람이 들고 다니기에도 벅찰 정도로 무거울 텐데……."

"물론입니다, 사메지마 사마. 소녀가 한번 무게를 측정해 보려고 했습니다만, 간신히 들 수만 있었을 뿐 무게의 측정까지는 엄두도 낼 수 없었습니다."

"그랬을 테지, 금이 1천 냥이라면 그 외에 두꺼운 궤짝의 무게까지 합해서 최소한 열세 관(약 48킬로그램)은 족히 될 거야. 여자 혼자서 들기에는 무리가 있겠지. 허~참, 그렇다면 그들의 말대로 상인과 연관이 있는 것인가? 간자가 그렇게 많은 금을 들고 다닐 턱이 없으니 말이야."

혼자서 고개를 끄덕거리며 중얼거리던 사메지마는 문득 자신의 앞에 마사코가 무릎을 꿇고 앉아 있음을 깨닫자 그녀에게 말했다.

"너는 가 보도록 해라. 그동안 수고 많았구나. 많은 도움이 되었다."

"감사합니다, 사메지마 사마."

"특히 그 다쿠라는 소년 앞에서 행동거지를 조심해야 할 것이다. 오늘 보니까 아주 잔인무도하기 그지없는 성격인 것 같던데, 잘못하면 큰일 나겠더구나."

"명심하겠습니다, 사메지마 사마."

마사코가 떠나고 난 후 사메지마는 이해할 수 없다는 듯 고개를 갸우뚱 하며 중얼거렸다.

"흠, 이상하군. 마사코에게서 흘러나오는 정보를 종합해 본다면 그들이 결코 간자일 리가 없어. 황금을 열세 관이나 가지고 다닌다? 그렇게 엄청난 양의 금을 가지고 다닌다면 상인일 가능성이 아주 크겠지? 그렇게 많은 금을 개인이 들고 다닌다는 것은 상상할 수가 없으니까 말이야. 하지만 후쿠오카 쪽에서 보내온 정보로는 전혀 걸리는 것이 없으니 그들이 정식 계통으로 들어온 것 같지는 않은 듯한데……. 그렇다면 이제 어떻게 한다?"

싸움 구경이 최고

다음 날 아침, 아르티어스는 심심한지 하품을 길게 한 다음 묵향에게 말을 걸었다. 묵향은 명상을 하는 듯 가부좌를 틀고 앉아서 지그시 눈을 감고 있었다.

"애야, 우리 산책이나 할래? 어제 보니까 내성 안쪽으로 꽤 근사하게 정원을 만들어 놨던데 말이야."

"혼자 가시면 안 되겠어요? 나는 지금 바쁘다구요."

"바쁘기는 뭐가 바빠? 새벽부터 계속 그러고 있었잖냐? 그리고 이 애비를 위해서 시간을 좀 내줄 수도 있잖냐?"

묵향은 뭐라고 한마디 쏘아 줄까하다가 한숨을 푹 내쉬며 어쩔 수 없다는 듯 대답했다.

"에구, 알겠어요. 가시죠."

아르티어스와 함께 간 정원은 아담하게 꾸며져 있었다. 잘 가꾼 나무들로 둘러싸인 정원이 중앙 부분에는 작은 연못이 있었고, 그 옆에는 석탑이 놓여져 있었다. 그야말로 한눈에 쏙 들어 올 정도로 아기자기한 느낌이었다. 중원이나 저쪽 세계에 있었을 때는 마치 숲과 같은 울창한 모습의 정원을 숱하게 보아 왔던 묵향이었기에 이런 형태의 정원이 신기하게만 보였다.

아르티어스와 묵향이 재미있다는 듯 두리번거리며 정원을 산책하고 있을 때, 뒤쪽에서 큰 소리가 들렸다.

"너를 이 꼴로 만든 게 저놈이냐?"

묵향이 돌아보니 그쪽에는 어제 자기에게 실컷 두들겨 맞은 유스케라는 사내가 난처한 듯 서 있었다. 그리고 그 옆에는 한 자루 잘 벼린 칼날처럼 날카롭게 보이는 사내가 함께 서 있었다. 아르티어스는 웬 인상 험악한 놈이 자신을 가리키며 말하자, 곧 눈치를 채고 느긋한 표정으로 대꾸했다.

"내가 아니라 이쪽이야. 애가 그랬지."

그 말에 사내는 어이가 없다는 듯 유스케에게 물었다.

"저자의 말이 사실이냐?"

유스케는 순간 얼굴이 벌개졌지만, 스승의 날카로운 눈을 속일 수 없음을 깨닫고, 고개를 푹 숙이며 웅얼거렸다.

"예, 맞습니다."

그 말에 사내는 유스케의 뒤통수를 호되게 갈기며 꾸짖었다.

"이런 병신 같은 자식! 저따위 계집에게 당했다는 말이냐? 내 얼굴과 유파에 먹칠을 하다니."

사내는 아르티어스를 향해 정중히 고개를 숙이며 말했다.

"제 이름은 사사키 겐지라고 합니다. 제대로 알지도 못하고 찾아와 소란을 피우고, 평화로운 시간을 방해해서 죄송합니다."

그런 다음 사사키 선생은 사색이 되어 있는 수제자에게 냉혹한 눈빛을 보내며 말했다.

"바보 같은 놈, 따라오너라."

유스케는 마지못해 사사키 선생을 따라 발걸음을 옮기기 시작했다. 어제 얼마나 두들겨 맞았는지, 유스케는 절뚝거리며 힘겹게 스승을 따라가고 있었다. 그것을 옆에서 지켜보고 있던 묵향은 궁금한 듯 아르티어스에게 물었다.

"왜 저러는 거예요? 뭣 때문에 왔다가 인사만 하고는 그냥 가는 거예요? 되게 웃기는 놈들일세."

그 말에 아르티어스는 아무 생각 없이 대답했다. 만약 이 사실을 알면 묵향이 또다시 사내의 모습으로 돌아가겠다고 강짜를 부릴 것이 뻔한데도…….

"아, 어제 너한테 박살 난 데 대한 복수를 하려고 왔던 모양이야."

묵향은 이해할 수 없다는 듯 되물었다.

"그런데 왜 그냥 가는 거죠?"

"저 녀석이 스승인 모양인데, 네 모습을 척 보더니 계집에게 박살 났다면서 저렇게 펄펄뛰는 거란…, 억?"

한참 얘기하던 아르티어스는 그제서야 어제 묵향의 반응이 떠올랐는지 황급히 입을 다물었다. 하지만 묵향은 이미 모든 것을 다 듣고 난 다음이었다. 묵향은 큰 소리로 외치며 그 망할 놈들을 쫓아갔다.

"야, 새꺄! 거기 섯! 이거 알고 보니 제자라는 놈이나 스승이라는 놈이나 똑같은 놈들 아냐? 그래, 너 오늘 기분도 꿀꿀한데 잘 걸렸다."

사사키 선생은 뒤가 소란스럽자 슬쩍 뒤를 돌아봤다. 그러자 노랑머리의 외국 계집이 삿대질을 해 대며 쫓아오는 것이 보였다. 아무래도 쫓아오는 꼴을 보아하니 결코 좋은 뜻으로 자신을 부르는 것 같지는 않았기에 그는 발걸음을 멈추고 날카로운 눈빛으로 소녀를 바라봤다.

"무례함에 대한 사과는 충분히 했다. 그런데 왜 따라오는 것이지?"

뭔가 말을 하려고 하던 묵향은 갑자기 생각났다는 듯 투덜거렸다.

"이런 빌어먹을! 이거 말이 통해야 뭘 해 먹지."

이런 때는 아르티어스밖에 없지 않은가? 묵향은 뒤에서 느긋하게 걸어오고 있는 아르티어스를 향해 날카로운 어조로 외쳤다.

"아빠! 이리 빨리 와욧!"

그제서야 아르티어스는 허겁지겁 달려와서 물었다.

"왜 그러냐?"

"저 자식이 분명히 내가 계집이라면서 투덜거렸다고 했죠?"

"물론이지."

묵향은 팔짱을 끼고 사사키라는 사내를 노려보며 말했다. 표정으로 보아 어지간히 화가 난 듯했다.

"저놈에게 나는 남자라고, 계집이라고 부른 것을 사과하라고 해요."

싸움 구경이 최고 289

"어? 으응, 알았다."

아르티어스는 사내를 향해 빈정거리는 투로 천천히 야마토어로 말했다. 하지만 그가 통역한 말은 묵향이 전해 달라고 한 말과는 완전히 달랐다. 왜냐하면 아르티어스는 싸움 구경을 포기할 수 없던 것이다. 설혹 뒤에 어떤 식으로 묵향이 강짜를 부릴지 알 수 없는 상황이 되더라도 그건 또 그때 해결하면 될 것이 아니겠는가? 그만큼 아르티어스 어르신은 심심했던 것이다.

"이봐, 이 아이가 그러는데 자네 지금 이 아이와 싸우는 게 무서워서 도망치는 건가?"

사사키 선생은 콧방귀로 대답을 대신했다. 그 말에 대꾸할 값어치도 못 느꼈기 때문이었다.

"흥!"

"이 아이는 선생이 뱉도 없는 겁쟁이가 아닌가 묻고 있어. 안 그러면 겨우 여자라는 이유 때문에 선생이 도망칠 이유가 없다면서 말이야."

아르티어스의 은근한 도발에도 사사키는 전혀 흔들리지 않았다. 아무래도 이 정도로는 힘들다는 느낌이 들었는지, 아르티어스는 결정적인 사실 하나를 덧붙였다.

"사실, 이 아이는 여자가 아니라 남자거든."

그 말을 듣고 가장 충격을 받은 것은 사사키 옆에 서 있던 유스케였다. 그는 이 순간 날아갈 듯한 기분으로 바뀌었다. 계집에게 패했다는 치명적인 오명에서 벗어날 수 있게 되었기 때문이다. 하지만 그 말을 듣고 사사키의 눈빛은 더욱 냉혹하게 바뀌었다. 사사키는 오랜 수련을 쌓은 무사답게 화가 치미는 것을 최대한 억누르며 퉁명스럽게 대꾸했다.

"그 말에 책임질 수 있소?"

"분명히 책임질 수 있지. 사메지마 상에게 물어보면 알 수 있겠지만, 사내가 확실해. 좀 계집애처럼 생기기는 했지만 나중에 성장하면 나처럼 사내다운 모습이 드러날 거야."

사사키는 아르티어스를 잠시 노려봤다. 확실히 이 붉은 머리의 외국인 사내도 굵직한 목소리와 선이 굵은 얼굴 생김새를 지니고 있기는 했지만, 상당히 여성스러움을 간직한 아름다운 모습이었다. 아마도 저 계집애처럼 생긴 소년도 나중에 성장하면 반말 짓거리를 주절거리는 저 무례하기 그지없는 빨강머리와 같은 놈이 될 것이 분명하다고 느껴졌다.

'저런 잡초의 싹은 아예 처음부터 철저히 짓밟아 버리는 게 최고지.'

이제 모든 것이 확실해지자, 사사키는 아르티어스에게 냉혹한 어조로 말했다.

"남자라고 하니 다행이오. 내가 없을 때 나는 물론이고 유파를 모욕한 저 소년에게 징계를 가하고자 하오. 통역을 해 주시겠소?"

"물론이지."

뒤로 돌아선 아르티어스의 얼굴은 순식간에 짜증스럽다는 표정으로 바뀌었다.

"내가 몇 번이나 말했는데 도저히 씨알도 안 먹힌다. 계집애처럼 생겼으니 계집이라고 하는구나. 그리고 자기 수제자가 너한테 몽둥이찜질을 당한 것에 대해 아주 극심한 앙심을 품고 있어."

"젠장, 그런대로 참아 주려고 했는데 도저히 못 참겠군."

잠시 서로를 노려보는 두 사람의 사이에는 숨 막힐 듯한 긴장감이 흐르기 시작했다.

심부름 보낸 하인의 보고를 받은 사메지마는 황당하지 않을 수 없었다.
"뭣이라고? 다시 한 번 말해 봐라."
"옛, 사사키 겐지 선생께서는 지금 몸이 몹시 안 좋으셔서 주인님의 초대에 응하실 수 없다고 합니다."
"이상하군. 어제만 해도 건강하던 사람이 갑자기 무슨 몸이 안 좋다는 말이지? 도대체가 이방인들이 온 후로 왜 이렇게 이해할 수 없는 일들이 자주 벌어지는 거야. 젠장!"
사메지마는 탁자 위에 놓여 있는 반 토막이 난 술병을 다시 한 번 바라봤다. 그런 다음 하인에게 물었다.
"누구에게 그 말을 들었느냐?"
"옛, 사사키 선생의 수제자인 사카이 상께서 그렇게 말씀하셨습니다. 더불어 주인님의 초대에 응할 수 없어서 대단히 죄송하다는 말을 전해 달라고 말씀하셨습니다."
사메지마는 더 이상 하인과 대화하기를 포기하고, 곧장 하녀를 불렀다. 그런 다음 병문안을 갈 준비를 갖추기 시작했다. 병문안 가기에 적당하도록 격식에 맞게 옷을 입은 사메지마는 선물할 과자를 준비하라고 하녀에게 지시했다.

사메지마가 도장에 도착하자, 다케시는 선물로 건네는 과자는 받았지만 그가 실내로 들어서려는 것을 최대한 말렸다.

"선생님께서 사메지마 상을 직접 맞이하는 것이 옳겠지만, 지금 형편이 그렇지 못합니다. 의원이 선생님께 최대한 방문객을 맞지 말고, 안정을 취하라는 처방을 내렸기 때문입니다."

사메지마는 눈살을 슬쩍 찌푸리다가 잠시 생각을 정리한 다음 물었다.

"도대체 무슨 병인데 그런 것인가? 자네 말을 듣기에 아주 심각한 병이라도 되는 것 같구먼."

사메지마의 말에 다케시는 대답할 말을 찾지 못해 쩔쩔매다 겨우 말했다.

"저…, 그게 전염병…, 인 것 같기도 하고, 그게……."

뭔가 가케시가 숨기는 게 있다는 느낌을 받은 사메지마는 다짜고짜 실내로 들어섰다.

"이러시면 안 되십니다, 사메지마 상."

사메지마가 방문을 드르륵 열자, 거기에는 사사키 선생이 처참한 모습으로 누워 있었다. 발에 부목이 대어져 있는 걸로 보아 아마도 **뼈**가 부러진 것 같았다. 물론 아무리 무술의 고수라고 해도 불의의 사고를 당해 발이 부러질 수도 있을 것이다. 하지만 사사키 선생의 몰골은 이것이 전혀 사고가 아니었음을 대변해 주고 있었다. 여기저기 누군가에게 마치 몰매라도 맞은 듯 타박상의 흔적이 뚜렷했고, 오른쪽 눈에는 시꺼먼 멍 자국까지 선명하게 찍혀 있었던 것이다.

사메지마가 갑자기 방 안으로 들어서자, 순간 사사키 선생은 당황해서 어쩔 줄 몰라 하다 침울한 표정으로 입을 열었다.

"어서 오십시오, 사메지마 상. 이런 몰골이라 직접 맞이해 드리지 못해 죄송합니다."

사메지마는 일단 놀라움이 사라지자, 화가 머리끝까지 치밀어 올라 따지듯 물었다.

"도대체 어떤 놈들이 사사키 선생을 이 지경으로 만들었습니까?"

사사키는 아무런 대꾸도 못하고 그냥 멍하니 앉아 있었다. 그것을 보고 사메지마는 더욱 화가 났다. 사사키 선생과 같은 뛰어난 병법자를 이 지경으로 만들려면 상당히 많은 인원이 매복하여 공격을 가했다는 말이었다. 그리고 그것은 영지의 치안 상태에 커다란 구멍이 뚫렸다는 것을 의미하기도 했다.

"아무리 해적 때문에 세상이 뒤숭숭해졌다고 하지만, 이렇듯 무뢰배들이 날뛴다는 것은 도저히 나로서는 좌시할 수가 없는 일이오. 당장 영주님께 고하여 치안 책임자들을 문책해야겠소. 어떻게 영지 내에서 이런 불미스러운 일이 발생한단 말이오?"

사메지마의 분노도 일리가 있는 것이었다. 하지만 사메지마가 이 사실을 영주에게 고하겠다고 하자, 사사키는 어쩔 수 없이 입을 열 수밖에 없었다.

"그런 것이 아닙니다, 사메지마 상."

"예? 그건 무슨 말씀이십니까?"

"제가 도전했다가 패해서 이 지경이 된 것입니다. 당신이 데려왔던 그 노랑머리의 야만인에게 말이오. 그런 젖비린내 나는 것에게 이렇듯 무참하게 패하여 영주님의 체면에 먹칠을 했으니, 도저히 얼굴을 들 수가 없습니다."

사사키 선생의 말에 사메지마는 기가 막힐 수밖에 없었다. 자신이 모르는 사이에 아마도 사사키 선생이 제자의 복수를 하겠다고 나섰던 모양이다. 그 결과가 이것이고……. 도대체 어떻게 하면 이 사건을 원만하게 마무리 지을 수 있을 것인지 사메지마는 고민을 해야 했다. 하지만 상대의 속마음을 알 리 없는 사사키는 자신의 머리맡에 놔뒀던 편지를 사메지마에게 건네주며 침통한 어조로 말했다.

"기왕에 말이 나왔으니, 사메지마 상께서 영주님께 이 편지를 좀 전해 주시겠습니까?"

"이것이 뭡니까?"

"사메지마 상께서도 잘 아시겠지요. 이런 치욕적인 패배를 당하고도 영주님의 병법 사범으로 있을 수는 없는 일 아니겠습니까? 사실 곧바로 떠나고 싶은 마음이 간절했었지만, 보시다시피 몸이 이 모양이라서……."

이제서야 사메지마는 사사키 선생이 하고자 하는 말의 요지를 깨달았다. 하지만 그가 떠나고 나면 또 어디서 이토록 뛰어난 사범을 찾아낸단 말인가? 그렇지만 사메지마로서도 그를 만류한다는 것은 대단히 어려운 문제였다.

보통 자신이 직접 무술 도장을 운영하는 경우에는 그 도장의 소유권을 놓고 결투를 벌이는 경우가 많았다. 이런 경우 승자가 무술 도장의 운영권을 접수했다. 하지만 영주가 직접 무술 도장을 차려 놓고, 그 권리를 위임하는 경우는 조금 얘기가 달라진다.

영주가 직접 물색하여 선임하는 만큼 뛰어난 실력자를 영입하게 되기에 사범이 패배할 가능성은 거의 없었다. 그러나 원래 세상일이라는 것이 그렇듯이 뛰는 자 위에 나는 자가 있게 마련이다. 하지만 이 경우에는 패배한다고 해서 도장의 소유권이 바뀌지는 않는다. 왜냐하면 도장의 소유주는 영주이기 때문이다. 물론 타 유파와의 대결에서 패배하고도 뻔뻔스럽게 그냥 눌러앉아 있는 사범도 있었다. 그렇지만 대부분의 사범들은 조용히 도장을 떠났다. 자신을 믿고 도장을 맡긴 영주의 은혜를 배신한 죄책감을 견딜 수 없기 때문이다.

그런 사사키 선생을 어떻게 하면 이 도장에 눌러앉아 있게 할 수 있을까? 이때 사메지마에게 좋은 생각이 떠올랐다. 그는 급히 자신의 품속을 뒤적이며 사사키에게 말했다.

"선생께서 떠나시는 것을 만류하기는 힘들겠지요. 하지만 떠나시기에 앞서, 이것을 좀 봐 주시겠습니까?"

사사키는 사메지마가 내미는 꾸러미를 바라보며 어리둥절한 표정으로 물었다.

"이것이 뭡니까?"

"한번 펼쳐 보면 아실 겁니다."

사사키는 종이로 싸놓은 꾸러미를 풀어봤다. 그 속에는 작은 술병이 하나 들어 있었다. 그것도 반 토막이 난 채로. 그것을 보자마자 사사키의 눈은 휘둥그레졌다. 그는 부들부들 떨리는 손으로 잘린 술병을 집어 들며 물었다.

"도대체 누가 이렇게 한 것입니까?"

사메지마는 눈을 날카롭게 빛내며 질문을 던졌다.

"왜요? 뭔가 특별한 것이라도 발견하셨습니까? 이걸 어떻게 구하기는 했지만, 도무지 저로서는 알 수가 없는 부분이 있었기에 사사키 선생에게 물어보려고 가져온 것입니다."

사사키는 매끄럽게 잘려나간 부분을 두 눈을 부릅뜨고 노려보기도 하고, 만져 보기도 하다가 깊은 한숨을 내쉬며 중얼거렸다.
"이것은 저로서는 상상할 수도 없을 정도로 뛰어난 실력을 쌓은 검객이 자른 흔적입니다. 정말 이 세상에는 있을 것 같지도 않은 인물이 존재하는 모양이군요. 도대체 이것을 자른 사람이 누굽니까?"
하지만 사메지마는 대답을 회피하며 또 다른 질문을 던졌다.
"오오, 사사키 선생께서는 이 흔적만 보고도 그것을 아시겠습니까?"
"그 정도는 저뿐만 아니라 웬만큼 수련을 쌓은 자라면 누구나 눈치 챌 수 있을 겁니다."
물론, 이것은 사사키 선생의 겸손 어린 말이었다. 웬만한 실력에 올라서지 못한 사람이라면 잘린 흔적만으로 상대의 실력을 짐작한다는 것은 거의 불가능했다.
"그렇다면 이것을 자른 사람과 사사키 선생이 대결한다면 어떤 결과가 생길까요? 혹시 그런 세밀한 부분까지도 짐작하실 수 있겠습니까?"
"모르면 몰라도, 저 같은 사람 열 명이 덤빈다고 해도 감당할 수 없을 겁니다. 세상에, 이런 고수가 존재하고 있다니……. 역시 세상은 넓군요. 나는 오늘 비로소 내가 우물 안의 개구리였다는 사실을 너무나도 절실하게 알았소이다."
한숨을 푹 내쉬던 사사키는 뭔가 생각났다는 듯 덧붙였다.
"혹시 이걸 자른 사람이 새로이 영주님의 병법 사범으로 오시게 되는 겁니까? 그게 아니라면, 누구의 가신입니까? 알고 있다면 제발 가르쳐 주십시오. 얼굴만이라도 한번 보고 싶군요."

사메지마가 미소 지으며 말했다.

"얼굴은 이미 보지 않으셨습니까?"

"에에? 그건 무슨 말씀이십니까?"

"이미 얼굴을 보셨을뿐더러, 치열한 대련까지 해 보셨다니 이미 알고 계실 것이 아닙니까?"

사메지마의 말에 사사키의 얼굴이 팍 일그러졌다. 이제 그는 이 술병을 반 조각 낸 사람이 누군지 눈치 챈 것이다. 하지만 사메지마는 계속 말을 이었다.

"주군께서도 그 소년의 실력을 시험해 보고자 하는 마음이 계셨습니다. 그것 때문에 사사키 선생께 소년과 대련을 주선해 볼까하는 생각도 했었지요. 그런데 어제의 결과로 그 소년의 실력이 어느 정도 드러난 것 같습니다. 이것도 다 사사키 선생이 아니셨다면 불가능했을 겁니다. 영주님을 대신해서 선생께 고마움을 표시하고 싶습니다."

"무슨, 별말씀을 다 하십니다."

"아닙니다. 그 소년은 대국에서 건너온 검의 고수인 데다가, 그의 밑에 있는 부하만 해도 수만 명에 이른다고 했습니다. 하지만 그 말을 곧이곧대로 믿을 수도 없는 노릇이 아니겠습니까?"

수만 명의 부하가 있다는 사메지마의 말에 사사키 선생은 왠지 반색을 하는 것 같았다. 그 정도 고수라면 자신이 졌다는 것이 그리 창피한 일은 아니었기 때문이다. 어째 어제 묵향이 계집이 아니라는 말에 반색을 하던 유스케와 그 표정이 묘하게 닮은 사사키 선생이었다.

"흐음, 그렇군요."

"그래서 사사키 선생 같은 분이 필요해진 것입니다. 사사키 선생은 그 소년이 야마토 전체를 뒤져 봐도 적수가 없을 정도로 강력하다고 증언하셨지 않습니까? 그것도 소년이 가볍게 수도(手刀)로 잘라 버린 술병만을 보시고 말입니다."

수도로 잘라 버렸다는 말에 사사키의 안색은 완전히 창백하게 질려 버렸다. 설마 사사키로서도 그걸 맨손으로 잘랐을 거라고는 상상도 못했던 것이다. 만약 그게 사실이라면 자신이 추정한 실력보다 몇 곱절은 더 강하다고 봐야 할 것이다.

"사사키 선생. 선생께서는 주군을 위해 몸 바쳐서 그 소년에 대한 정보를 얻느라고 헌신하셨습니다. 그런 와중에 몸을 조금 다쳤다고 해서 사범 자리를 내 놓으실 필요가 있겠습니까? 사사키 선생이 말씀하셨듯, 그렇게 강한 상대라면 패한 것이 당연한 것이 아니겠습니까? 그런 강자와 대결했다는 것이 영광은 될지언정, 결코 수치스러운 일일 수는 없겠죠."

사메지마는 사사키가 줬던 편지를 바로 그에게 돌려주며 말을 이었다.

"이것은 안 받은 걸로 하겠습니다. 대신, 주군께는 그 소년에 대한 정보 수집에 사사키 선생께서 얼마나 도움이 되었는지를 전해드리겠습니다."

"그, 그러실 필요는 없습니다."

"아닙니다. 주군께의 충성에는 뭔가 대가가 따라야 하지 않겠습니까? 그럼 몸조리 잘 하십시오."

사메지마가 나간 후 오랜 시간이 흘렀지만 사사키는 멍한 표정으로 천장만 하염없이 바라보고 있을 뿐이었다.

"얘야, 아무리 열 받았다고는 하지만 그렇게 무자비하게 호비트를 두들겨 팰 수 있는 거냐? 하기야, 보는 내 속 시원하게 두들겨 패기는 하더라 만은……."

아르티어스는 생각만 해도 재미있다는 듯 히죽이 웃으며 말했다. 오히려 그것이 묵향의 신경을 건드리고 있었다. 방금 전에 싸웠던 무사는 대단한 실력을 가지고 있는 자였다. 거의 신검합일(身劍合一)의 경지에 다가간 뛰어난 무사. 그토록 수련을 한 무사가 아무런 생각도 없이 계집이니 뭐니 하며 상대를 이유 없이 조롱할 가능성이 거의 없었던 것이다.

묵향은 방으로 돌아가며 은근슬쩍 말을 걸었다.

"아빠, 사실대로 말해 봐요."

"뭘 말이냐?"

"그 무사가 내가 계집처럼 생겼다는 둥 어쩌구 한 거 다 거짓말이었죠? 사실대로 털어놔 봐요. 화 안 낼 테니까."

안 그래도 언제 들통이 날지 모른다는 생각에 찜찜해하던 터라 아르티어스는 반색을 하고 급히 물었다.

"정말이냐?"

"그럼요."

묵향이 생긋 미소 지으며 고개를 끄덕이자, 아르티어스는 신이 나서 떠들기 시작했다. 안 그래도 누군가에게 진실을 말하고 싶어서 입이 근질근질해서 참을 수가 없었는데, 이보다 더 좋을 수가 있겠는가?

"그렇다면 좋다. 헤헤, 사실 그 녀석은 그런 말을 한 적이 없었지. 내가 싸움 구경 좋아하는 거 너도 잘 알잖아? 그래서 내가 싸움을…, 어? 너 표정이 왜 그래? 화 안 낸다고 했잖아."

그 말에 묵향은 아르티어스를 갈아 마실 듯 노려보며 또박또박 말했다.

"나도 아빠처럼 거짓말한 거였어요."

"이런 젠장, 세상에 믿을 놈 하나 없다더니……."

아르티어스는 행여 묵향에게 붙잡힐까 쏜살같이 도망쳐 버렸다. 이 곳은 성안인 데다가 하늘 위쪽으로 순식간에 공간 이동해 버린 아르티어스였기에 묵향은 쫓아갈 수가 없었다.

"빌어먹을! 아빠고 뭐고 나중에 잡히기만 해 봐라! 나를 그렇게 가지고 놀다니. 젠장! 마사코에게 술이나 달라고 해야겠군."

한밤중의 침입자

"어? 이게 무슨 소리야?"

깊은 밤중에 묵향은 문득 잠에서 깼다. 주위를 둘레둘레 둘러봤지만, 결코 어디에도 살기는 느껴지지 않았다. 묵향이 배정받은 방은 성내의 깊숙한 곳이었기에 달빛마저 스며들지 못했다. 하지만 복도에는 언제나 작은 등잔들이 밝혀져 있었다. 창호지를 통해 들어오는 그 정도 불빛만으로도 묵향 같은 고수는 바닥에 떨어진 바늘을 볼 수 있을 정도로 밝았다.

옆을 둘러 봤지만 아르티어스의 모습은 보이지 않았다. 묵향은 갑자기 생각났다는 듯 내심 중얼거렸다.

"참, 영주가 방을 하나 더 줬었지."

아르티어스는 아마도 옆방에서 퍼져 자고 있을 것이다. 그렇다면 지금 옆방에서 슬그머니 움직이고 있는 존재가 아르티어스일까? 하지만 그럴 가능성은 거의 없었다. 아르티어스가 뭐가 답답해서 저렇게 기척마저 죽인 채 살금살금 움직인단 말인가? 묵향의 손은 거의 본능적으로 머리맡으로 올라가 이리저리 움직이기 시작했다. 그러나 잡히는 게 아무것도 없었다.

"젠장! 검이 없었지."

투덜거리던 묵향은 이부자리를 박차고 옆방으로 뛰어들었다. 창호지문이 박살 나는 순간, 묵향은 경악한 듯 눈을 부릅뜨고 자신을 바라보는 복면을 뒤집어쓴 괴한을 발견할 수 있었다. 그의 손에는 처음 보는 괴상한 표창 같은 것과 단검이 쥐어져 있었다.

하지만 괴한은 그것을 써 볼 엄두도 내지 못한 채, 묵향에게 목을 틀어잡히고 말았다. 거의 순간적인 접촉으로 상대의 혈도를 제압한 상태였기에 그의 양손은 무기를 쥔 채 아래로 축 늘어져 있었다.

"젠장! 말을 알아야 심문을 하든지, 뭘 하든지 하지."

묵향은 다리로 툭툭 아르티어스의 이부자리를 건드리며 말했다.

"아빠, 빨리 일어나 봐요."

하지만 그 속에는 아무도 없었다.

"젠장, 또 어디로 간 거야?"

욕지거리를 내뱉는 순간, 괴한의 눈이 크게 부릅떠지는 듯하더니 흰자위를 드러내며 축 처져 버렸다. 묵향은 이미 그 괴한이 절명했다는 것을 깨달았다. 그 괴한의 등에는 표창 한 개가 박혀 있었다. 묵향은 시체를 내던진 후, 옆방을 구분하고 있는 창호지 문을 박살 내며 돌진해 들어갔다.

"또 한 명 더 있었냐?"

바로 그 옆방에는 다섯 명의 무사들이 쓰러져 있었다. 이부자리가 가지런하게 정돈되어 있는 것을 보면 자신들이 어떻게 죽었는지조차 몰랐던 것이 분명했다.

"빌어먹을! 내가 아무리 술에 취해 있었다고는 하지만, 너무 방심했어. 주변이 이 지경이 되도록 모르고 있었다니."

이때 어둠 속 저편에서 아주 날카로운 피리 소리가 울려 퍼졌다. 그리고 어디선가 그 피리 소리에 화답하듯 몇 번인가 피리 소리가 울렸다.

묵향은 상대가 도망치며 흘리는 미세한 흔적을 따라 엄청난 속도로 따라가기 시작했다. 바로 이때, 묵향의 발에 따끔하는 것이 있었다.

"으갸갸! 이게 뭐야?"

밑을 바라보니 꽤 넓은 거리를 두고 철질려(鐵蒺藜 : 마름쇠)가 뿌려져 있었다. 끝이 송곳처럼 뽀족한 네 개의 발을 가진 철질려는 안 그래도 눈에 잘 띄지 않는데, 거기에다가 시커먼 칠까지 칠해져 있었다.

묵향은 발바닥을 뚫고 들어온 철질려를 인상을 찌푸리며 뽑아냈다. 내공을 이용하여 독을 밀어내자 철질려가 뽑혀 나온 작은 상처에서 시커먼 피가 몇 방울인가 흘러나왔다.

"이런 젠장! 별 추잡스러운 짓을 다 하는군. 이제 걸리기만 해 봐라. 아예 죽는 게 낫다는 말이 나오게 해 주지."

묵향이 다시 몸을 날렸을 때, 그의 발은 땅바닥에 아예 닿지도 않았다. 초상비(草上飛)보다도 한 단계 높다는 능공허도(能空虛徒)의 신법이었다.

묵향이 문을 부수며 달려가기 시작하자, 각 방에서 자고 있던 무사들이 무슨 일인가하여 일어나는 기척이 들려왔다. 그리고 일부는 "닌자"라고 떠들어 대며 묵향을 따라 달려갔다. 그들이 묵향을 닌자로 착각한 것인지, 아니면 진짜 닌자가 달아나는 것을 보고 따라가는 것인지는 알 수 없었다. 하지만 그들은 묵향처럼 허공을 밟고 달려가는 재주가 없었다. 사방에서 뛰어나온 무사들은 닌자가 뿌려 놓은 암기를 밟고 죽어 나자빠졌다.

복면을 뒤집어쓴 괴한은 자신이 알고 있는 모든 수법을 동원하여 길을 차단하며 달아나고 있는 중이었다. 그러나 처음 마름쇠를 뿌린 다음부터 오히려 창호지문이 박살 나는 소리는 더욱 빠르게 자신과의 거리를 좁혀 오고 있었다.

괴한은 처음에는 반항할까하는 생각도 해 보았지만 곧이어 고개를 가로저었다. 자신의 동료가 순식간에 제압당하는 것을 두 눈으로 똑똑히 보지 않았던가? 오히려 적에게 사로잡힐 가능성이 훨씬 컸다. 상대는 정말이지 꿈에서조차 만나기 싫을 정도의 무시무시한 병법자였던 것이다.

괴한은 곧장 자신이 가지고 있던 단검으로 자신의 목을 찔렀다. 괴한의 손은 아무런 떨림도 없이 스스로의 목 깊숙이까지 파고 들어갔다.

묵향은 자신이 너무 늦었다는 것을 깨달았다. 그곳에는 검은 복면을 뒤집어쓴 괴한의 시체 한 구가 놓여져 있을 뿐이었다. 그리고 곧이어 웅성거리는 소리와 함께 수많은 무사들이 쏟아져 나오기 시작했다. 그들은 저마다 뭐라고 시끄럽게 떠들어 대며 여기저기를 수색하기 시작했다.

묵향은 자신의 목 깊숙이 단검을 찔러 넣고 죽어 있는 괴한의 시체를 지긋이 바라봤다. 그는 대단히 뛰어난 실력을 쌓은 자객이었다. 아무리 묵향이 방심하고 있었다고 하지만, 거의 지척에까지 다가왔던 자였다. 그런 뛰어난 자객의 종말치고는 너무 허무한 감이 있었다.

이때 주위를 둘러보던 무사들 중에서 제법 비싸 보이는 고급 옷감으로 옷을 해 입은 자가 천천히 다가왔다. 그는 묵향에게 정중한 어조로 물었다. 무슨 말인지는 알 수 없었지만 그 무사가 자신의 몸 여기저기를 훑어보는 것으로 보아 그 뜻은 뻔한 것이었다. 묵향은 고개를 가로저으며 퉁명스럽게 말했다.

"괜찮아, 새꺄."

묵향은 털레털레 자신의 방으로 걸음을 옮기며 투덜거렸다.

"그런데 아빠는 어디로 갔지? 젠장, 저놈들이 혹시 아빠를 잡아간 게 아닐까? 설마 아직까지도 겁이 나서 어딘가에 숨어 있는 것은 아니겠지?"

천천히 방으로 돌아가는 묵향의 얼굴에 깊은 수심이 깔려 있었다.

영주의 부름을 받은 사메지마는 한밤중인데도 불구하고, 급하게 준비를 갖춰 성의 2층에 마련되어 있는 알현실로 허둥지둥 달려왔다. 그는 알현실로 올라오는 도중에 누군가를 붙잡고 물어볼 필요도 없이 무슨 일이 일어난 것인지 어느 정도 짐작할 수 있었다.

알현실로 올라가는 도중에 시커먼 복면을 뒤집어쓴 닌자의 시체 몇 구를 치우는 무사를 보며 사메지마는 씁쓸한 입맛을 다실 수밖에 없었다.

 달이 뜨지 않는 날을 택해, 칠흑과도 같은 어둠 속에서 감행된 닌자들의 기습 공격. 그나마 미리 경계 태세를 강화해 뒀던 것이 다행이었다. 사메지마는 알현실에 들어가기에 앞서서, 어딘가로 걸어가는 요시나가를 발견했다. 사메지마는 얼른 그를 불러 세웠다.

 "요시나가 상. 어떻게 된 일입니까?"

 "아, 사메지마 상이셨군요. 한밤중에 닌자들의 기습 공격이 있었습니다. 겨우 막아 내기는 했지만 이쪽의 피해도 만만치 않습니다."

 피해가 만만치 않다는 말에 사메지마의 안색이 어두워졌다.

 "피해가 심각한가요?"

 "거의 1백 명에 가까운 병사들이 죽었습니다. 정말이지, 목숨을 버리고 달려드는 닌자들의 공격은 무섭군요."

 병사들의 희생이 자신의 예상보다 훨씬 크자 사메지마는 침통한 표정으로 다시 물었다.

 "부상자는?"

 "부상자는 거의 없습니다. 닌자들의 무기에 독이 발려 있었기에 약간의 상처라도 치명상이 된 것 같습니다. 지금 사방을 수색하면서 혹시 닌자들이 뿌려놓은 마름쇠 같은 것이 남아 있나 확인하는 중입니다. 단 한 개라도 놓친다면 한 사람의 생명이 사라지는 것이 아니겠습니까?"

 "물론입니다, 요시나가 상. 그럼 수고하십시오."

 "예, 사메지마 상."

영주는 알현실 상석에 마련되어 있는 의자 위에 굳은 표정으로 앉아 있었다. 영주도 자다가 일어나서 그런지, 취침용 옷을 입고 있었다. 사메지마는 깊숙이 절을 한 후 입을 열었다.

"부르셨습니까? 주군."

"자네도 오면서 닌자들의 기습 공격이 있었단 말은 들었겠지?"

"옛."

"보고받은 바에 따르면 닌자의 공격은 두 방향으로 행해졌네. 한 패거리는 나를 목표로, 또 다른 한 패거리는 이방인들을 향해서 말일세."

영주의 말에 사메지마는 당혹감을 감출 수 없다는 듯 되물었다.

"이방인들에게도 공격이 가해졌단 말씀이십니까?"

"그렇다네. 닌자는 나를 목표로 세 명, 이방인을 목표로 두 명이 침입했어. 물론 더 있었을지도 모르지만 일단 처치한 숫자가 그렇다는 말일세. 하지만 단 한 명도 사로잡지 못했기에 배후를 캘 도리가 없군."

잠시 생각을 정리하던 사메지마는 곧 입을 열었다.

"주군, 만약 그들의 공격이 주군과 이방인을 향한 것이었음이 확실하다면 그것만으로도 많은 가정을 유추해 낼 수 있습니다."

"그래? 자네 생각은 어떤가?"

"옛. 그들이 주군을 해칠 의도였음이 확실하다면 그 범인은 영지 주위에 있는 영주들이 행했음이 틀림없다는 것을 말해 주고 있습니다. 주군께서 돌아가신다면 가장 큰 이익을 얻을 수 있는 것은 그들이니까 말입니다."

영주는 자신의 생각도 그러한지 고개를 끄덕였다.

"음, 그럴듯하군. 그리고?"

"옛. 그렇다고 가정한다면 주군을 해칠 만한 영주는 두 명으로 압축됩니다. 겐페이의 미나모토 대영주와 요시노의 이시와라 대영주지요. 하지만 저는 미나모토 대영주가 범인일 것이라고 생각합니다."

후지와라 영주는 깊은 생각에 잠긴 듯 잠시 멍하니 있다 미간에 주름살을 만들며 침중한 어조로 물었다.

"그 이유는?"

"이시와라 대영주의 경우, 영주님께서 돌아가신다면 아무것도 얻는 것이 없기 때문입니다. 이시와라 대영주는 주군께서 미나모토 대영주의 명령을 건성으로 듣는 것을 어느 정도 짐작할 것입니다. 이시와라 대영주도 이곳에 간자들을 심어 놨을 테니까요. 그리고 좀 더 나가서 주군께서 계심으로 인해 뒤를 확실하게 믿기 힘든 미나모토 대영주가 이시와라 대영주와 정면 대결을 할 수 없다는 점도 어느 정도 짐작하고 있지 않을까요?"

"글쎄……? 그럴지도 모르지."

"하지만 미나모토 대영주는 영주님께서 돌아가신다면 대단한 득을 볼 수 있습니다. 만약 영주님께서 돌아가신다면 미나모토 대영주는 압력을 가해, 자신들이 볼모로 잡고 있는 요시스네 도련님을 후계자로 내세울 것이 확실합니다. 주군께서 만약 돌아가신다면 영지 내의 모든 무사들은 구심점을 잃고 흔들릴 테고, 미나모토 대영주는 손쉽게 자신의 뜻을 이룰 수 있을 겁니다. 그리고 무엇보다 공식적으로 선포된 주군의 후계자는 요시스네 도련님이 아니십니까?"

후지와라 영주는 생각만 해도 울화가 치미는지 사메지마의 말에 자신도 모르게 거칠게 대꾸했다.

"그래, 일이 그 지경까지 된다면 미야모토가 그렇게 하는 것은 너무나도 쉬운 일이겠지."

"바로 그것입니다. 요시스네 도련님의 부인은 미나모토 대영주의 여식이 아닙니까? 미나모토 대영주는 장인이라는 점을 이용해 요시스네 도련님께 사사건건 간섭해 올 가능성이 아주 큽니다. 그리고 어쩌면, 요시스네 도련님까지 암살해 버린 후에 도련님의 아들, 그러니까 대영주의 외손자를 영주직에 올리겠죠. 그런 후에 자신의 딸을 섭정으로 올려놓으면 완전히 후지와라 가는 미나모토 대영주의 손아귀에 떨어진 거나 다름없는 지경이 될 것입니다."

"흐음, 그럴 테지."

후지와라 영주가 자신의 의견에 찬성이라도 하는 듯 고개를 끄덕이자 사메지마는 더욱 힘을 내어 말했다.

"그렇기 때문에 저는 범인을 미나모토 대영주라고 생각한 것입니다."

"그렇다면 저 외국인들에 대한 공격은 어떻게 생각하나?"

"어쩌면 미나모토 대영주도 외국인의 존재를 간자를 통해 알고 있을지도 모릅니다. 혹시 이쪽에서 밀무역이라도 하려는 생각이 아닐까 의심할 수도 있겠지요. 그래서 암살하려는 것이 아닐까요? 그렇지 않다면 납치를 하려고 했거나……."

"납치? 그렇지. 아루테에스라는 이방인은 지금도 그 술집에 있나?"

갑자기 아르티어스가 사라졌기에 당황한 것은 묵향뿐만이 아니었다. 마사코는 즉시 그 사실을 사메지마에게 보고했고, 사메지마는 그에 대한 조처를 재빨리 취했던 것이다.

"옛! 적당하게 사람을 붙여 뒀으니 그자의 신변에는 별문제가 없을 것입니다. 그런데 혹시 아루테에스라는 이방인이 이번 닌자 침입과 관련이 있는 것을 아닐까요? 그가 사라진 것과 닌자의 침입이 연관이 있는 것은 아닐까하는 생각도 해 봤습니다. 그가 성내의 사정이라든지 뭐 여러 가지 정보를 닌자에게 흘렸을 수도 있기 때문입니다."

"그건 자네가 너무 앞서 나가는 게 아닐까? 그가 닌자에게 정보를 흘렸다면 왜 닌자들이 그 다쿠라는 이방인을 공격했다는 말인가? 닌자 둘이 그 소년 때문에 죽었어. 만약 이방인이 첩자라면 닌자들은 모든 세력을 나에게 집중했을 걸세. 그 말은 다쿠라는 소년이 닌자하고는 별 상관이 없다는 증거가 될 테지. 안 그런가?"

"옛, 제가 생각이 모자랐던 것 같습니다."

사메지마는 이쯤에서 물러섰다. 이방인이 외부와 내통하고 있다는 증거는 어디에도 없었다. 자신은 영주에게 이방인이 그럴 수도 있다는 사실을 전달했고, 영주도 자신이 무슨 목적으로 그런 말을 했는지는 알 것이다. 그러면 된 것이 아닐까?

"주군, 이번 닌자의 습격을 통해 닌자들의 무서움이 드러났습니다. 저는 닌자들을 제압하는 데는 닌자들이 필요하다고 생각합니다. 제발, 주군. 닌자들을 양성할 수 있도록 허락해 주십시오."

사메지마의 말에 영주는 얼굴을 굳히며 노성을 터뜨렸다.

"닥쳐라. 내가 몇 번이나 말했는가? 내가 닌자를 얼마나 혐오하는 줄 알면서 그딴 소리를 하는가? 닌자를 쓰는 것은 사내로서 가장 추잡스러운 짓이야. 내 주위의 경호를 두 배로 늘려라. 그 정도면 충분하다. 알겠느냐? 다시는 닌자 따위 입에도 올리지 말도록 해라."

"옛, 주군. 저의 무례를 부디 용서해 주시기를 바랍니다."

"오늘은 이만 물러가라. 나머지는 내일 날이 밝은 후에 하기로 하지."

"옛, 주군."

사메지마는 경호병들이 보내는 지지를 받으며 천천히 알현실을 빠져나왔다. 경호병들도 영주가 닌자를 키우기를 원하고 있었다. 아주 변칙적인 공격법을 몸에 익힌 닌자를 정규적인 수련을 쌓은 무사들만으로 상대하는 것은 매우 힘들다는 것을 모두들 알고 있었던 것이다.

자신의 심복인 사메지마가 물러가고 난 다음, 영주는 애써 마음을 가라앉혔다. 사메지마의 말을 듣고 보니 모든 일은 10년 전부터 시작된 듯했다. 후지와라 영주는 그때가 갑자기 생각났다.

미나모토 대영주는 10년 전, 이웃 영주와의 전쟁에서 대승을 거두며 이번에 해적 침입 사건으로 떠들썩한 고다이 영지에 대한 우선권을 확보했다. 하지만 고다이 영지를 완전 병합하는 것은 그 당시 막 대규모 전쟁을 끝낸 직후인 미야모토 대영주의 힘만으로는 사실상 불가능했다. 그렇기에 미나모토 대영주는 자신의 사촌동생을 고다이 영지의 영주로 만드는 것으로 만족해야만 했다.

일단 고다이 영지를 자신의 편으로 확보하고 5년 정도의 시간이 흐르자, 미나모토 대영주의 힘은 그전보다 더욱 막강해졌다. 고다이 영지가 안정되자 그다음 군침을 흘리기 시작한 곳이 후지와라 영주가 다스리는 미우다 영지였다.

전쟁을 일으키기에 충분하고도 넘칠 정도로 힘을 비축하고 있기는 했지만, 전쟁을 일으킬 명분이 없었던 미나모토 대영주는 수많은 궁리를 해 보다가 후지와라 영주에게 공식적으로 중개인을 파견했다. 후지와라 영주에게 자신의 딸과 결혼하는 것은 어떻겠느냐는 제의를 하기 위해서였다.

그 제의를 받은 후지와라 영주는 이 청천벽력(靑天霹靂) 같은 제안에 당황하지 않을 수 없었다. 물론 그 이유가 미나모토 대영주의 딸이 이미 결혼했고, 아이까지 둘이나 낳은 유부녀라는 것 때문만은 아니었다. 청혼이 성립되는 대로 미나모토 대영주는 자신의 딸을 이혼시킬 것이니 말이다.

후지와라 영주가 당황한 것은 그 청혼에 숨겨져 있는 교묘한 함정 때문이었다. 만약 청혼을 거절한다면? 아마 그것을 명분으로 미나모토 대영주는 전쟁을 일으킬 것이 뻔했다. 또, 청혼을 허락한다면? 그렇다면 후지와라 영주는 미나모토 대영주의 사위 신세로 전락하게 된다. 물론 사위가 장인 말을 안 듣는 경우도 비일비재하다. 하지만 그건 사위가 힘이 있을 때 얘기지, 현재처럼 군사력이 세 배 정도 차이가 날 때는 공염불에 지나지 않게 되는 것이다.

거기에다가 주위의 평판도 말 안 듣는 사위에게 불리하게 돌아갈 것은 뻔한 이치가 아닌가? 그 결혼을 성사시키기만 하면, 미나모토 대영주는 후지와라 영주의 일에 사사건건 간섭할 수 있는 공식적인 지위를 확보하게 되는 것이다. 그 때문에 후지와라 영주는 갖은 수단을 다 동원하여, 미야모토 대영주와 결혼하는 대상을 자신이 아닌 자신의 아들로 바꿔 버렸다.

대단히 어려운 일이었지만 후지와라 영주가 미야모토 대영주의 딸과 결혼하는 아들을 '자신의 공식 후계자'로 선언하겠다는 제안을 하자 그는 딸과의 결혼을 허락했다.

미나모토 대영주의 딸은 아버지의 명령에 따라 즉시 이혼하지 않을 수 없었다. 그리고 미나모토 대영주의 가신이었던 사위는 이혼 명령과 함께 셋푸쿠를 하라는 지시가 함께 떨어지지 않은 것을 부처님께 감사하며 자신의 부인을 즉각 친정으로 돌려보냈다. 그 후 성대한 결혼식이 치러졌다.

결혼식이 끝난 뒤, 대영주의 딸과 결혼한 후지와라 영주의 첫째 아들은 부인과 함께 미나모토 대영주에게로 보내졌다. 시집간 딸이 친정어머니를 그리워한다는 이유를 붙여서 말이다. 사실 그것은 표면상의 이유일 뿐, 후지와라가의 후계자를 볼모로 잡아 둔 것이었다.

이로서 후지와라 영주는 미나모토 대영주의 간섭을 일단 배제할 수 있었다. 서로의 아들과 딸이 결혼한 사돈지간이 되었기에, 아무래도 드러내놓고 사사건건 간섭하기는 힘들기 때문이다. 하지만 미나모토 대영주는 자신의 외손자가 영주가 될 때까지 기다리기는 지루했던 모양이다. 닌자들을 보낸 것을 보면 말이다.

다음 날 아침, 사메지마는 영주에게 알현을 청했다. 영주는 사메지마를 알현실이 아닌 내성에 위치한 정원으로 불러들였다. 정원의 중간에는 정원 전체가 한눈에 내려다보일 수 있도록 작은 정자가 세워져 있었다. 정자 위에 앉아 있던 후지와라 영주는 사메지마를 반갑게 맞아 들이며 입을 열었다.

"어서 오게나."

"옛, 주군. 밤새 편히 주무셨습니까?"

"물론일세. 그건 그렇고 어젯밤 습격에 대한 전모는 밝혀졌나?"

밤새 정보를 취합하여 상황을 이리저리 분석한 터라 사메지마의 얼굴에는 약간의 피로감이 깔려 있었다.

"옛, 주군. 토시조의 보고에 따르면 어젯밤 습격에 가담한 닌자는 여덟 명이라고 합니다. 그중 셋이 야만인을 향해, 나머지 다섯이 주군을 향해 공격했습니다."

"호오, 그런데 겨우 다섯밖에 잡지 못했다는 것인가? 아니지, 밑에 있던 야만인이 돕지 않았다면 겨우 셋이 되는군. 정말이지 쓸 만한 놈들이 없어. 그 법석을 떨고 겨우 셋이라니 말일세."

"어쩔 수 없는 일입니다, 주군."

사메지마는 무의식적으로 주위를 둘러보며, 엿듣는 자가 있는지 확인했다. 경호병들은 요시나가의 지휘로 정자에서 멀찍이 떨어진 채 네 명씩 조를 짜서 흩어져 있었다. 이 정도 거리라면 그 어떤 대화도 결코 엿들을 수 없었다.

"닌자들은 없는 것으로 되어 있지 않습니까? 만약 토시조에게 방비하라고 지시했다면 모두 다 잡았을지도 모릅니다. 하지만 토시조의 지휘에 따라 닌자들은 그들을 멀리서 관찰하기만 했을 뿐, 그 어떤 조치도 취하지 않았습니다. 그 덕분에 당황해서 퇴각하는 닌자들의 뒤를 추격할 수 있었습니다. 그것만 해도 대단한 성과가 아니겠습니까?"

닌자들을 키우고 있다는 것을 알고 있는 사람은 사메지마와 영주뿐이었다. 그 외에 더 많은 사람이 알게 되면 아무래도 위험 부담이 증가하기에 철저히 비밀에 붙이고 있었다.

"그래? 아주 잘했군. 그래, 누가 범인이던가?"

"그건 아직 알 수 없었습니다. 도망친 닌자들은 겐페이 영지의 산간 지역에 위치한 작은 마을로 들어간 것으로 보아 미나모토 대영주가 배후일 것이라고 짐작할 뿐입니다. 일단 마을 주변을 집중적으로 감시하고 있는 중입니다만 어떻게 처리하는 것이 좋겠습니까?"

"흐음, 자네 생각은 어떤가?"

사메지마는 밤새 자신이 생각한 것을 후지와라 영주를 바라보며 천천히 말했다.

"일단 닌자들의 본거지는 대략적으로 밝혀낸 것 같습니다. 어쩌면 그곳이 본거지가 아닐 수도 있겠지요. 그래서 멀리서 감시만 하라고 일러 놨습니다. 하지만 아직까지 변동사항이 없는 것을 보면, 잘하면 더욱 큰 고기를 낚을 수도 있을 것 같습니다."

"좋도록 하게. 대신, 절대로 이쪽이 역추적 당하지 않도록 조심하라고 이르게."

"옛, 주군."

"그건 그렇고, 다쿠라는 소년이 대단히 뛰어난 검객이라면서?"

순간 사메지마의 얼굴에는 당혹스러운 표정이 떠올랐다.

"예, 주군. 그 잔인무도한 성격은 좀 문제가 있다고 생각합니다만, 실력 하나만큼은 진짜인 듯합니다. 사사키 선생은 그 소년이 야마토 전역을 뒤져도 적수를 찾기 힘들 것이라고 증언했습니다. 그리고 어젯밤 소년을 감시했던 마사코는 그가 싸우는 모습을 직접 봤다고 합니다."

"오, 그래? 어떻다고 하던가?"

"도저히 믿어지지 않지만, 20장(약 60미터) 정도를 순식간에 날아갔다고 합니다."

"날아가?"

"옛, 닌자가 도망치는 방향으로 소년이 달려가는 모습을 마사코가 뒤에서 봤답니다. 그런데 놀랍게도 얼마 후에는 허공을 날아갔다고 했습니다. 그 후에 조사를 해 보니 소년이 허공을 날아간 그 밑에는 닌자가 도망치면서 뿌려 놓은 수많은 마름쇠들이 깔려 있었다고 합니다."

후지와라 영주는 도저히 믿기지 않는다는 얼굴로 중얼거렸다.

"놀랍군."

"예, 그 당시 소년은 발에 아무것도 신고 있지 않았다고 합니다. 잠자리에서 막 뛰쳐나왔을 테니 당연하지 않겠습니까? 그런 상황에서 마름쇠 위를 달려 갈 수 있을 리가 없습니다. 다만 있다면 마사코의 말대로 하늘을 날아가는 것뿐이겠지요."

"글쎄……? 자네의 보고를 믿지 못하겠다는 것은 아닐세. 하지만 난 토시조 같은 숙련된 닌자들의 경우나 그것이 가능하다고 들었네."

"물론입니다, 주군. 거의 보이지 않을 정도의 가는 줄을 치고 그 위를 달려가는 방법이 있습니다. 하지만 소년이 날아간 그곳에는 그 어디에도 줄을 쳤던 흔적을 발견할 수 없었습니다."

영주는 놀라움을 애써 감추며 말했다.

"대단하군. 그 소년을 어떻게 하면 내 사람으로 만들 수 있을까?

시간이 흐르면 흐를수록 탐이 나는 인재로군."

"천천히 정성을 다해 은혜를 베풀면 가능하지 않겠습니까? 주군."

"아마도 그럴 테지."

영주는 잠시 궁리를 하다가 갑자기 좋은 생각이 떠올랐다는 듯 사메지마에게 말했다.

"일단 그 소년이 닌자 둘을 죽였다는 사실에는 변함이 없지 않겠나? 이방인들을 오늘 저녁에 이리로 불러 주게. 도움을 줬으면 사례를 해야 하지 않겠나? 천천히 내 사람으로 만들어 보자구. 그리고 그것을 줘야겠어."

사메지마는 영주의 말을 곧바로 알아들을 수 없었다. 하지만 곧 뭔가를 떠올리고 당혹스러운 표정으로 입을 열었다.

"주군. 서, 설마……."

그날 저녁, 술에 절은 아르티어스와 얄미운 듯 그를 힐끔힐끔 노려보는 묵향이 도착했다. 말없이 사라진 것 때문에 혹시나 괴한들에게 납치된 것은 아닌가하여 걱정했는데, 술에 만취한 상태로 나타났으니 그럴 수밖에 없었다. 묵향은 사메지마가 자신을 바라보고 있자 억지로 아르티어스에게 미소 지으며 말을 건넸다.

"어디 갔었는지는 나중에 따지겠어요."

사메지마는 이방인들을 영주가 앉아 있는 정자 위로 안내했다. 아무래도 밀담을 나누는 데는 이 이상 좋은 자리가 없었기 때문이다.

영주는 이방인들을 반갑게 맞이한 후 아르티어스에게 말했다.

"다쿠라는 소년에게 좀 전해 주겠소? 오늘 새벽에는 정말 많은 도움을 받았다고 말이오."

그 말에 아르티어스는 어리둥절한 어조로 물었다.

"예? 그건 무슨 말씀이오? 새벽에 무슨 일이라도 있었소?"

"새벽에 닌자 패거리가 기습 공격을 가해 왔소. 닌자라는 것은 아주 고도의 훈련을 받은 자객들이라서 아주 상대하기가 까다롭지요. 그런 닌자가 다섯씩이나 쳐들어왔고, 그들을 없앤다고 1백 명에 가까운 병사들이 죽었소."

아르티어스는 원통해서 땅을 치고 싶은 마음이 간절했다. 그 좋은 구경거리를 술 마신다고 놓쳐 버린 것이다. 영주는 아르티어스의 마음을 아는지 모르는지, 묵향에게로 눈길을 돌리며 말을 이었다.

"그 닌자들 중에서 둘을 해치운 것이 바로 당신의 아들이었소. 그 점 대단히 감사하게 생각하오."

아르티어스는 한숨을 푹 내쉬며 말했다.

"뭐 별말씀을……."

"원래는 내가 곧바로 치하해야 했지만, 통역을 해 *줄 사람이 없어서 이렇게 늦어지게 된 거요. 그래서 당신을 술집에서 불러오라고 사메지마에게 지시하게 되었소. 술집에서 좋은 시간을 보내고 있는 그대를 방해하게 된 점 아주 미안하게 생각하오."

후지와라 영주는 자신이 입고 있던 겉옷을 벗어 묵향에게 건네 주며 말했다.

"새벽녘에 있었던 일에 대한 감사의 표시로 이것을 주겠소."

갑자기 영주가 자기 옷을 벗어 건네자 묵향은 의아한 듯 아르티어스에게 물었다.

"이 새끼는 왜 지가 입던 냄새나는 옷을 벗어서 나한테 주는 겁니까?"

그 말에 아르티어스는 황당하다는 듯 한숨을 푹 내쉬며 대답했다.

"여기서는 영주의 옷을 받는 것을 최대의 영광으로 생각하지. 입지 않아도 상관없는 거니까 고마운 척하면서 받아 둬. 네게 결코 나쁜 거는 아니니까 말이다."

"그러죠 뭐."

묵향이 옷을 받는 것을 보며 아르티어스가 입에 침도 안 바르고 거짓말을 주절거렸다.

"아들이 이런 은혜를 베풀어 주셔서 무한한 영광이라고 하는군요. 아직도 이게 꿈인지 생시인지 분간이 안 가는 모양이라서 표정이 굳어 있는 것이니 오해하지 마시길 바랍니다."

묵향이 퉁명스럽게 뭔가 말하는 것을 보며 표정이 굳어졌던 영주는 그제서야 이해가 된다는 듯 함박웃음을 지으며 사메지마에게 말했다.

"사메지마, 준비한 것을 다오."

"옛."

사메지마가 손짓을 하자, 한쪽에서 대기하고 있던 하녀가 길쭉한 상자를 들고 왔다. 상자는 아주 특별한 목재로 제작한 듯 검은 광택이 흐르고 있었다. 사메지마는 그것을 받아 들며 하녀에게 말했다.

"너는 그만 가 보거라."

"옛."

하녀가 물러가고 난 다음 사메지마는 상자를 후지와라 영주에게 건넸다. 영주는 상자를 두 손으로 받쳐 들고 묵향에게 건네며 말했다.

"검객에게 검이 없을 수는 없는 법. 다쿠 상, 오늘 새벽에 있었던 일의 보답으로 이 검을 당신에게 주고 싶소."

묵향은 영주와 길쭉한 나무상자를 번갈아 바라보다가 이윽고 아르티어스에게 물었다.

"뭐라는 거예요?"

"오늘 새벽의 일로 너한테 검을 선물하고 싶다는 거다. 그 상자 속에 검이 들어 있지."

묵향 같은 무인이 검에 관심이 없을 수가 없었다. 묵향은 상자를 받아 든 후 곧장 열어 봤다. 상자 속에는 길고 짧은 검이 두 자루 들어 있었다. 묵향은 장검을 든 다음 반 정도 뽑아 봤다. 영주나 그 옆에 서 있는 사내가 아무 말도 안 하는 것을 보면, 중원의 예법이 이곳에서도 통하는 모양이었다.

"내가 예전에 쓰던 검들에 비하면 형편없지만, 뭐 아쉬운 대로 쓸 만은 한 것 같네요."

아무리 야마토에서 알아주는 명검이라고 해도 아르티어스가 직접 만들어 줬던 그 황금빛 찬란했던 검과 어떻게 비교가 될 수 있겠는가. 하물며 묵향이 과거 중원에서 활동할 때 사용했던 묵혼검과도 비교될 수 없었다.

묵향의 표정은 하나도 고마워하지 않는 듯했지만, 영주는 그것을 눈치 채지 못했다. 그의 시선은 묵향에게 가 있지 않았기 때문이다. 영주는 과거를 회상하는 듯 어두워지기 시작하는 밤하늘을 바라다보며 영주는 회상하는 듯한 시선으로 중얼거렸다.

"드디어 자네의 검을 이어받을 만한 무사를 찾아냈어. 이것으로 자네의 은혜에 조금쯤은 보답을 한 것 같군. 그 검들은 아주 오래전, 나에게 충성을 다했던 부하가 사용하던 것이었소. 그는 당신처럼 대단히 뛰어난 무사였지만, 수많은 적들 앞에서는 어쩔 수 없었소. 그가 전사한 후 돌아온 것은 그의 검뿐이었소. 나는 여태까지 이 검에 어울릴 만한 뛰어난 검객을 찾고 있었소. 하지만 지금 내 부하들 중에는 그 검을 소유할 만한 자격을 지닌 우수한 검객은 단 한 명도 없었소. 그대가 나타나기 전까지는……."

"백련정강(百鍊精鋼)으로 제법 그럴듯하게 만든 검이네요. 이런 검은 중원에 가면 어렵지 않게 구할 수 있는데, 영주가 생색까지 내면서 주다니. 누구를 검 한 자루 볼 줄 모르는 바보로 아는 모양이죠?"

"여기서는 그것도 꽤 좋은 검에 들어가는 모양이야. 공짜로 주는 건데, 고맙게 받을 생각은 안 하고……."

아르티어스는 영주에게 말했다.

"이런 소중한 검을 별로 해 준 일도 없이 받아서 약간 어리둥절한 모양입니다. 소중하게 쓰겠다는군요."

영주는 호탕하게 웃으며 말했다.

"마음에 든다니 나도 기쁘군요. 오랜만에 함께 술이라도 들겠소?"

그 말에 아르티어스의 얼굴빛이 핼쑥하게 질렸다. 기생집에 쳐들어가서 영주의 이름을 팔아서 계집들과 어울려 줄창 마셔 댔었다. 뭐 영주가 술값을 계산해 주지 못하겠다면, 타르티 족장에게 헌납받은 돈으로 계산하면 될 테니까 말이다. 그런데 또 여기서 술을 마시자고 하니, 아르티어스로서는 황당했던 것이다. 옆에서는 묵향이 계속 곱지 않은 눈길을 보내고 있고 말이다.

"험, 험."

『〈묵향17 – 묵향의 귀환〉에서 계속』

작가 후기

묵향 3부를 시작하며

　묵향 3부를 어떤 식으로 시작할 것인가? 많은 생각을 해 봤습니다. 무림에서 곧장 시작하는 방법도 있을 것이고, 아니면 세외 무림 쪽에서 시작하는 방법도 있겠죠. 아무래도 무림에서 곧장 시작하는 것은 너무 밋밋한 구조가 될 것 같아서 변방에서 이야기를 시작하기로 결정했습니다.
　그래서 물색한 곳이 여진과 서장이었습니다. 그런데, 여태껏 많은 무협에서 서장이 자주 등장했었기에, 여진을 선택했습니다. 동여진을 말입니다.
　동여진은 이 글에 소개된 대로 고려 시대를 기준으로 해적질을 하며 특히 일본을 괴롭혔던 민족이었습니다. 고려의 수군이 우연히 본거지로 돌아가는 동여진 해적선단을 포착하고 추격, 나포하여 수백 명의 일본인들을 구출하여 일본으로 돌려보냈다는 기록이 남아 있을 정도니 그들의 악행이 얼마나 지독했는지 쉽게 짐작해 볼 수 있을 것입니다. 그 나름대로 새로운 사실이었기에, 그것으로 3부 시작을 잡았습니다.

아르티어스와 묵향은 일본을 경유하여 중원으로 돌아가게 됩니다. 아마도 17권 마지막이나 18권 초반쯤에서 일본을 떠나 중원으로 가게 될 것입니다. 그동안 일본에서 경험하는 풍물, 그리고 세력전 따위를 다룰까 생각합니다.

어느 정도 사실에 기반을 두기는 하겠지만 여기 나오는 지명이나 인명에 너무 많이 신경은 쓰지 않으셨으면 합니다. 이국적인 느낌을 주기 위해 노력했지만 어설프게 보일 수 있다는 것도 잘 알고 있습니다. 물론 사실과 많이 다른 부분도 있을 것입니다. 하지만 의도했던 분위기만 나타난다면 큰 상관은 없습니다. 어쨌거나 소설은 픽션, 허구니까요.

본격적인 무림 이야기는 18권부터 시작되겠군요. 아마도 송과 원의 교체기를 기준으로 사건이 전개될 것 같습니다. 잊혀졌던 그리운 캐릭터들이 많이 등장하게 되겠죠.

나름대로 뛰어난 고수로 성장한 그들을 묵향이 지휘하여, 실종된 교주 덕분에 침체해 있던 마교는 급성장하기 시작합니다. 과연 묵향의 영웅담이 어떤 식으로 전개될 것인지 많이 기대해 주시기 바랍니다.

작가 전동조

묵향 교주의 마교 세력 편제

✣ 묵향 귀환 직전 마교 세력 편제 ✣

- 한석영 태상교주 ※교주인 묵향의 행방불명으로 인해 한석영 태상교주가 교주직을 대리하고 있다.
  - 초류빈 부교주 ─ 독립 호위대 : 초연대
  - 철영 부교주 ─ 독립 호위대 : 오혈무
  - 군사 : 설민
    - 호법원 : 호계악
    - 비마대 : 5. 홍진 ─ 혈화궁 : 나유란
    - 만악궁 : 진천악
  - 장로원
    - 내총관 : 1. 북궁뇌 수석장로
      - 혈랑대 : 2. 동방뇌무
      - 수라마참대 : 3. 옥관패
      - 천랑대 : 4. 한중평
      - 염왕대 : 6. 천진악
      - 흑풍대 : 7. 관지
      - 자성만마대 : 8. 장영길
    - 외총관 : 9. 소무면
      - 총타 외곽 경비대

* 마교의 전통적인 체제는 9명의 장로다. 그렇기에 편제상 한두 명이 더 있어도 상관없음에도 불구하고 9명에 맞춰져 있다. 장로들의 이름 앞에 붙어 있는 숫자는 그들의 서열을 나타내는 것임.

* 마교 체제에서 부교주에게는 거의 세력이 주어지지 않는다. 그것은 교주만큼이나 강력한 무공을 지닌 그들이 모반을 일으키지 못하게 막기 위함일 것이다. 하지만, 묵향이 부재중인 상황에서 철영 같은 야심만만한 부교주의 등장은 설무지에게 크나큰 위협이었다. 하지만 강력한 카리스마를 자랑하는 수석장로 여지고가 존재할 때는 큰 문제가 되지 않았다. 그에게로 모든 권력이 집중되어 있었기에, 철영의 위협 따위는 문제가 되지 않았던 것이다. 하지만 여지고가 은퇴하자 얘기가 달라졌다. 여지고 은퇴 후, 설무지는 태상교주의 허락을 얻어 세력 재편성에 착수한다. 그가 새롭게 재편성한 마교 편제는 모든 권력이 군사에게로 집중되는 것이었다. 하지만 설무지가 죽자마자 그의 우려는 현실로 드러났다. 그의 뒤를 이은 설민이 제대로 마교를 통제하지 못했기 때문이다. 그 때문에 마교는 내전 직전인 상황으로 치닫게 된다.

* 홍진이 거느린 비마대의 경우, 홍진은 장로이지만 비마대의 특성상 장로원이 아닌 군사의 휘하에 있어야 하기에 군사 직속으로 편제되어 있다.

* 설무지는 정파와의 쓸데없는 충돌을 피하기 위해 모든 외부 세력들을 철수시킨다. 그런 다음 외총관 휘하에 있던 혈화궁과 만악궁을 자신의 직속으로 돌림으로 인해, 외총관의 권력은 대폭 축소되었다.

✥ 묵향 귀환 후 마교 세력 편제 ✥

- 묵향 교주
  - 초류빈 부교주 — 독립 호위대 : 초연대
  - 철영 부교주 — 독립 호위대 : 오혈무
  - 호법원 : 호계악
  - 군사 : 설민
  - 장로원
    - 비마대 : 6. 홍진
    - 내총관 : 1. 북궁뇌 수석장로
      - 혈랑대 : 2. 동방뇌무
      - 수라마참대 : 3. 옥관패
      - 천랑대 : 5. 한중평
      - 염왕대 : 7. 천진악
      - 흑풍대 : 8. 관지
      - 자성만마대 : 9. 장영길
    - 외총관 : 4. 소무면
      - 총타 외곽 경비대
      - 중원의 각 분타들
      - 혈화궁 : 나유란
      - 만악궁 : 진천악

＊ 수석장로는 묵향이 외부 출타 시 사실상 교내 제2인자로 행동했다. 그도 그럴 것이 그에게 모든 권력이 집중되어 있다.

＊ 묵향의 귀환 후 외총관의 권력 대폭 상승했다.

＊ 묵향이 실종된 후, 20여 년 이상의 세월이 흐른 후기 때문에 각 무력 단체에 소속된 무사들의 수나 질은 묵향이 실종되기 전에 비해 대폭적으로 향상되어 있다. 왜냐하면 그가 교주로 집권했을 때는 내전으로 인해 막대한 피를 흘린 직후였기에 아직 그 피해를 복구하지 못한 상태였기 때문이다. 묵향은 귀환 직후, 그 엄청난 세력을 기반으로 세력 확장을 시작한다.

독립 세력은 ◆로, 예속된 단체는 ◇, ⊙로 표시했다. 장로 서열은 그 장로가 지니고 있는 발언권과 교주로부터의 신뢰도를 나타낸다.

- **서열 1위 묵향(墨香) 교주** : 교주 실종 후 독립 호위대인 사군자는 해체되었다. 하지만 묵향은 돌아온 후에도 새로이 독립 호위대를 만들지 않았기에 호위대가 없다.

◆ **원로원(元老院)** : 원로원의 수장은 변함없이 전대 교주이며, 마교가 하는 일에 일절 간섭하지 않는 것을 원칙으로 한다.
• 서열 2위 천리독행(千里獨行) 철영(鐵營) 부교주 : 독립 호위대-오혈무(五血霧)
• 서열 2위 탈명도(脫命刀) 초류빈(楚柳濱) 부교주 : 독립 호위대-초연대(楚戀隊)

◆ **군사(軍師)** : 서열 3위 설민(雪旻). 편제상 서열 3위급으로 책정되어 있기는 하지만, 설민은 아직 군사로서의 확고한 위치를 제대로 잡고 있지 못하기에 다른 장로들로부터 3위에 해당하는 대접을 받고 있지 못하다. 그리고 설민도 눈치껏 행동하고 있는 상태다.

◆ **호법원(護法院)** : 각 요인들에 대한 호위가 주 임무로, 각 주요 인물들이 교외(敎外)로 외출 시 인력을 파견하여 호위한다..
• 서열 5위 사혈천신(蛇血天神) 호계악(胡戒惡) 대호법
-서열 16위 묵인겁마(墨刃劫魔) 초진걸(楚眞杰) 좌호법 : 절정고수 1백 명을 거느림
-서열 17위 은편패왕(銀片覇王) 여문기(呂文起) 우호법 : 절정고수 1백 명을 거느림

◆ **장로원(長老院)** : 마교 내의 모든 무력은 장로원에 귀속되어 있다. 그리고 묵향 부재 시에 그 장로원을 통제할 수 있는 인물은 군사다.

◇ **비마대(秘魔隊)** : 과거 살막(殺幕)이 재편성을 통해 비마대가 되었다. 마교에 흡수된 후 20여 년이 경과한 지금 암살보다는 정보 단체로 거듭나 있다. 원칙적으로 교주 직속의 정보 단체이지만 묵향 부재 시에는 군사(軍師) 직속의 정보 단체가 된다.
• 서열 9위 홍진(洪搢) 장로(장로 서열 5위)

◇ **내총관** : 마교 내부의 모든 전투 단체를 총괄 지휘한다. 하지만 묵향 및 설무지가 각 대의 장들에게 전폭적인 권한 위임을 해 준 상태이기에 반쯤은 유명무실한 직위이다.
• 서열 4위 수라혈신(修羅血神) 북궁뇌(北宮雷) 수석장로(장로 서열 1위) : 과거에는 수석장로가 내총관을 겸임하지 않았지만, 설무지는 수석장로에게 내총관까지 겸임시켰다. 무력 단체의 수가 많아진 것도 한 가지 이유였지만, 편제상 내총관을 따로 임명할 필요성을 못 느꼈기 때문이다.
◉ **혈랑대(血狼隊)** : 1백 명의 초절정고수(과거 천마혈검대와 동등한 전투력)
• 서열 6위 인도(人屠) 동방뇌무(東方雷武) 차석장로(장로 서열 2위)
◉ **수라마참대(修羅魔斬隊)** : 5백 명의 절정고수
• 서열 7위 고루혈마(枯僂血魔) 옥관패(玉冠覇) 장로(장로 서열 3위)
◉ **천랑대(千狼隊)** : 1천 명의 절정고수
• 서열 8위 염왕적자(閻王笛子) 한중평(寒重平) 장로(장로 서열 4위)

⊙ 염왕대(閻王隊) : 2천 명의 고수
• 서열 10위 지옥혈귀(地獄血鬼) 천진악(天進惡) 장로(장로 서열 6위)
⊙ 흑풍대(黑風隊) : 1만 명의 고수
• 서열 11위 관지(關知) 장로(장로 서열 7위)
⊙ 자성만마대(紫星萬魔隊) : 1만 명의 고수
• 서열 12위 무영신마(無影身魔) 장영길(張影吉) 장로(장로 서열 8위)

◇ 외총관 : 마교 외부 세력들을 총괄 지휘하게 된다. 전체적인 분타 조직이 무너진 상태이기에 유명무실한 듯 보인다. 하지만 하급 무사들이 모두 없어진 것은 아니다. 외총관의 부차적인 임무 중 하나는 마교 내 하급 무사들에 대한 총괄 지휘이다.
• 서열 13위 삼면인마(三面人魔) 소무면(簫無面)(장로 서열 9위)
-서열 18위 음희(淫嬉) 설약벽(薛若碧) 좌외총관
-서열 19위 흑수천마(黑手千魔) 여진(呂震) 우외총관
⊙ 총타 외곽 경비대
⊙ 중원 각지에 위치한 분타들(새로 건설 중)
⊙ 혈화궁(血花宮) : 여인들로만 구성되며 화류계에 진출하여 돈벌이 말고도 외부 고수들의 포섭이나 정보 입수, 요인 암살 등을 행한다. 그리고 마교 내의 각 고수들에게 섹스와 향락을 제공함으로써 하층부 고수들의 불만을 해소시켜 주는 데 큰 힘이 된다. 마교 전체 수입의 45퍼센트를 차지한다.
• 서열 14위 사망혈매(死亡血梅) 나유란(羅幽蘭)

⊙ 만악궁(萬惡宮) : 표국, 전당포, 각종 상행위, 밀무역 등을 통한 교내 최대의 자금줄로서 마교 전체 수입의 50퍼센트를 차지한다. 그 외에 마교가 가지고 있는 전답 등을 소작하여 거두어들이는 일도 만악궁에서 책임지며 거기서 나오는 수입은 전체 수입의 5퍼센트 정도다.
• 서열 15위 만묘서생(萬妙書生) 진천악(陳天岳)

※ 혈화궁과 만악궁은 묵향이 돌아온 직후 외총관의 관할이 됨. 장로 서열 최하위로 떨어져 있던 소무면 장로의 위치도 분타 체계가 정립된 후에는 몇 단계 상승할 것임.